怪獣保護協会

ジョン・スコルジー
内田昌之【訳】

THE KAIJU PRESERVATION SOCIETY

JOHN SCALZI

早川書房

怪獣保護協会

THE KAIJU PRESERVATION SOCIETY
by
John Scalzi

Translated by
Masayuki Uchida
First published 2023 in Japan by
Hayakawa Publishing, Inc.
This book is published in Japan by
arrangement with
Ethan Ellenberg Literary Agency
through The English Agency (Japan) Ltd.

カバーイラスト／開田裕治
装幀／日高祐也

大好きな宣伝担当者、アレクシス・サーレラに
そして、曲を書いてくれたマシュー・ライアンに

登場人物

ジェイミー・グレイ………………フードデリバリー・サービス会社の従業員
トム・スティーヴンス……………ＫＰＳタナカ基地ゴールドチームの基地運営管理者
アパルナ・チャウドリー…………ゴールドチームの新メンバー。生物学者
カフランギ・ラウタガータ………ゴールドチームの新メンバー。化学者、地質学者
ニーアム・ヒーリー………………ゴールドチームの新メンバー。天文学者、物理学者
ブリン・マクドナルド……………ゴールドチームの指揮官
ジェネバ・ダンソ…………………ブルーチームの指揮官
イオン・アルデリアヌ……………ブルーチームの生物学者
マーティン・サティ………………ヘリのパイロット
リドゥ・タガク……………………基地施設とセキュリティの管理者
ロブ・サンダース…………………フード＃ムード社のＣＥＯ

1

「ジェイミー・グレイ！」ロブ・サンダースがオフィスのドアから顔を出し、にっこり笑って手を振った。「来てくれ。始めようか」

わたしはワークステーションから立ちあがり、メモ用紙とタブレットをつかんで、同じくにっこり笑った。カニーシャ・ウィリアムズに目をやると、彼女は小さくこぶしを突き出してきた。

「一発ぶちかまして」カニーシャは言った。

「どかんとね」わたしはCEOのオフィスに向かった。今日は勤務評価がおこなわれる。わたしは本気でそれに圧勝するつもりだった。

ロブ・サンダースはわたしを歓迎し、彼が好んで〝談話席〟と呼ぶ場所へ招き寄せた。低いテーブルを囲む四つの大きな原色のビーンバッグ。テーブルは、磁石に引っ張られた鉄球がガラスの下で真っ白な砂の上をころがって、さまざまな幾何学模様を描いていくやつだ。いまは渦巻き模様ができあがりつつある。わたしは赤いビーンバッグを選び、少しあたふたしながらそこへ身を沈めた。タブレットが手から滑り落ちたが、ビーンバッグから床に落ちるまえになんとかつかまえた。そして立ったままのロブを見あげて、にっこり笑った。ロブは笑顔を返し、ふつうのデスクチェアを引き寄せて逆向きにすわると、背もたれの上で腕を組んでわたしを見おろした。

〝なるほど、CEO様の権力を見せつけようってわけか、よくやるよ〟と思ったものの、そんなことは少しも気にならなかった。CEOのエゴがどんなふうに働くかは理解していたし、今回はうまく話を進めるための準備ができていた。ここへ来たのはロブから六カ月間の勤務評価を受けるためであり、まえに言ったとおり、一発ぶちかましてやるつもりだったのだ。

「快適かね？」ロブがたずねた。

「最高です」わたしはできるだけ目立たないように重心を移し、右側へのわずかな傾きを直した。

「よかった。ジェイミー、きみがフード#ムードに来てどれくらいたつ？」

「六カ月です」

「ここで過ごした日々についてどう感じている？」

「よくきいてくれました。それについてはとても満足しています。実を言えば」――タブレットを掲げて――「今回の話し合いでは、少し時間をいただいて、フード#ムードのアプリだけではなく、レストランやデリバリー要員や利用者との関係をどうすれば強化できるかについて話したいと思っています。いまは二〇二〇年、フードデリバリー用アプリの分野は成熟しています。ここニューヨーク市を初めとする広い世界で、グラブハブやウーバーイーツなど数多くの企業と競争するためには、差別化のために全力を尽くす必要があります」

「きみは関係を強化できると思っているわけだ」

「はい、そうです」ビーンバッグの上で身を乗り出そうとしたが、尻がさらに深く沈み込んだだけだった。しかたがないのでタブレットを指差すだけにしておいた。「さて、新型コロナの状況についてはご存じかと思います」

「知っている」

「ロックダウンが近づいているのは明らかです。つまり市内ではいつも以上に食品のデリバリーが増えるということです。しかし、それはレストランがテーブルサービスをおこなえなくなって苦境に陥るということでもあります。フード#ムードが独占掲載でデリバリーサービスを提供する代わりに手数料を下げると申し出れば、レストランのオーナーと懇意になれるだけでなく、よそのアプリより優位に立つことができます」

「うちの手数料を下げろというのか」

「はい」

「パンデミックが続くかもしれないのに収益を減らせと」

「ちがいます！　まさにそこなんです。よそより早く動いて人気のあるレストランを、しゃれではなく、囲い込ん《ロックダウン》でしまえば、うちに注文が集中するので収益も増えます。わたしたちの収益だけではありません。デリバリー要員も――」

「デリバレーター」

　わたしはビーンバッグの中で身じろぎした。「はい？」

「デリバレーター。いまはそう呼んでいる。気が利いてるだろ？　おれが考案した言葉だ」

「ニール・スティーヴンスンが考案したのでは」

「だれだ？」

「作家です。『スノウ・クラッシュ』を書いた」

「それは、なんだ、『アナと雪の女王』の続篇か？」

「本ですね」

　ロブはどうでもいいと言うように手を振った。「ディズニーじゃなければ訴えられる心配はない。なんの話だった？」

「ええと、デ、リ、バ、レ、ー、タ、ー、も収益が増えるかもしれません。配達料を上げるんです――大幅にではなく」これを聞いてロブが眉をひそめ始めた。「よそのアプリと差別化できるだけでいいんです。ギグエコノミーでは、ほんのわずかな後押しが大きな力になります。忠誠心が少しでも高まれば、サービスも向上し、それがまた差別化要因になります」

「基本的に品質で勝負したいんだな」

「そうです！」さっと指を突き出したら、体がさらにビーンバッグに沈み込んだ。「つまり、いままでもわたしたちはよそのアプリよりすぐれています。その点を明確にするだけでいいんです」

「コストは少し余分にかかるが、それだけの価値はある、ということか」

「そう思います。まあ、荒っぽいですよね？　でも、そこが肝心なんです。フードデリバリー用アプリの分野でほかのだれもやっていないことをやるんです。ライバルがこの狙いに気づくころには、わたしたちはニューヨークを支配しているでしょう。まず手始めに」

「思いきったアイデアだな、ジェイミー。きみはリスクを恐れずにどんどん話を進めていくんだ」

わたしは顔を輝かせ、タブレットをおろした。「ありがとう、ロブ。そのとおりだと思います。フード#ムードで働くために博士課程を離れるというのは大きなリスクでした。シカゴ大学の友人たちは、新興企業で働くために荷造りをしてニューヨークへ出ていくなんて頭がおかしいんじゃないかと考えていました。でも、それがしっくりきたんです。わたしは料理の注文のしかたに改革をもたらしていると思います」

「そう言ってもらえるとありがたい。われわれがこうしているのはフード#ムードにおけるきみの将来について話し合うためだからな。きみの胸のうちにある情熱を生かすためには、どこに配属するのがベストなのか」

「こちらこそ、そう言ってもらえるとありがたいです」もう一度ビーンバッグの中で身を乗り出そうとしたが、失敗したので、思いきって両腕をついて体を持ちあげてみた。ビーンバッグの形が変わって少し楽な姿勢になったが、できた隙間にタブレットが滑り込んでしまった。いまやわたしはタブレットの上にすわっていた。無視することにしよう。「会社にどのように貢献すればいいのか教えてください」

「デリバレーショニング」

わたしはまばたきをした。「はい？」

「デリバレーショニング」ロブは繰り返した。「うちのデリバレーターがやる仕事だ。彼らは配達《デリバレート》する。だからデリバレーショニングだ」

「それはデリバリーとはちがうのですか？」

「ちがわないが、デリバリーを商標登録することはできないからな」

わたしは話題を変えた。「では、フード＃ムードのデリバ……レーショニング戦略の、指揮をとれということでしょうか？」

ロブは首を横に振った。「それではきみにとって窮屈すぎると思わないか？」

「よくわからないんですが」

「おれが言いたいのはな、ジェイミー、フード＃ムードは現場できみのような人材を必要としているということだ。最前線で。街角から情報を得るために」ロブは手を振って窓の外をしめした。「リアルで。生々しい。ありのままの。それができるのはきみだけだ」

この言葉を理解するのに少し時間がかかった。「フード＃ムードのデリバリー要員になれということですか」

「デリバレーター」

「それは会社の役職ではありませんよ」

「だからといって会社にとって重要ではないとは言えないぞ、ジェイミー」

もう一度姿勢を直そうとしたが、また失敗した。「待って――いったいなにが起きているんですか、ロブ？」

「どういう意味だ？」

「これはわたしの六カ月間の勤務評価だと思ったんですが」

ロブはうなずいた。「ある意味、そうだ」

「でも、あなたがわたしにさせようとしているのはデリバリー要――」

「デリバレーター」

「――どう呼ぼうが知ったこっちゃないですが、それは会社の役職ではありません。わたしを一時解雇《レイオフ》するつもりですか？」

「一時解雇ではない」ロブはきっぱりと言った。

「だったらどうしようと？」

「フード#ムードでの仕事の経験をまったく別のやりかたで花ひらかせる絶好の機会を提供しているんだよ」

「そのやりかたでは福利厚生も、健康保険も、月給もありませんが」

ロブはこれには不満げだった。「それはちがう。フード#ムードはドラッグストアの〈デュアン・リード〉と相互協定を結んでいるから、デリバレーターは厳選された健康製品を最大十パーセント割引で購入できる」

「ああ、わかった、もういいよ」ビーンバッグから体を持ちあげようとして、滑り、タブレットの上にすわり込んだら、画面にひびが入ってしまった。「完璧だな」

「心配することはない」やっとの思いで立ちあがったわたしに、ロブがタブレットを指差しながら言った。「それは会社のものだ。帰るときに置いていけばいい」

わたしはタブレットをほうり投げ、ロブはそれを受け止めた。「あんたはクソ野郎だ。念のために言っておくよ」

「きみがフード#ムード・ファミリーの一員でなくなるのは寂しいよ、ジェイミー。だが忘れないでくれ、いつでもきみのためにデリバレーターの席はあけておくから。約束だ」

「そんなことにはならないよ」

「決めるのはきみだ」ロブはドアの外を指差した。「カニーシャが契約解除の書類を用意しているから。きみが十五分後にまだここにいたら、ビルの警備員が出口を探すのを手伝ってくれる」彼は椅子から立ちあがり、デスクまで歩いていくと、そこにあるゴミ箱にタブレットをほうり込み、なにか連絡をするためにスマートフォンを取り出した。

「知っていたんだな」わたしはカニーシャに近づきながらなじるように言った。「知っていて、とりあえず幸運を祈ったんだな」

「ごめんなさい」カニーシャは言った。

「こぶしをあげて」

カニーシャはとまどいながらこぶしをあげた。わたしは自分のこぶしを軽く当てた。「よし。これでさっきの連帯のグータッチは取り消しだ」

「わかった」カニーシャは契約解除の書類を差し出した。「これも伝えろと言われたんだけど、あなたの名前でデリバレーターのアカウントが開設されている」デリバレーターと発音すると痛みがあるような口ぶりだった。「念のため」

「死んだほうがましだ」

「早まらないで、ジェイミー」カニーシャは警告した。「ロックダウンが迫っている。それに〈デュアン・リード〉の割引は十五パーセントになったし」


「そんな一日だった」わたしはルームメイトのブレントに言った。

ヘンリーストリートの四階にある、この哀れを誘うほど小さくてエレベーターもないアパートメントを、わたしはブレントと、ブレントのボーイフレンドのレアティーズと、リーバという都合のよい見知らぬ人とシェアしていた。みんなリーバの姿はほとんど見かけたことがなく、もしも彼女が毎日のようにシャワー室の壁に長い髪の毛を残していなかったら、ほんとうに存在しているとは思えないかもしれなかった。

「それはきついな」ブレントが言った。

「その会社を爆破してやろう！」レアティーズが、ブレントと同居している部屋から口をはさんできた。彼はそこでビデオゲームをしていた。

「だれも爆破なんかしない」ブレントがレアティーズに向かって怒鳴り返した。

「いまのところはね！」レアティーズが応じた。

「なにか問題があるたびに爆破して解決することはできないんだ」

「きみができないだけだろ！」

「会社は爆破するなよ」ブレントはわたしに言った。レアティーズに聞こえないように声をひそめている。

「そんなことはしない」わたしは約束した。「でも心そそられるな」

「じゃあ、いまはほかの仕事を探しているのか？」

「そうなんだが、見通しはあまりよくない。ニューヨークは全市に非常事態宣言が出ている。どこもかしこも閉鎖中だ。だれも人なんか雇わないし、見つかる仕事ではここの家賃は払えない」わたしは四階にあるアパートメントを身ぶりでしめした。「ただ、良い知らせと言えるかどうかわからないが、フード#ムードからの退職金でわたしの分の家賃を数カ月は払うことができる。たとえ飢えても、少なくとも八月まではホームレスにはならない」

ブレントはこれを聞いて困ったような顔をした。

「どうした？」わたしは言った。

ブレントはわたしたちがすわっているキッチンテーブルに積まれた郵便物の山に手を伸ばし、無地の封筒をつまみあげた。「じゃあ、これは見ていないんだな」

封筒を受け取って開けてみた。中には百ドル札が十枚と、〈こんな疫病まみれの街にはいられない――R〉とだけ書かれたメモが入っていた。

わたしはリーバの部屋に目を向けた。「出ていったのか？」

「ああ、そもそもあんまりいなかったけど」

「リーバはATMのカードを持った幽霊だ！」レアティーズがとなりの部屋から怒鳴った。

「ふん、これまた最高だな」わたしは言った。「少なくとも先月分の家賃は置いていってくれた」封筒とメモと紙幣をテーブルの上にほうり出し、頭をかかえる。「ほかのみんなを賃貸契約にしなかった報いだな。きみたち二人は出ていかないでくれよ、いいな？」

「実は」ブレントが言った。「そのことなんだが」

わたしは指の隙間からブレントをのぞき見た。「だめだ」

「なあ、ジェイ――」

「だめだ」

ブレントは両手をあげた。「なあ、聞いてくれ――」

「だめだあああああああ」わたしは泣きながらテーブルに突っ伏し、派手に頭をぶつけた。

「芝居がかってもむだだよ！」レアティーズが部屋から怒鳴った。

「きみはそこらじゅうを爆破したいだけだろ」わたしは怒鳴り返した。

「それは芝居じゃないよ、革命だ！」というのが返事だった。

わたしはブレントに顔を戻した。「見捨てるなんて言わないでくれ」

「わたしたちは劇場で働いているんだ」ブレントは言った。「きみが言ったように、どこもかしこも閉鎖されている。わたしにはたくわえがないし、レアティーズにもないのは知っているだろう」

「ぼくは笑っちゃうほど金欠だよ！」レアティーズが念を押した。

ブレントは顔をしかめてから続けた。「もしも状況が悪化したら、というか悪化するだろうが、わたしたちはここには住めない」

「どこへ行くんだ？」わたしの知るかぎり、ブレントには家族がいなかった。

「ボルダーにいるレアティーズの両親のところで同居させてもらえる」

「ぼくの部屋はそのままになってるよ！」レアティーズが言った。「爆破するまでは！」

「爆破はするな」ブレントは言ったが、明らかにうわのそらだった。レアティーズの両親はおもてむきはとても善良で保守的な人たちで、ことあるごとに息子を改名《デッドネーム》するまえの名前で呼ぶ。そんなクソなことが続けばだれだって心がすり減ってしまう。

「きみたちは残れ」わたしは言った。

「ああ、二人ともしばらくは残るつもりだ。だが、もしも金がなくなったら——」

「きみたちは残るんだ」わたしは力を込めて繰り返した。

「ジェイミー、きみにそんなことは頼めない」

「ぼくは頼めるよ！」レアティーズが部屋から怒鳴った。「ボルダーなんかクソくらえ！」

「決まりだな」わたしはテーブルから立ちあがった。

「ジェイミー——」

「なんとかなるさ」ブレントにほほえみかけて、自分の部屋へ戻った。郵便切手なみの広さしかないが、少なくとも風通しはいいし床は優しく鳴いてくれる。

クソみたいなツインベッドに腰をおろして、ため息をつき、横になってたっぷり一時間ほど天井をにらみつけた。それからまたため息をついて、体を起こし、スマートフォンを取り出して起動した。

フード#ムードのアプリが画面上でわたしを待っていた。

三度目のため息をつき、アプリをひらいた。

約束どおり、わたしのデリバレーターのアカウントはすべて準備がととのっていた。

2

「こんにちは、フード#ムードのご注文ありがとうございます」わたしはドアを開けた男に向かって告げた。そこはとんでもなく立派な新築のマンションで、ドアマンに入れてもらえたのは、わたしがデリバリー要員で、おそらく強盗ではないと事前に伝わっていたからだ。「デリバレーターのジェイミーです。わたしは情熱をもって、ご注文の」――ここでスマートフォンに視線を落とし――「七種類のスパイスを使ったチキンとヴィーガン春巻きをお届けいたします」そして男に向かって袋を突き出した。

「そう言えと指示されているの？」男は袋を受け取りながら言った。

「そうです」

「ほんとうはデリバリーに情熱をもっているわけじゃないんだろ？」

「正直、ちがいます」

「わかった。ぼくたちだけの秘密だ」

「ありがとうございます」わたしは帰ろうとしてきびすを返した。

「サムライの刀が見つかるといいな」

わたしは動きを止めた。「なんですって？」

「ごめん、内輪のジョークだ。デリバレーターは『スノウ・クラッシュ』からだろ？　ニール・スティーヴンスンの本の？　とにかく、その本の主人公はサムライの刀を持った配達人なんだ。名前は忘れたけど」

　わたしはくるりと体を戻した。「ありがとう。もう半年も料理のデリバリーをしていますが、そのことに少しでもふれてくれたのはあなたが初めてです」

「だって、すぐわかるよ」

「そう思いますよね？　このジャンルの現代の古典なんですから。なのに、だれもわかってくれないんです。まず第一に、だれも気にしない」――わたしは大きく手を振って、俗物的なロワーイーストサイドのすべて、そしておそらくはニューヨーク市の五つの区すべてをしめし――「第二に、だれかがそのことを口にすると、みんなターミネーターのパクリだと思うんです」

「公平に見て、実際ターミネーターのパクリだね」

「まあ、たしかに。でも、独自のものになっていると思います」

「きみがどんなことに情熱をもっているかよくわかったよ」

　突然、自分の身ぶりが大げさになりすぎていることに気づいた。おそらく、わたしもその男もマスクをつけているせいだろう。なぜそんなものをつけているかというと、ニューヨーク市が疫病まみれの国にある疫病まみれの街で、開発中のワクチンはわたしたちのいないどこかでまだ二重盲検試験の真っ最中だったからだ。

「すみません」わたしは言った。「人生のある時期、ユートピア文学とディストピア文学について博士論文を書こうとしたことがあったんです。ご想像のとおり、『スノウ・クラッシュ』も後者の一冊でした」わたしはうなずき、あらためて帰ろうとした。

「待って」男が言った。「ジェイミー……グレイか？」

〝なんてこった〟とわたしの脳が言った。〝このまま立ち去れ。立ち去って、デリバリーをしているなさけない姿を知り合いに見られたことは絶対に認めるな〟ところが、脳がそう言っているあいだにも、わたしの体は背後を振り返っていた。子犬と同じで、人は名前を呼ばれたら振り返るよう習慣づけられているのだ。「それはわたしです」言葉が流れ出したが、最後のほうは舌が必死になってすべてを回収しようとしているように聞こえた。

男はにっこり笑って袋を置くと、すぐに息がかかる場所から一歩さがり、一瞬だけマスクをはずしてわたしに顔を見せた。それから、あらためてマスクをつけた。「トム・スティーヴンスだ」

脳が記憶の原始ソーシャルネットワークを駆けめぐり、どうしてこの男を知っているのか突き止めようとした。相手から手掛かりは得られなかった。男は明らかに、自分のことをわたしがすぐに思い当たるような記憶に残る人物だと考えていた。実際はそうではなかったが、それでも――

「わたしがサウス・キンバーク・アヴェニューで五十三番ストリートのすぐ北側にあるアパートメントに住んでいたころ、ルームメイトのディエゴの親友だったアイリス・バンクスと付き合っていて、ときどきうちのパーティーにも顔を出していたトム・スティーヴンスか」わたしは言った。

「そのとおり」トムが言った。

「きみはビジネススクールに進んだはずだ」

「そうだよ。気にしないでくれ。超アカデミックとはいかないけど」

「というか」わたしは新築のとてもすてきなマンションを身ぶりでしめした。「きみには合っていたみたいだな」

トムは初めて気づいたかのようにマンションをちらりと見まわした。なんてやつだ。「そうみたいだな。とにかく、きみがなにかのパーティーで博士論文のことを話していたのをおぼえているよ」

「すまない。あのころはパーティーでよくそんなことを口走っていたな」

「いいさ」トムはきっぱりと言った。「だって、そのおかげで『スノウ・クラッシュ』を読めたんだよ？　きみは人生を変えてくれたんだ」

わたしはにっこり笑った。

「それで、どうして博士課程をやめたんだ？」トムがわたしにそうたずねたのは、その次にエチオピア料理のミックスミートセットとインジェラを届けたときのことだった。

「人生の四分の一が過ぎる時期に迎える危機ってやつだ」わたしは言った。「あるいは二十八歳の危機か。同じことだがちょっと遅れ気味だな」

「なるほど」

「あのころのわたしは、きみみたいな連中が、いや、気を悪くしないでほしいんだが――」

トムがマスクの奥でにやりと笑い、わたしは目もとのしわでそれを見てとった。「大丈夫だよ」

「――人生とキャリアを築き、バカンスを楽しみ、ホットな人びとと交流しているのを横目に見ながら、ハイドパークにあるおんぼろアパートメントで、いつもと同じ十六人といっしょにすわり、あれこれ本を読んだり、学部生たちに向かって、だめだ、論文は期限までに提出しろと念を押したりしていた」

「きみは本を読むのが好きなのかと思っていた」

「好きだけど、必要に迫られて読んでばかりだと、あんまり楽しくなくなる」

「でも、博士号を取ったら、教授になれたかもしれない」

わたしは鼻で笑った。「きみは学界の状況についてわたしよりずっと楽観的な見方をしているんだな。わたしには死ぬまで自分が非常勤講師でいる未来が見えていた」

「それは悪いことなのか？」

わたしはトムの料理を指差した。「収入はきみのインジェラをデリバリーするよりもさらに少なかっただろうな」

「それで、なにもかも捨ててデリバレーターになったのか」トムがそう言ったのは、わたしが韓国風フライドチキンを届けたときのことだった。

「いや」わたしは言った。「実はフード#ムードで仕事にありついた。福利厚生もストックオプションもあるまともなやつだ。そしてパンデミックが悪化したとき、あのまぬけなCEOに解雇された」

「ムカつくね」

「ほんとうにムカつくのは、わたしを通りに蹴り出したあとで、あいつがレストランを囲い込んでデリバレーターの配達料を上げるというわたしのアイデアを採用したことだ。とにかく、一部のデリバレーターについては。配達料が上がるのは星が四つ以上ついたときだけだ。だから忘れずに五つ星をつけてくれ。頼む、ぎりぎりのところなんだ。ひとつの星がだいじなんだよ、親愛なるデリバレーターの友」

「デリバレーターの友？」

わたしは天を仰いだ。「きかないでくれ」

トムはまた笑顔になって、目もとにしわを寄せた。「デリバレーターっていう呼び名はきみが考えたわけじゃないんだな」

「いや、まさか」

「そうだ、きみは従業員なんだから、これを知ってるはずだよな」トムがそう言ったのは、わたしがシカゴ風のディープディッシュピザを届けたときのことだった。ニューヨーク市内で、ましてやリトル・イタリーの近くでこのピザを食べることが許されているというのは、正直驚きだった。「なんで#がついてるんだ？」

「つまり、なぜフード#ムードで、より論理的なフードムードではないのか？」

「そう、それ」

「フードムードはすでにバングラデシュのフードデリバリー用アプリで使われていて、その名称を売ってもらえないからだ。もしもマイメンシンのほうへ行くことがあったら、まともなほうの名前のアプリを使ってくれ」

「バングラデシュなら行ったことがある。まあ、そこそこ」

「そこそこ？」

「仕事の関係でね。複雑なんだ」

「きみはスパイなのか？」

「ちがうよ」

「傭兵か？　それならこのすてきな新築マンションも納得だな」

「傭兵はノースカロライナの森の中のトレーラーハウスに住んでいると思う」

「もちろんそうだろう。傭兵はそう言えと指示されているからな」

「実際は、あるNGOで働いているんだ」

「まちがいない、傭兵だな」

「傭兵じゃないってば」

「CNNのバングラデシュのクーデターの映像できみの姿を見つけたら、そんなことを言っていたと思い出すだろうな」

「残念だけど、きみにデリバリーを頼むのは当面はこれが最後になる」トムがそう言ったのは、わたしがトルコ料理のシャワルマの盛り合わせを届けたときのことだった。「仕事の関係でまた何カ月かフィールドに出ることになってね」

「実を言うと、わたしがきみにデリバリーするのはこれが最後なんだ」

「退職するのか？」

わたしは声をあげて笑った。「ちょっとちがう」

「よくわからないな」

「ああ、聞いてないのか。フード#ムードはウーバー社に、ええと、四十億ドルで買収されて、ウーバーイーツに組み込まれる。どうやらうちは最高のレストランと最高のデリバレーターの囲い込みに成功したらしく、ウーバーはそれらの独占契約を会社ごとまとめて買い取るほうが簡単だと判断したようだ」

「じゃあ、きみのアイデアを盗んだCEOは――」

「ロブ・クソザル・サンダース」

「――いまや億万長者か」

「八十パーセントが現金取引だから、うん、かなりのものだな」

「でも、きみはウーバーのデリバリーはしたくないと」

「そこが最高なところでね。ウーバーには自前のデリバリー要員がいるから、うちのデリバレーター全員を引き受けたくはなかった。そんなことをしたらすでにいるデリバリー要員を不幸にしてしまう。だからウーバーは四つ星以上の評価を受けている人員だけを採用する」わたしはフード#ムードのアプリをひらき、自分のデータを見せた。「星が三・九七五なんだよ、ベイビー」

「ぼくはいつも五つ星をつけた」

「うん、それには感謝するよ、トム、いまとなってはほとんど役に立たないけど」

「これからどうするんだ？」

「長期的に？　まったくわからない。いままではなんとか暮らしていた。ルームメイトの中で定職と言えるものに就いていたのはわたしだけだから、家賃と光熱費と食費のほとんどを払っていた。いまはパンデミックの真っ最中だから、だれも人なんか雇わない。たくわえもないし、ほかに行くところもない。だから、うん。長期的にはなにもわからない。でも」わたしは人差し指を立てた。「短期的には？　クソみたいなウォッカのボトルを買って、シャワー室で飲み干してやるつもりだ。それなら、たとえなにか汚すことがあっても、ルームメイトに簡単に掃除してもらえる」

「すまない、ジェイミー」

「きみのせいじゃない。いずれにせよ、きみを相手に鬱憤を晴らしたことはあやまる」

「かまわないよ。だって、ぼくたちは友人じゃないか」

これにはまた笑ってしまった。「というより、業務上のサービス関係にほんの少し個人的なつながりがあるという感じかな。でもありがとう、トム。きみへのデリバリーはほんとうに楽しかった。シャワルマを楽しんでくれ」わたしは帰ろうとした。

「待った」トムはシャワルマを置いて、とてもすてきなマンションの奥へ姿を消し、少したってから戻ってくると、手を差し出した。「これを持っていって」

わたしはトムの手を見つめた。そこには一枚の名刺があった。思いが顔にあらわれてしまった。トムはマスク越しでもそれに気づいた。「どうかした？」

「正直に言っていいか？」

「ああ」

「現金でチップをくれるのかと思った」

「こっちのほうがいいよ。これは仕事なんだ」

わたしはとまどった。「なんだって？」

トムはため息をついた。「ぼくが仕事をしているNGOだよ。動物の権利を守る団体だ。大型動物の。ぼくたちはフィールドで多くの時間を過ごしている。所属しているチームがあってね。来週には出発する予定になっている。チームのメンバーの一人が新型コロナでヒューストンの病院に入院していて、人工呼吸器につながれているんだ」トムはわたしの顔に別の思いがあらわれるのを見て手をあげた。「もう危険な状態からは脱して、回復に向かっているとのことだ。でも、今週ぼくのチームが出発するまでに回復することはないだろう。彼の代わりになる人が必要なんだ。きみならできる。これはうちの採用担当者の名刺だ。彼女に会ってくれ。きみが行くことを伝えておくから」

わたしはさらにその名刺を見つめた。

「今度はなに？」トムがたずねた。

「きみは傭兵じゃないかと本気で思わないでもなかったんだ」

今度はトムが笑う番だった。「傭兵じゃないよ。ぼくがやっていることは、もっとずっとクールだ。そして、もっとずっとおもしろい」

「わたしは、その……なんの訓練も受けていない。なんであれきみがやっていること。大きな動物にかかわることは」

「大丈夫。それに、率直に言わせてもらうと、いまの時点でほんとうに必要なのは物を持ちあげてくれる単純労働者なんだ」トムはシャワルマを指差した。「きみが物を持ちあげられるのはわかっている」

「報酬は？」わたしは質問し、すぐに後悔した。プレゼントされた馬の口を蹴飛ばすような行為に思えたからだ。

トムは〝見えるかい？〟と言わんばかりに、とてもすてきなマンションを身ぶりでしめした。それから、あらためて名刺を差し出した。

今度はわたしも受け取った。

「グラシアにきみが行くことを伝えておく」トムは腕時計に目をやった。「いまは午後一時だ。今日中に会えるだろう。さもなければ明日の朝か。でも、それだとタイミング的にむりがあるな」

「そんなに急いで返事が必要なのか？」

トムはうなずいた。「ああ、実はそこが問題でね。グラシアが認めてくれれば、この仕事はきみのものになるけど、それを望むかどうかはいま決めてもらう必要がある。クールじゃないのはわかってる。でも、ぼくはすごく困っていて、きみに引き受けてもらえないのなら、ほかのだれかを見つけなけりゃいけない。大急ぎで」

「まあ、いまはフリーだからな。事実上、きみはわたしの最後のデリバレーターの友だった」

「そうか、よかった」

「トム……」

「うん？」

「なぜだ？　いや、感謝しているんだよ、心から。ほんとうに感謝している。たったいまきみはわたしの命を救ってくれた。でも、なぜなんだ？」

「第一に、きみには仕事が必要で、ぼくには渡す仕事があるからだ。第二に、完全に自己本位な観点から言うと、ぼくもきみに救われるからだ。チームが全員そろわなければフィールドに出られないし、見ず知らずのだれかを連れていって重荷になっても困る。たしかに、ぼくたちは友人じゃない。いまはまだ。でも、きみのことはよく知っている。そして第三に……」トムはまたにっこり笑った。「数年まえにきみが『スノウ・クラッシュ』を教えてくれたおかげで、ぼくはいまの道へ進むことができた。だから、ある意味、恩返しをしているだけなんだ。さて――」彼は名刺を指差した。「その住所はミッドタウンだ。グラシアには二時半ごろに行くと伝えておくから。急いでくれ」

3

「さっそくですが」グラシア・アヴェッラが言った。「KPSについてトムからどのように聞きました?」

KPS——トムがくれた名刺に記されていた団体——のオフィスは、三十七番ストリートのコスタリカ領事館が入っているビルの五階にあった。待合室は小さな診療所との共有になっていた。そこに入って一分もたたないうちに、アヴェッラが迎えに来て、彼女の個人オフィスに案内してくれた。KPSのオフィスにはだれもいなかった。ほとんどの人たちと同じように、みんな自宅で仕事をしているのだろう。

「動物の権利を守る団体だと言われた」わたしは言った。「フィールドで仕事をしていて。それで重い物を持ちあげる人が必要だとか」

「はい、どれもそのとおりです。トムはどんな動物か言っていましたか?」

「あー、大型動物?」

「それは質問ですか?」

「いや、つまり、大型動物とは言っていたが、具体的にはなにも」

アヴェッラはうなずいた。「大型動物というと、なにを思い浮かべますか?」

「ええと、ゾウ?　カバ。キリン。サイとか」

「ほかには？」

「クジラかな。でもクジラの話とは思えなかったな。トムは〝フィールドで〟と言っていた。〝海に出て〟ではなかった」

「厳密には、〝フィールドで〟は両方を意味します。しかし、わたしたちの仕事のほとんどは陸地でおこなわれています」

「わたしは陸地が好きだな。溺れないから」

「ジェイミー――ファーストネームで呼んでかまいませんか？」

「どうぞ」

「ジェイミー。いい知らせがあります。トムが言ったとおり、次のフィールドでの作業には人手が必要です。それもただちに。トムから推薦があったので、連絡を受けてからあなたが到着するまでのあいだに身元調査をおこないました。逮捕歴はなく、ＦＢＩやＣＩＡやインターポールに目をつけられていることもなく、問題のあるＳＮＳ投稿もありません。財政面の信用度も良好です。まあ、学生ローンをかかえている割には」

「ありがとう。永遠に使うことのない修士号のために永遠に返済を続けるのが大好きで」

「その件ですが、あなたの修士論文はかなり良いです」

わたしはたじろいだ。「わたしの修士論文を読んだのか？」

「ざっとですが」

「どうやって手に入れたんだろう」

「シカゴに友人がいるので」

「なるほど、すごいな」

「要するに、あなたは明らかな危険人物ではないし、チームメイトになる人たちに迷惑をかけることもないでしょう。いまのわたしたちにとってはそれで充分です。というわけで、おめでとう、あなたが望むならこの仕事はあなたのものです」

「すばらしい。引き受けるよ」自分でも気づかないうちに両肩にのしかかっていたストレスの大岩が急に消え失せた。これでパンデミックの最中にホームレスになって飢えることはないのだ。

アヴェッラは指を一本立てた。「まだ感謝はしないでください。この仕事はあなたのものです――しかし、この仕事をほんとうにやりたいかどうか決めてもらうために、まずはその内容を理解してもらう必要があります」

「なるほど」

「第一に、KPSは動物の権利を守る団体だと言いましたが、わたしたちはそれらの動物たちと活発にかかわりを持っています――とても大きく、とても野性的で、とても危険な動物たちです。動物との接し方については訓練をおこないますし、いかなるときも厳しい安全規定を遵守しています。それでも大怪我をすることはありますし、不注意な行動をとれば命を落とすこともあります。この点について少しでも迷いがあったり、あたえられた指示や命令を忠実に守ることができなかったりするのであれば、この仕事は向いていません。以上のことを理解していると口頭で認めてください」

「理解した」

「けっこう。第二に、わたしたちがフィールドに出ている、というのは、ほんとうに出ているということです。何カ月もぶっ続けで文明から離れて。インターネットもなく。外界とのコミュニケーションもごくわずか。出入りするニュースもほぼ皆無。手に入るのは自分が持っているものだけ。シンプルに生きて、仲間たちに頼り、仲間たちに頼られることを受け入れる。ネットフリックスやスポティファイやツイッターがないと生きていけないのであれば、この仕事は向いていません。あなたはそんなフィールドに出ることになります。これを口頭で認めてください」

「少し説明を求めてもいいかな？」

「もちろんです」

「〝フィールドで〟と言うとき、それはどの程度のものなんだ？　つまり〝世界のほかの部分から遠く離れているが壁はある〟くらいなのか、それとも〝小さなテントで生活して、自分で掘った穴にうんちをする〟くらいなのか」

「自分で掘った穴にうんちをすることに抵抗があるのですか？」

「やったことはないけど、学ぶ意欲はある」

これを聞いてアヴェッラは笑みを浮かべた、ような気がした。マスクのせいではっきりしないのがもどかしい。「ときどき穴の中にうんちをすることになるかもしれません。とはいえ、わたしたちのフィールド基地には自立型の構造物があります。それに配管も」

「わかった。それなら理解したと認める」

「第三に、わたしたちの仕事は機密事項です。つまり、あなたがどこでなにをしているかについては、KPSの外部の人には話せないということです。ここではっきりと強調しておきますが、わたしたちの活動にとって機密保持はきわめて重要なことなので、もしもあなたがだれかに——たとえそれが愛する人でも——情報を漏らしたことが判明した場合、わたしたちは法律に基づいて可能な限界まであなたを起訴できますし、実際にそうします。これはこけおどしではなく、前例があるのです」

「機密保持契約にサインしなければいけないということか？」

「いまやっているのがそれです」

「でも、わたしはすでにKPSがなにをしているのか知っている」

「わたしたちが動物の権利を守る団体だと知っていると」

「そうだ」

「それはCIAがデータ分析会社だと言っているようなものですね」

「じゃあ、あなたたちはやっぱりスパイなんだ！　それとも傭兵か」

アヴェッラは首を横に振った。「どちらでもありません。こういうやりかたをしているのは、保護する動物の安全のためです。さもないと良くないことが起こるのです」

そういえば、密猟者やハンターが、観光客がネットにあげた写真から位置情報を読み取って、絶滅の危機に瀕した動物を殺しているという記事があった。なるほど。

「ひとつ質問がある」わたしは言った。「法律に違反する行為を求められることはないね？」

「ありません。それは約束します」

「わかった。では、理解して受け入れる」

「けっこう」アヴェッラは小さな紙片を取り出した。「それでは、いくつか簡単な質問をします。まず、有効なパスポートはありますか？」

「ある」夏にアイスランドへ行くつもりだったのだ。疫病が広がり、仕事を失って、引きこもりのマンハッタンの住民へのデリバリーで暇がなくなるまでは。

「身体に重大な障害はありませんね？」アヴェッラは目をあげた。「言っておきますが、あなたはこれから向かいの部屋でドクター・リーの入念な健康診断を受けることになりますので、これは大まかに確認しておくための質問です」

「障害はない、健康だ」

「アレルギーは？」

「いまのところはない」

「暑さや湿気にはどのように対処していますか？」

「ワシントンDCで夏にインターンをしていたことがあるが、死ななかった」

アヴェッラは次の質問をしかけて、言葉を切った。「次の質問はSFやファンタジーについてどう思うかというものですが、あなたの修士論文を読んだので、これは飛ばしていいでしょう。このジャンルにはかなりなじみがあるようですから」

わたしの修士論文のテーマは、フランケンシュタインからマーダーボットにいたるまでのSF小説におけるバイオエンジニアリングの扱いだった。「ああ、でもなんだか適当な質問だな」

「そんなことはありません」アヴェッラは断言した。「遺言状か、なんらかの相続計画を作成したことは？」

「いや、ないな」

アヴェッラは舌打ちをしてメモをとった。「食事での制限は？」

「ヴィーガンになろうとしたこともあったが、チーズがないと生きていけないので」

「ヴィーガンチーズがありますよ」

「そんなものはない。チーズとそれが象徴するものすべてをあざ笑う、細断されたオレンジと白の悲しみがあるだけだ」

「もっともです。いずれにせよ、あなたが行くところでヴィーガンになるのはむずかしいです。最後の質問です。針は嫌いですか？」

「すごく好きというわけでもないが、恐怖症ではないな。どうして？」

「これからたくさん出会うからです」

「まずこれをやってしまいましょう」ドクター・リーはそう言うと、わたしの鼻の穴から脳に届きそうなところまで綿棒を押し込んだ。これは合格したと知らされた健康診断の締めくくりだったが、ワクチン投与の始まりでもあった。

「いやあ、楽しい」終わったところでわたしは言った。

「これを楽しいと思うのなら、社交の場で会うのはやめておくほうがいいですね」ドクター・リーは検査のために綿棒をケースにおさめた。「感染しているようには見えませんが、最初から感染しているように見える人はいませんから、念のためです。結果が出るまでのあいだ、注射をしておきましょう」彼女は戸棚に手を入れて、注射器がならぶトレイを引き出した。

「それは?」わたしはたずねた。

「基本的な予防接種です。ごくふつうのもの、新しいもの、それとブースター接種用。はしか、おたふくかぜ、風疹、インフルエンザ、水ぼうそう、天然痘」

「天然痘?」

「はい、なにか?」

「絶滅したのでは」

「そう思うでしょうね」ドクター・リーは一本の注射器を掲げた。「こちらは新しいやつです。新型コロナ用ワクチン」

「出荷されたのか?」

「厳密には実験的なものです。友達には言わないでください。嫉妬されるので。さて。海外旅行の経験はどれくらい？」

「多くはないな。去年は学会でカナダへ。学生時代の春休みにはメキシコへ」

「アジアは？　アフリカは？」

わたしは首を横に振った。ドクター・リーは不満げに咳払いをして、注射器のならぶ別のトレイに手を伸ばした。本数をかぞえ始めたら緊張してきた。

ドクター・リーがそれに気づいた。「注射で阻止されるものに感染するより、注射を打つほうがずっとましですよ」

「ドクターのことは信頼している。ただ、たくさんあるから」

ドクターはわたしの肩をぽんと叩いた。「たくさんではないです」また手を伸ばし、最後のトレイを引き出す。そこには少なくとも十本の注射器がならんでいた。「ほら。これでたくさん」

「うわあ」わたしはトレイテーブルから身を引いた。「いったいなんなんだ？」

「大型動物に囲まれて働くことになると言われましたよね？」

「ああ、それで？」

「よろしい、では……」ドクター・リーは最後のトレイの一番手前の注射器を指差した。「これは動物から感染するかもしれない病気を予防するため」その奥にならんでいる数本を指差す。「これらは動物の寄生虫から感染するかもしれない病気を予防するため」最後の数本を指差す。「そしてこれらは、外気の中に出るだけで感染する病気を予防するためです」

「なんだかなあ」

「こう考えてみてください。われわれはあなたを動物たちから守っているだけではありません。あなたから動物たちを守っているのです」

「点滴かなにかでぜんぶまとめて投与できないのかな?」

「いやいや、それではだめです。これらのワクチンの中には、ほかのワクチンと相性が悪いものもあるので」

「それなのに、ぜんぶわたしの体に入れるのか?」

「実は、投与する順番が決まっています。ですから、あなたの血流がそのときまでに最初のワクチンを薄めてくれます」

「わたしをからかっているんだよな」

「ええ、そういうことにしておきましょう。それと大急ぎで副作用の説明をします。これから数日は痛みやうずきを感じるかもしれませんし、微熱も出るかもしれません。たとえそうなっても、まったく正常なのであわてないでください。われわれがワクチンに戦わせようとしている病気について、あなたの体が学習しているというだけのことです」

「わかった」

「また、少なくとも二本については、ひどく空腹を感じるようになるでしょう。好きなだけ食べてかまいませんが、過度に脂っこいものは避けてください。そのうちの一本があなたの体に脂分を排出するよう命じるからです——それも正常な括約筋の制御がき、わ、め、て、困難になるやりかたで」

「それは……よくないな」

「大惨事です。まじめな話、これから十八時間はおならをしようなどと考えてもいけません。それはおならではありません。きっと後悔することになります」

「あなたが嫌いになりそうだ」

「よくあることです。それと、これから二、三日は青い色を見ると偏頭痛になるかもしれません」

「青」

「はい。なぜそうなるかはわからないのですが、そうなることだけはわかっています。そんなときは、しばらくのあいだ青くないものを見ていればいいです」

「知ってると思うけど、空は青いよね？」

「はい。屋内にいてください。上を見ないように」

「とんでもないな」

「いいですか、わたしはその事態を引き起こすわけではなく、その事態を引き起こす注射をするだけです。最後に、この注射により」――ドクター・リーは注射器が一番多いトレイの最後の一本を指差し――「およそ二百五十回に一回の割合で、注射を受けた人は、なんというか、激しい殺人的な暴力の衝動に襲われます。たとえば、〝このビルにいる連中を皆殺しにしたあと頭蓋骨を積みあげて燃やしたい〟レベルの暴力です」

「それはよくわかる」わたしは断言した。

「いいえ、わかりませんよ」ドクターも断言した。「幸い、極度の倦怠感という直接的な副作用があるので、ほとんどの人は衝動のままに行動を起こすことはありません」

「つまり、〝あんたを殺したいけどそのためにカウチを離れるのはいやだ〟みたいな感じか」

「そのとおりです。われわれはそれを殺人常習症候群と呼んでいます」

「そんなものがあるはずがない」

「それがあるんですよ。ある特定の食べ物がその殺人衝動を打ち消すのに役立つことはわかっています。もしもその衝動が起きて、しかも立ちあがって動きまわるだけの気力があったときは、ベーコンを焼くか、アイスクリームを一パイント食べるか、バターを塗ったパンを何枚か食べるかするといいです」

「つまり、脂っこい食べ物だ」

「基本的には」

「脂っこい食べ物は避けろと言ったことはおぼえているね？」

「はい」

「要するに、ここでの選択肢は〝殺人狂〟か〝クソの大旋風〟かのどちらかになると」

「わたしはそういう表現はしませんが、そうなります。ただ、どちらの副作用も出ない可能性はかなり高いですし、両方が同時に出ることはほぼありえないでしょう」

「もしもそうなったら？」

「トイレでベーコンをバカ食いしてください、というアドバイスしかできませんね」ドクター・リーは一本目の注射器を取りあげた。「準備はいいですか？」


「注射はうまくいきましたか？」アヴェッラがオフィスに戻ったわたしにたずねた。

「ドクター・リーを殺さずにすんだ」わたしは言った。「でも、いまは腕がほとんど動かせないせいかもしれない」

「ドクターを殺さずにいてくれてありがとう」アヴェッラはマスクをはずした。「わたしは数週間まえにワクチンを接種しました」こちらの表情に気づいて、彼女は続けた。「あなたも注射をしたので、もう自分がしていないふりをする必要がなくなりました。でも、不快になるなら元に戻します」

「いや、かまわない」わたしもはずそうかと思ったがやめておいた。

アヴェッラはデスクの上の書類ホルダーをとんと叩いた。「何枚か書類に記入してもらわなければなりません。給与の口座振込みや、医療および福利厚生制度への加入のために必要な情報です。それと、これは任意ですが、うちのほうであなたの家賃や学生ローンなどを管理するための限定委任状も用意されています」

「え?」

アヴェッラはにっこりした。「トムは話さなかったようですね。給与のほかに、あなたの毎月の家賃と学生ローンの支払いをKPSが負担します。クレジットカードやそのほかの商業的債務がある場合は、あなたに支払ってもらわなければなりませんが、こちらで代わりに支払って給与から差し引いたり、まだおこなっていないなら自動支払いを設定することもできます」

「それはすごいな」

「ジェイミー、わたしたちはあなたに多くを求めることになります。そのときにはあなたをこの世界から引き離すことになります。わたしたちにできるのは、あなたが戻ってこられる場所を確保することです。給与といえば、まだ金額の話をしていませんね。あなたが納得してくれるなら、初めは十二万五千ドルになります」

「ああ、それでいいよ」わたしは呆然としていた。

「これとは別に最初の支払いまでのつなぎとなる一万ドルの契約ボーナスがあります」

「もちろん、そうだろうな」わたしはバカみたいに口走った。

アヴェッラはデスクから封筒を取り出し、わたしに差し出した。

わたしは封筒を見つめた。「それは……」

「現金で二千ドル、残りは銀行小切手です。ご希望なら八千ドルを決済アプリのアカウントに送ることもできますが」

「できれば……」わたしは口をつぐんだ。

「はい？」

「これをルームメイトに送金できるかきこうと思ったんだ。わたしがいないあいだの出費をまかなってもらうために」

「これは現金払いのボーナスですよ、ジェイミー。好きなように使ってかまいません。それでもまだ心配なら、あなたがいないあいだ、うちのほうで給与の一部をその人たちに送金するよう手配してもかまいません。よくやっているんですよ。KPSは国際組織なので、多くの雇用者が故郷に送金しています。それと同じようなことです」

「それはすごい！」わたしは思わず叫んだ。金の戦略的活用でわたしのかかえているすべての問題がいきなり解決するのは、バカバカしくなるほど最高だった。

「そう思っていただけてうれしいです」アヴェッラはそう言って、また書類ホルダーを叩いた。「ここに二日後のアムトラックの列車のチケットが入っています。それだけの時間があればニューヨークでやっておくべきことはすべて片付けられるでしょう。宅配便で残りの書類をわたしのところへ送り返したら、長旅にそなえて荷造りをしてください。服については、移動のあいだに着るもの以外は心配いりません。でもそれ以外については、数カ月におよぶ長旅であなたが必要とするものを持参してください。パスポートも忘れずに」

わたしは書類ホルダーを取りあげた。「行き先はどこなんだ？」

「まずはBWI、ボルチモア・ワシントン国際空港です」アヴェッラは言った。「それから先のことは――いずれわかります」

4

トム・スティーヴンスが、BWI空港駅で列車を降りたわたしを出迎え、キャリーケースとリュックに目を向けた。「持っていくものはそれでぜんぶ?」

「必要なのは旅行着だけだと言われたからな。それ以外はたくさん持ってきた」わたしはキャリーケースを指差した。「自分の衛生用品と各種スナック」リュックに目を移す。「電子機器一式と数テラバイト分の映画、音楽、本。サングラスと野球帽。なんとなく、サングラスと野球帽は必要になるんじゃないかと思って。まちがえたかな?」

「いや、充分だ。それ以外はこっちでぜんぶ用意する。会えてよかった、ジェイミー。仕事を受けてくれてありがとう。きみのおかげでみんな救われたよ」

「まあ、わたしのほうも救われたし、おあいこだな」

「それでいこう」トムはチケットを差し出した。「きみの渡航文書だ」

わたしはそのチケットに目をとおした。「トゥーレ空軍基地ってどこなんだ?」

「グリーンランド」

「グ、グ、グリーンランドへ行くのか? ホッキョクグマとつるむとか?」

トムがマスクの奥でにやりと笑うのがわかった。いまはわたしと同じように顔を隠すためにつけているのだ。「さあ、空港まではシャトルバスだ。きみのチェックインをすませよう。飛行機は午前二時まで飛ばない。いまはみんなでラウンジを占領している」

「グリーンランド？」ブレントがわたしのスマートフォンの画面上で言った。

「だよなあ？」わたしは言った。

空港のチェサピーク・クラブラウンジは、わたしの理解するところでは、ふだんならブリティッシュ・エアウェイズの乗客がロンドン行きの便に搭乗するまえに利用するラウンジだ。だが、今日はKPSのスタッフが数十人いて、その多くがわたしと同じように、いまのうちにと、友人や恋人を相手にスマートフォンでおしゃべりに興じていた。

「あそこにはホッキョクグマがいるんじゃないか」ブレントが言った。

「アザラシもいる」わたしは指摘した。「かなりでかくなる」

「だろうな。知らないけど。大型動物を扱うというから、アフリカに行くのかと思ってた。わたしの知るかぎり、大型動物がいるところといったらアフリカだ」

「それは過去の植民地文化を重んじるきみの偏屈な姿勢のあらわれだね！」レアティーズが画面の外のどこかで叫んだ。

「それはちがう」ブレントは叫び返してから、わたしに顔を戻した。「いや、たぶんそうなんだろうけど」

「心配なのは荷物に入れた防寒着が少なすぎることだな」わたしは言った。

「ホッキョクグマを倒して腹の中にもぐり込むんだよ！」レアティーズが叫んだ。「ルークがトーントーンでやっただろ！」

「口をはさむのをやめろ」ブレントは言い返し、それからわたしに言った。「会社がきみを凍えさせたりはしないだろう」

「ルークもそう思ってたよ！」レアティーズが叫んだ。

「あいつの言うことに耳を貸すな」ブレントが言った。

わたしはにやりと笑って話題を変えた。「わたしが出かけているあいだ、きみたち二人は大丈夫か？」

「本気で言ってるのか？　ジェイミー、わたしたちはきみのおかげで救われたんだ。引っ越さなくていいいし、飢え死にすることもない。キスしてやってもいいぞ」

「エロいな！」レアティーズが叫んだ。

「そういうキスではないが」ブレントは表現を弱めた。

「いや、わかってるよ」わたしは言った。「どうやら、今日はあちこちで人を救ってるみたいだ」

「おまけにエロいし！」レアティーズが付け加えた。

「あいつがわたしたちの会話に口をはさむことがなくなるのは寂しいな」ブレントは言った。「それを言うなら、わたしたちの会話がなくなるのも」

「まったくだ。できるだけ近況を送るよ」もしもできるなら、と言うべきだが、いまはそんなことは口にしたくなかった。

「いいね。新参者だからって舐められないようにしろよ。なにかあったら連絡してくれ」

「こっちには爆弾があるよ！」レアティーズが叫んだ。

「爆弾なんかない」ブレントが訂正した。「でも、その気になれば手に入る」

わたしは声をあげて笑って接続を切った。とうぶんこんなことはできなくなる。ちらっと目をあげると、若い女性がこちらを見ていた。

「ごめん」わたしは言った。「話すときはイヤホンを使うべきだったな」

「ううん、大丈夫」その女性はラウンジとKPSのスタッフを身ぶりでしめした。「これ以外にも人の暮らしがあるのを聞けるのはうれしい。〝これ〟がどんなものかはまだわからないけど」

「ああ」わたしは察した。「きみもこの仕事は今日が初めてなんだ」

「うん。あそこにも新人が二人いるよ」女性は熱心におしゃべりをしている大学院生らしきコンビを指差してから、わたしに顔を戻した。「アパルナ・チャウドリー。生物学」

「ジェイミー・グレイ。物を持ちあげる」

アパルナはにっこりした。「みんなのところへ来ない？」

わたしはスマートフォンをしまった。「そうしよう」

わたしたちが近づいていくと、大学院生らしきコンビが顔をあげた。

「また新人を見つけたよ」アパルナが興奮気味に言って、わたしを指差した。「ジェイミーは物を持ちあげるの！」

「それがわたしだ」わたしは告白した。

「だったら、実用性のある人材が少なくとも一人はいるわけだ」わたしの一番近くにいる男がそう言って、手を振った。「カフランギだ」そして連れを指差した。「こっちがニーアムで、専攻は天文学と物理学、おれは有機化学と地質学を少し。二人ともオタクだ」

「やあ」ニーアムも手を振った。

わたしは手を振り返した。「わたしもSF小説について博士論文を書こうとしたことがあったから、〝オタク〟の資格はあると思う」

「へえ、そうなのか」カフランギが言った。「てっきり人間起重機として参加しているだけなのかと思った」

「いや、そのとおりだよ。未完成の博士論文はただのおまけだ」

「さっき話していたことをジェイミーに聞かせてあげて」アパルナが言った。

「うん」ニーアムがわたしのほうへ向き直った。「グリーンランド。なんでそうなる？」

返事をしようとしたとき、だれかが手を叩いて注意をうながした。そちらへ目をやると、とても権威のありそうな女性が立っていた。全員がおしゃべりをやめ、スマートフォンをしまって、その女性に注目した。数人がちゃかすようにブーイングを始めた。

「ああ、うるさい」女性がいらだったようなふりをして言うと、笑いが起こった。「戻ってきた人たちは、会えてうれしいです。新しい人は……だれが新しいの？」

わたしたち四人が手をあげた。

「ああ、もう集合しているんですね、よしよし」その言葉に、また笑いが起こった。「新人のみなさん、わたしはブリン・マクドナルド、ＫＰＳタナカ基地ゴールドチームの指揮官です。これがそのチームです」彼女が部屋全体を身ぶりでしめすと、歓声と拍手がぱらぱらとあがった。「そんなに興奮しないで」彼女が真顔で言うと、さらに笑いが起こった。「さて、新入のみなさんはいろいろと質問があると思います。たとえば――」マクドナルドは聴衆に合図した。

「なぜグリーンランドなんだ！」新人をのぞく全員が叫び返した。

「――いますぐ教えることはできますが、教えるつもりはありません」マクドナルドが続けた。「わたしたちが無慈悲だからというわけではなく――」

「実際、無慈悲だけどな」だれかが口をはさみ、笑いを誘った。

「――サプライズをだいなしにしないための伝統なのです。信じてください、それだけの価値はあります。いまのところは、わたしたちもこの目で見るまでなにも知らなかった、ということだけ知っておいてください。

それはさておき。いつものように、トゥーレ空軍基地への飛行機は午前二時に出発、飛行時間は六時間半。これもいつものように、機内にはわたしたち以外に民間人も軍人もいます。つまり、飛行中はマスクを着用しなければなりません」――うめき声――「この件について泣き言は聞きたくありません。みなさんがワクチンを接種したからといって、ほかの人が接種しているとはかぎりませんし、みなさんから接種していない人に感染しないわけでもないのです。だからバカなことは言わないように」

さらに不満の声があがったが、とりあえずみんな落ち着いた。

「さて、全員でかたまって席につくのが基本ですが、それでもKPS以外の人たちと話をすることがあるかもしれません。もしもトゥーレ空軍基地へ行く理由をきかれたら、自分たちは内務省の職員で、グリーンランドの氷河の地球物理学的調査をしているという、いつもの説明をしてください。新人のみなさん、わたしたちがこの説明を使うのは、あまりにもつまらない話なので、KPSの歴史が始まって以来だれ一人としてそれ以上の説明を求めてきたことがないからです」

笑い声。

「それ以外については、通常のルールが適用されます。飛行中でも着陸後でも、KPS以外の人たちとKPSに関する話はしない。到着後は、待機しているKPSの受付係が案内してくれる、などなど、すでに流れはわかっていると思いますが、新人のみなさんは、ほかの人たちから目を離さずについてきてください。迷子になったら冬のあいだずっとトゥーレ空軍基地で過ごすことになります。そんな人生はいやでしょう」

さらに笑い声。

「トゥーレ基地の天気予報はほぼ曇りですが、気温は氷点より高く」――ここで小さく歓声があがった――「東から弱い風が吹いています。ゆっくりくつろいで、必要な人に電話をして、最後のメール送信やフェイスブックへの投稿をしてください。もうじきすべてにお別れすることになりますから。以上です！」

マクドナルドは腰をおろした。また雑談が始まり、人びとはスマートフォンに手を伸ばした。

ニーアムもその一人で、少しなにか調べてから言った。「なるほど、〝タナカ〟という基地の名前がわかっても、なんの役にも立たないな。グーグルで最初に出てくるのは野球選手だ」

「ウィキペディアで調べてみた」カフランギが言った。「〝タナカ〟は日本で四番目に多い姓らしい。この名前の有名な日本人が大勢いる」

「となると、なんの手掛かりもないんだね、グリーンランドに行くということ以外は」アパルナが言った。

「それと、たぶんホッキョクグマといっしょになにかするということ」わたしは指摘した。

「あるいはアザラシか」アパルナが補足した。

「じゃあ、ちょっと教えてくれ」わたしは言った。「自分がなぜここにいるかはわかっている。金がなくなって、絶望して、仕事が必要だった。さもなければホームレスになって飢え死にしかけていただろう。みんなはどうなんだ？」

新人たちはいっせいに顔を見合わせた。

「ほとんど同じかな？」カフランギが言った。

「外はクソなパンデミックの真っ最中なんだよ、兄さん《メイト》」ニーアムが言った。

「ここにいるのはひどい別れかたをしたせい」アパルナが言った。「それと、うん。お金」

「オタクのための外人部隊みたいなものか」わたしは声をあげて笑った。「ホッキョクグマといっしょの」

「あるいはアザラシか」アパルナが補足した。


数時間後、わたしたち新人は、KPSのほかのスタッフと共にラウンジを出て、チャーター機に乗り込んだ。言われていたとおり、全員の席がかたまっていたが、わたしの列には空席があり、そこにすわった若い空軍兵からなぜトゥーレ基地へ行くのかときかれた。わたしは内務省の人間だという説明をした。人の目からあれほど急速に興味が消えていくのは見たことがなかった。空軍兵はヘッドホンをつけ、わたしは眠った。

六時間半後、トゥーレ空軍基地に着いた。どれくらいここにいるのだろうと思ったが、実際には、飛行機から降りて、KPSのスタッフの出迎えを受け、あとで聞いたところでは寒冷地仕様らしい二機のチヌーク型ヘリコプターに押し込まれるまでのことだった。ヘリはすぐに離陸して内陸へと向かい始めた。

「どこへ向かっているんだ？」わたしはトム・スティーヴンスにたずねた。ヘリに乗り込んだときに、となりにすわれと手招きしてくれたのだ。話は体を寄せ合うようにしないとできなかった。「グリーンランドのことはよく知らないが、その真ん中に氷河と寒さしかないことは知ってるぞ」

「まあね、そこがクールなんだよ」トムが言った。「グリーンランドにはキャンプ・センチュリーと呼ばれる米軍基地があって、公式には一九六〇年代に閉鎖された。軍事研究のための施設だ。そこには自前の発電用の原子炉があって、基地が閉鎖されたときにそれも停止した。聞いたことがあるだろう？」

「ああ」

「それは嘘だ。隠蔽工作だ。キャンプ・センチュリーは閉鎖されなかった。原子炉も停止していない。いまはＫＰＳが使っている。ぼくたちはそこへ行くんだ」

「グリーンランドの秘密の核基地へ行くのか？」

「クールだと言っただろ」

「なるほど、だがどうやって核基地を秘密にしておくんだ？」わたしは上を指差した。「物理学のことはよくわからないが、ロシアや中国にはスパイ衛星がある。あいつらなら、ええと、中性子かなにかに気づくはずだ」

「じきわかるよ」トムは言った。ＫＰＳの狭量な秘密主義に、わたしは急にいらだちをおぼえた。

一時間ちょっとたったころ、わたしたちはキャンプ・センチュリーの敷地に降り立ち、ヘリから輸送トラックに乗り換えてガレージのような場所に入った。背後で扉が閉じた。ＫＰＳのスタッフから、キャリーケースやリュックや所持品は、手荷物受取所にあるようなベルトコンベアにのせろと言われた。わたしはトムに目を向けた。

「大丈夫」トムは言った。「消毒だから。あとでぜんぶ返してもらえる」

わたしは肩をすくめ、なにもかもコンベアにのせた。

それから、ならんだテーブルでチェックインするために列についた。順番が来ると、ビニールで密封された服と靴をひとかかえと一枚の袋を渡され、シャワーエリアへ向かうよう指示された。

「着ていた服と靴を、ポケットの中身や取り外せるアクセサリといっしょに袋におさめて、その袋を回収箱に入れてください」ＫＰＳのスタッフが言った。「備え付けの石鹸を使って入念にシャワーを浴びます。髪の毛や頭皮も含めて、あらゆる場所を洗うこと。終わったら、もう一度、同じようにしっかり洗います。これでいいのかなと思うようでしたら、さらにもう一度。それから新しい服を着て、シャワー室の先にある待合室へ向かってください」

中に入り、裸になって、シャワーを浴びた。石鹸は塩素とラズベリーを混ぜたようなにおいで、二度と経験したくない組み合わせだった。新しい服は、首と手首と足首のところに伸縮素材が使われた、グレーのジャンプスーツで、靴はちょっと変わった軽量ブーツだった。下着と靴下はごく実用的なものが用意されていた。それをぜんぶ着てから、標識に従って待合室へ移動した。しばらくするとアパルナがやってきて、そのあとにニーアムとカフランギが続いた。

「鏡がないから教えてくれ」カフランギがそう言ってポーズをとった。「まんざらでもないかな？」

「もちろん」わたしは言った。

「妙だな、あんたのほうはクソみたいに見えるのに」

わたしはにっこり笑った。

名前を呼ばれたので振り向くと、トムが手を振っているのが見えた。わたしは新人たちから離れてトムのところへ行った。

「ぼくのそばにいて」トムは言った。

「わかった。でもなぜ？」

「そのときのきみの顔を見たいから」

わたしは顔をしかめた。「この秘密主義はほんとにムカつくな」

「ああ、わかってる。信じてくれるかな、それだけの価値があると言ったら？」

「あってほしいね」

部屋の奥にある扉の上で明かりがともった。扉がひらき、ガレージのように巻きあげられた。「行こう」トムがそう言って、わたしたちをこの新しい部屋の中へ導き、その部屋の奥にあるやはりガレージのような扉の近くまで移動した。ほかの面々もわたしたちのあとに続き、部屋はまぬけなグレーのジャンプスーツを着た人びとでいっぱいになった。背後で扉がガラガラと閉じた。

「だれかがいたずらを仕掛けようとしている気がする」わたしはトムに言った。

「いたずらじゃないよ」

明かりが消えた。

「これでもちがうのか？」わたしは暗闇の中でトムに言い返した。

「ここの原子炉の話をしたのをおぼえてる？」

「それがどうした？」

「いまそれを使ってるんだ」

「なんのために？」

なにかがもぎとられるような、ズシンという大きな音がした。わたしは暗闇の中で思わず身をかがめた。背後で、少なくとも何人かがびっくりして悲鳴をあげた。

「これだよ」トムが言った。

わたしがトムに人の殴り方を教えてやろうとしたとき、明かりが戻り、目のまえの扉がひらき始めた。それと同時に、外から空気が流れ込んできた——熱く、強烈な、湿った空気は、射し込む光が屈折しているのが見えるほど濃厚だった。

扉が上まですっかりひらいた。

外はジャングルだった。

わたしはあんぐりと口を開けた。

「まさにそれを見たかったんだ」トムが言った。

わたしはトムを無視して、到着した人びとを収容するためにあるらしい、広い吹き抜けのパビリオンに足を踏み入れた。そして端のほうへ近づいた。到着エリアは十メートルかそれ以上高いところに位置していた。下には基地のようなものが広がっていて、明らかに野生のままの緑が入り交じっていた。その緑は、基地の周囲に向かって、自分の目でもドキュメンタリー番組でも見たことがないほど高く奔放に生い茂る、巨大な植物の壁へと生長していた。アマゾンの熱帯雨林が駐車場に見えるほどだ。

息を吸い込んでみた。まるで純酸素をかみしめているようだ。

左へ目をやると、いっしょに立っているほかの新人たちも、同じようにあんぐりと口を開けていた。

「あのさ、ここはいったいどこなわけ？」ニーアムが言った。

「グリーンランドだ」トムがわたしたちの背後からこたえた。

ニーアムは振り返った。「兄さん《メイト》、これはグリーンランドじゃないよ。これは……緑《グリーン》すぎる」

「まちがいなくグリーンランドだよ」トムは手をあげて反論を制した。「ただ、きみたちが慣れ親しんできたところとはちがう。ちゃんと説明があるんだ。オリエンテーションでくわしく教えてくれるから」

「いますぐ説明してくれてもいいんだぞ」わたしは言った。

「それもそうか。ここはグリーンランドだ。ほんの少しちがう地球上にあるだけで」

ニーアムが激しい身ぶりですべての緑をしめした。「ほんの少しちがう？」

「その〝ほんの少し〟の使い方については、ニーアムの評価に同意せざるを得ないな」カフランギが言った。

「わかったよ、大きくちがう地球だ」トムが認めた。

「どんなふうにちがうの？」アパルナがたずねた。

トムは緑を指差した。「実は、それはもっとも強烈な部分ではないんだ」

「どういう意味だ？」そうたずねたとき、わたしは自分と、ほかの新人たちと、トムと、入場パビリオンをそっくり覆う、ひとつの影に気づいた。

ほかのみんなといっしょに顔をあげると、747旅客機のようなものがゆったりと羽ばたいて空を渡っていくのが見えた。

「あれは……ドラゴン？」だいぶたってからアパルナがたずねた。

「厳密にはドラゴンではないな」トムが言った。

「厳密には？」ニーアムが声を張りあげた。

カフランギがうなずいて指差した。「またしてもニーアムが代弁してくれたようだ」

「ドラゴンじゃないとしたら、あれはなんだ？」わたしはたずねた。

「カイジュウだよ」トムが言った。

「カイジュウ」

「ああ」

「ほんもののクソな怪獣か。日本映画に出てくるモンスターみたいな」

「ほぼそのまんまだよ。ほら、大型動物を扱うと言っただろ」

「ホッキョクグマの話をしているのかと思ってた」

トムは笑って首を横に振った。「ちがう。きみが言ったとおり、ほんもののクソな怪獣だ。名前に入ってるだろ」

「は？」わたしは言った。

「ＫＰＳ。〝怪獣保護協会《カイジュウ・プリザヴェイション・ソサエティ》〟の頭文字。それがぼくたちだよ、ジェイミー。ぼくたちはそのためにここにいる。それが仕事なんだ」

遠くから低い地鳴りのような咆哮が聞こえてきた。振り返ると、地平線上にある小さな山が立ちあがり、わたしたちのほうを見つめていた。

5

「じゃあ、ここがタナカ基地なのか」落ちた顎をパビリオンの歩道からなんとか持ちあげたあと、わたしはトムに言った。

トムは首を横に振った。「ここはホンダ基地」そこでわたしの顔つきに気づいた。「自動車会社からとった名前じゃないからね。由来になったのはイシロウ・ホンダ。一九五四年の映画『ゴジラ』の監督だ。北アメリカにある基地はどこもその映画を作った人たちから名前をとっている。タナカ基地、チュウコ・キタ基地、ナカジマ基地、その他もろもろ。タナカは映画のプロデューサーの名前だ。まあ、別のタナカもかかわっていたんだけど。よくある名前なんだ」

「日本で四番目に多い」カフランギが言った。

「出発するまえにウィキペディアで調べた人がいるみたいだな」

「ゴジラの製作者たちからとった名前をつけるなんて、ちょっとやりすぎだね」ニーアムがトムに言った。

「そうだな」トムは認めた。「ここでは全体にそういう傾向がある。どうしてもそうなるんだよ。だって、そうならないはずがないだろ？　知らないふりはできない。怪獣映画だけじゃない。いまだって、きみたちみんなに〝ジュラシック・パークへようこそ！〟と言わずにいるのはすごくむずかしいんだ」

「ジュラシック・パークではどの登場人物も良い結末を迎えなかった」わたしは指摘した。「本でも映画でも」

「まあ、あの人たちはやることが雑だったから。ぼくたちはちがう。それに、あれはフィクションだ。これは現実だ」

「だが、どうすればこんなことが現実に？　どうすれば凍りついたグリーンランドにある部屋に入ってジャングルにある部屋に出てくることになるんだ？」

「ドラゴンもいるし」アパルナが付け加えた。

「厳密にはドラゴンではないな」トムは彼女に言ってから、わたしたちを見まわし、新人たち全員に呼びかけた。「行こう。昼食をとりながら説明するよ」


ホンダ基地の食堂は小さな町の市場くらいの規模があり、サラダバーとビュッフェが用意されていた。わたしたち新人は、だれもが不安げにそれを見つめていた。

「どうした？」トムが自分の皿を用意してたずねた。「うしろがつかえているぞ」

「みんなサラダバーやビュッフェがない世界から来たばかりなんだ」わたしはトムに思い出させた。

「大丈夫だよ。ほら」トムはわたしをまわり込んで料理を選び始めた。

「ここにある農産物はどれも……ごくありきたりに見える」ニーアムが言った。「どこの先進国でも手に入るようなものばかり」

「この土地の農産物がどこにあるか気になるのか」トムが言った。

「そう」

「ほとんどは食べる気になれないだろうな」

「なぜ？」

「農産物というのは何世紀にもわたって人間が食べたくなるように改良されてきたものだからね」アパルナがニーアムに言った。「ここには人間を念頭において栽培されたものはひとつもない」トムに目を向ける。「そうでしょ？」

トムはうなずいた。「ここでは温室で農産物の栽培をしている。どれもこの土地のものではないけどね。冒険をしたい気分なら、あれをいくつか試してみるといいよ」彼はサラダバーの端のほうを指差した。

全員がそちらへ目を向けた。

「相棒《マイト》、どれもクソの化石に見えるぞ」カフランギが言った。

「だからここではウンチフルーツと呼ばれている」トムが言った。

「マーケティング担当者とよく話し合ったほうがいいな」わたしは指摘した。

「味は見た目よりいいんだ」

「見た目どおりだったら困るだろう」

数分後、わたしたちは食堂に置かれた木製のピクニックテーブルで席についた。ジャングルグリーンランドでは、ほんの数分外に出るだけでぐったりしてしまうからだ。トムの話によれば、昼食をとったあと、わたしたちを含めたゴールドチームの全員がタナカ基地へ向かう予定になっていた。

そのまえに、いくらか説明が必要だった。

「ぼくは科学者じゃない」トムが食事をしながら新人たちに言った。だれもウンチフルーツを口にする勇気はなかった。「きみたちは全員が、いや、ほぼ全員が科学者で」――わたしのほうへうなずきかけ――「そうでない一人もＳＦの専門家だ。だから科学的なこまごましたことはほかの人にまかせて、ぼくはただ、自分がきみたちの立場だったときに教えられたことを話すつもりだ」

「たとえば、この場所はどうやって存在しているのか」わたしは言った。

「そういうこと。だからまず最初に、ええと、見てのとおり」トムは手を大きく振って惑星全体をしめした。「並行地球は実在する。理論上は無限にあると聞いてるけど、ぼくたちが行けるのはここだけだ。いまのところは」

「わたしたちの地球と同じなのか？」

「まあ、ちがいがあるのはわかると思うけど」

「きみはさっき〝北米の基地〟と言った。ここは北米ということか」

「ああ、なるほど、言いたいことはわかった。そう、とても広い意味でね。この地球は、基本的な大陸のならびは同じだけど、ぼくたちのよりずっと暖かいからいくつかの大きなちがいがある。この地球には氷冠がないから、フロリダもないし、ぼくたちがアメリカの東海岸だと思っている場所も多くは存在しない。ボストンからジョージア州のサバンナまで、すべて水没している。というか、こっちにそれがあったら水没していただろう。それと、この地球がぼくたちの地球とほぼ同じ時空に存在することもわかっている」

「どうしてわかるんだ？」カフランギがたずねた。

トムはニーアムを指差した。「きみなら知っているはずだ」

「星空が同じなんでしょ」ニーアムはこたえて、ほかのみんなに目を向けた。「空を見あげたときに、ふだん見ているのと同じ星座が見えて、その形が歪んでいなければ、宇宙の同じ場所にいることになる。とにかくこちらの宇宙では」トムに顔を戻す。「いまの話だと、本来あるべき星空に見えているということ」

「まあ、ぼくが知っているのはおおぐま座とオリオン座だけなんだけどね」トムが言った。「それが本来あるべきところにある。それ以外の部分については、うちにいるほかの天文学者たちが確認している」

「だったら、気候のちがいはどう説明をつけるの？」アパルナがトムに質問した。

「いろいろな説があるけど、有力なのは、この地球にはチクシュルーブ衝突体が到来しなかったというものだ。ほら、恐竜を絶滅させたあの隕石だよ」

全員がいらだたしげにトムを見た。

「もちろん、きみたちはみんなチクシュルーブ衝突体がどんなものか知っている。ぼくは初めてここに来たときその名前で呼ばれるものがなんなのか知らなかったわけで、きみたちには無学な愚か者に見えるんだろうな」トムの口調は少しだけ苦かった。

「でも、わたしたちは時空の同じ場所にいるって言ったよね」アパルナがニーアムに言った。「その小惑星はどうしてここには衝突しなかったの？」

「星が正しい場所にあるからといって、宇宙で起こるすべての相互作用が同じになるとは限らない」ニーアムが言った。「太陽系には、八つの大惑星、数十の小惑星と衛星、そして大きさが一キロメートル以上の天体が十万個ほどある。そのすべてがおたがいに影響しあっている。しかもこれにはオールトの雲を考慮に入れていない」

「オールトの雲を忘れてはいけないな」わたしはまじめくさった顔で言った。

「太陽系にはあまりにも多くのカオスがあるから、小惑星や惑星が完璧に予想どおりの運動をすることはない」ニーアムはわたしを無視して続けた。「だから六千五百万年まえにあたしたちの地球に衝突した小惑星が、こっちの地球を完全にそれるとか、あるいは存在すらしなかった可能性は充分にある」

「そしておれたちの宇宙で地球をそれたものが、こちらの地球に衝突することもある」カフランギがあとを引き取って、トムに顔を向けた。「地層はどうなってる？　境界線はどこにあるんだ？」

「ほんものの科学者にきいてくれ」トムは言った。「でも、そうだな、そういう考え方もあるか。なにかの絶滅の危機は回避しても、別の危機があったかもしれない」

「じゃあ、あなたたちはここのモンスターが恐竜から進化したと考えているの？」アパルナは思いきり顔をしかめていた。おそらく生物学者として心の底から同意できないことを言われたときにそういう表情を見せるのだろう。

トムが指を立てた。「ちがう。それはわかっている。怪獣の生態はまったく別物だ。厳密には動物ですらない」

「じゃあ、なんなんだ？」わたしはたずねた。「怒れる植物？　復讐に燃える菌類？」

「どちらでもない。怪獣の生態はぼくたちの故郷のどんな生物ともちがう。まったくちがうんだ。生物界という言葉で考えてはいけない。生物システムとして考えないと。それ自体が生態系のようなものなんだ」トムはアパルナに顔を向けた。「残念だけど、これ以上は言えない。ぼくがここですることではないから」

この返事にアパルナは大いに不満をあらわにした。

「あなたはここでなにを？」カフランギがたずねた。

「公式の肩書きは基地運営管理者。非公式の肩書きは〝スケジュールを管理し、やばいことになったときに修正する男〟だ」トムはわたしを指差した。「ここにいるジェイミーは単純労働をぜんぶ引き受けてくれる」

「なんでも持ちあげるぞ」わたしは言った。

「いつからこんなことになってるの?」ニーアムがたずねた。

「KPSに入ったのは三年まえだね」

「いや、あんたじゃなくて」ニーアムは身ぶりでしめした。「これのこと」

「ああ、すまない。はるばるさかのぼると、ゴジラが地球にあらわれたときから始まっているんだ」

「はあ?」最初に言ったのはアパルナだったが、すぐに全員が同じ言葉を口走っていた。

「だから、もう一度言うけど、ぼくは科学者じゃないからね」トムは念を押した。

「それはもうわかった」わたしはいらいらと言った。

「核分裂と核融合はエネルギーを生み出すだけじゃない。宇宙のあいだの障壁を薄くするんだ」これを聞いて、科学者たちがいっせいに体を起こして異議を唱え始めた。トムは手をあげた。「わかるよ。ぼくが聞いてもたわごとに思える。科学的な裏付けはたしかにあるんだけど、ぼくの頭がついていけないだけだ。要するに、ぼくたちの地球で核爆弾を爆発させたら、こっちの地球の怪獣がそれを察知して突撃を始めたんだ」

「なぜそんなことを?」アパルナがたずねた。

「怪獣たちは食べ物だと思うらしい」

「そんな——」アパルナはトムが科学者ではないことを思い出して自制し、いかにも不満そうに言葉を継いだ。「続けて」

トムはうなずいた。「一九五一年五月、アメリカはエニウェトク環礁で水爆のプロトタイプを爆発させた。マーシャル諸島にある環礁だ。その二日後、一匹の怪獣が爆心地にあらわれた」

「ほんもののゴジラか」カフランギが言った。

「誤解のないよう言っておくけど、映画のゴジラとは見た目も行動もぜんぜんちがう。ただ大きくて、腹をへらしていて、食べるものを探して歩きまわっていたんだけど、アメリカ海軍にびっくりして海の中へ逃げ出した」

「それからどうなった？」

「海軍からのがれて三日間泳ぎ続けたあと、死んで日本の輸送航路に沈んだ。それでゴジラが誕生したんだ。日本の船員がアメリカ海軍がなにか大きなものを追いかけているのを目撃して、帰国したあとでその話をしたら、それが映画製作者に伝わった」

「言っておくが、わたしはそのゴジラ誕生秘話には懐疑的だ」わたしは言った。

「それでかまわないよ」トムは言った。「肝心なのは、それだけでは終わらなかったことだ。アメリカで同じことがさらに四回起きていて、そのうちの一回はネバダ核実験場だった。ソビエトで少なくとも三回。フランスとイギリスで少なくとも一回ずつ。重大な問題だったから、一九五五年に核保有国による秘密会議がひらかれて、この事態を防ぐ方法が検討された。そこで出た解決策が、こちらにまでまたがるプロジェクトに資金を投入して、怪獣がぼくたちの世界に来ようとするのを阻止するというものだった」

「それが怪獣保護協会か」

「うん、その前身となる組織だ。怪獣を保護することよりも、ぼくたちが宇宙の障壁に爆弾で開けた穴がふさがるまで、怪獣をこっち側にとどめておくことが重要だった」

「どうやって？」カフランギがたずねた。

「すごくたくさんの巨大爆弾《デイジーカッター》を使う、というのがぼくの理解だ」

「だが、もう核実験はおこなわれていない」わたしは指摘した。

「そうだね。その理由のひとつが——どんな条約にもないけど——怪獣の侵入を阻止するのが核保有国が望む以上に面倒だったということだ。それと、核攻撃の応酬のあとに、五十階建ての怪獣が次元の裂け目を抜けてあらわれて、ＩＣＢＭを生きのびた人びとに大損害をあたえてしまう可能性も考慮された」

「そりゃいいね」ニーアムが言った。「人でいっぱいの都市を核兵器でまるごと灰にするのはかまわないのに、そのあとでモンスターにかじられるのは耐えがたいんだ」

「わたしが言いたいのは、いまは怪獣が越境する恐れはないということだ」わたしは周囲を身ぶりでしめした。「だったらなぜこれが？」

「なぜいまだにここにいるのか、ということ？」トムが言った。

「そうだ」

「もちろん、科学的な理由もある」トムはほかの新人に手を振った。「きみの新しい友人たちは、これまでだれもやったことのない仕事をする。ここは文字どおりの新世界で、ぼくたちはまだその表面をひっかいただけだ。ここでおこなわれているのは、ほかのだれもやっていない——そしてこの先も絶対にやらないことだ。すごいじゃないか」

「でも、わたしたちはここでやっていることを共有できない」アパルナが言った。「そんなのは虚空の中で科学をするようなもの」

「共有はできるさ。いまはごく少数の科学者仲間だけだとしても、いずれ状況が変わるかもしれない。そうなったら、きみたちはそれぞれの分野でロックスターになる。悪くないだろ」トムはわたしに顔を戻した。「それはさておき、最近の資金の出所がどうなっているかというと、政府からの援助は続いているものの、以前ほどではなくなっている。でも、火星を目指して競争している億万長者たちが出資をしてくれているんだ——ここで発見されたことが、とても別の惑星からきたとは思えないようなかたちで、故郷で応用できるかもしれないと期待して」

「あるいは、故郷でろくでもないことが起きたときに逃げる場所を確保するためかな」ニーアムが言った。

「何人かはそれを考えたかもしれない。でも、彼らが考えているようにうまくいくとは思えない。むしろ火星に行くほうがいいだろうな」

「なぜ?」

「第一に、火星のほうが捕食者がずっと少ない」

「だが、理由は科学だけではないんだよな?」わたしは話題を戻した。

「そのとおり。ぼくたちが怪獣保護協会と呼ばれているのは、いかにも受けそうな名前だからというだけじゃない。怪獣がほんとうに助けを必要としていることがわかったからだ」

「小さな山ほどの大きさの生物が、なぜ人間の助けを必要とする?」カフランギがたずねた。

「いずれわかるよ。とにかく、ぼくたちは怪獣をフェンスのこちら側にとどめているだけじゃない。別の連中の侵入も阻止しているんだ」

「どういう意味だ?」わたしはたずねた。

「さっきも言ったように、核エネルギーは次元の障壁を薄くする」トムは身ぶりでホンダ基地をしめした。「いまでもキャンプ・センチュリーが維持されているのは、そこが——ぼくには理解できないさまざまな理由で——絶妙な位置にあるおかげで、ふたつの世界をつなぐ扉を簡単に、しかも予測可能なやりかたで開閉できるからだ。地球上には、キャンプ・センチュリーのほかにあとふたつ、怪獣防衛保護条約の加盟国が運営する施設があって、そこだけが怪獣惑星への公式の出入口になっている。

どこも厳重に管理され、安全が確保されている。長いあいだすべてを秘密にしてきたのには理由があるんだよ。

でも、いまではそこまで厳重に秘密にされているわけじゃない。政府も企業も怪獣惑星の存在を知っている。そうでなければぼくたちが仕事をして資金を得ることができないからね。この世界への扉はぼくたちが管理している。でも、その気になれば警備の目をくぐり抜けることはできる。というか、その気になればフェンスに穴を空けることはできる。やりかたさえ知っていればいいんだ。そうなったときは、そして実際にそういうことがあったんだけど、両方の世界が危険にさらされる。怪獣はたしかに人間にとって危険だ。でも、逆もまた然りなんだ」

「怪獣は人間を踏んでも気づきもしないだろう」カフランギが言った。

「蚊が一年に殺す人間の数は、人間も含めたほかのあらゆる種類の動物が殺す人間の数をぜんぶ合わせたよりも多い」トムはカフランギに言った。「逆に言えば、人間は自分たちよりも大きな動物をぼくたちのほうの地球上からほとんど一掃してしまった。狩り立てて絶滅させ、その棲息環境へ進出する。大きさは問題じゃない。これまでずっとそうだった」

「となると、わたしたちはモンスター警備隊でもあるわけだ」わたしはトムに言った。

「そのとおり。唯一の疑問は、だれがほんとうのモンスターなのか？」

「どの怪獣映画でも出てくる質問だな。もはや常套句だ」

「知ってる」トムは言った。「その質問が出るたびに人間が連想されるというのは、いったいどういうことなんだろうね？」

6

新人たちはみな思っていたことだったが、今回はニーアムが最初にそれを口にした。「あたしたち、あれで飛ぶの？」

ここで言うあれとは、十五世紀に怪獣サイズのレオナルド・ダ・ヴィンチによって試作されて、その後は最小限の整備しかされていないように見える巨大な飛行船のことだ。タナカ基地ゴールドチームのわたしたち以外の面々は、なにごともなかったかのようにタラップをあがっていった。

「どんなものを予想していたのかな？」わたしたちを飛行場まで案内してくれたトムが、ニーアムにたずねた。

「あんなにガタが来ていないものを」

「頑丈な乗り物だよ」

「兄さん《メイト》、あれじゃ異世界の破傷風にかかれと言われているようなもんだよ」

「おれたちは予防接種を受けたぞ」カフランギが言った。

「そんな予防接種はない」ニーアムは反論した。

「小美人《ショウビジン》号はまったく安全だよ」トムは言った。「実際、これ以上はないというほど安全な飛行船だ」

「納得させて」ニーアムが言った。「強く見つめているだけで、ヒンデンブルク号みたいに燃えあがりそう」

「第一に、これは水素ではなくヘリウムを使っている。水素飛行船はここではまずいからね。だから爆発することはない。第二に」トムは飛行船のフレームを指差した。「ほとんどが、ここにたっぷりある二種類の地元の素材、つまりベルウッドと怪獣の皮で作られている。ベルウッドは竹のように生長が早く、とんでもなく軽くて丈夫で、耐火性もある」

「どれくらいの耐火性？」

「ベルウッドの丸太を焚き火にのせたら、火が消えるくらいだ。怪獣の皮のほうは──たいていのものを通過させない。ヘリウムは閉じ込める。外界のものは締め出す。だから、うん。たしかにショウビジン号はできの悪い手作り品にしか見えない。でもこのあたりでは、長距離を移動するならあれがいいんだ」

「まだ納得できない」ニーアムは言ったが、それでも飛行船に向かって歩き始めた。

「どうやってヘリウムを手に入れるんだ？」カフランギが歩きながらトムにたずねた。「天然ガスから抽出するのか？」

「ほとんどは空気分離法を使っているよ」

「あまり効率がよくないな」

トムは濃い空気の中で手を振った。「ここではだいぶ効率がいい。大気が多いから、ヘリウムも故郷より多く存在する」

「怪獣の皮のほうは？」アパルナが言った。「それはどうやって手に入れるの？」

「怪獣狩りをするのかと言いたいのかな？」

「うん、そこが疑問だった」

「怪獣狩りは――めいっぱい穏やかな婉曲表現を使うなら――とても野心的な試みになるだろう」トムは言った。「だからやってない。怪獣だってほかの生物と同じように死ぬ。そのときに死骸から手に入れるんだ」

「どうやって?」

「とても慎重に」

わたしたちはタラップをあがって飛行船の客室に入った。


朽ち果てたスチームパンクのような外観とは裏腹に、ショウビジン号の客室はきちんと設備がととのっていた。最新のラウンジャースタイルの座席は、広い間隔で向かい合わせにならんでいて、歩きまわって広い窓から外をながめられるだけのゆとりがあった。船首側と船尾側に小さなラウンジがあり、それぞれが独立した化粧室と軽食エリアをそなえていた。ちらりとニーアムに目をやると、外観を見たときとはちがって内装のほうはいくらか安心できたようだった。わたしたちは自分の席を見つけて荷物をおろし、キャリーケースを足もとの収納スペースに押し込んだ。

「おかえりなさい、タナカ基地ゴールドチームのみなさん」ショウビジン号のスピーカーから声が流れ出した。「操縦士のロデリゴ・ペレス=シュミットと、いつもどおり副操縦士をつとめるマティアス・ペレス=シュミットです。わたしたちは親類ではなく、ただ結婚しているだけです」これを聞いて親しみのこもったうめき声があがった。ロデリゴはアナウンスのたびにこの台詞を言うのではないかという気がした。「今日は旅にはいい天気、みなさんとごいっしょできてうれしいです。目的地は風光明媚なラブラドル半島にあるタナカ基地で、ほぼ真南に位置し、距離はわずか二六五〇キロメートル。アメリカ人にとってはおよそ一六五〇マイルですが、みなさんがヤード・ポンド法を耳にするのはこれが最後になります。ほかの文明世界と同様、怪獣惑星では論理的に納得のいく計量単位が使われているからです」

またうめき声があがったが、今度はごくささやかだった。アメリカ人の数は比較的少ないようだったし、彼らは科学者なので、どのみちメートル法を使っているからだ。

「離陸後は、悪天候や怪獣の襲撃がないかぎり」――新人たちは心配そうに顔を見合わせたが、ほかの人たちはなにも気にしていないようだった――「時速百二十キロメートルで快適に巡航する予定です。ホンダ基地からの連絡によれば、ベッツィは北東にいるとのことなので、海に出るまでは高度二百から三百メートルで飛行することになります。新人のみなさん、ようこそ。また、旅路の大部分はバフィン湾とラブラドル海の上空を飛行するので、景色はそれほどよくありません。それでもショウビジン号で過ごす時間を楽しんでいただければと思います。本船はおよそ二十二時間後にタナカ基地に到着します」ペレス＝シュミットは、ショウビジン号のクルーを簡単に紹介してアナウンスを終了した。

「ベッツィ？」カフランギが新人たちといっしょにすわっているトムにたずねた。

「このあたりにいる怪獣だよ」トムが言った。「ここに来たとき見ただろう。小さな山みたいに見えたやつだ」

「きみが怪獣にベッツィと名付けたのか？」わたしは言った。

「ぼくじゃない、だれかほかの人だ。ベッツィになにか問題があるのか？」

「どうだろう、なにか日本的なやつとか、たとえば〝ハンマーフィスト〟とかそんな名前を予想していたから」

「正式には、成獣にはどれも番号がついている。でも、基地の近くに棲んでいるやつには非公式な名前があるんだ。なにかおぼえやすい呼び名が。ベッツィとか」

「〝ハンマーフィスト〟はおぼえやすいね」ニーアムが言った。

「きみが怪獣の名前を決めるときが来たら、そう名付けてもかまわない」

「その名前で呼ばれている人がいたらどうするんだ？」カフランギがたずねた。

「ハンマーフィスト？」

「それもあるけど、いま言ってるのはベッツィのことだ」

「いまは二十一世紀だ。ベッツィと呼ばれる人なんていないよ」トムは言った。「たとえいたとしても、ふつうは文脈というものがある。『ベッツィが研究室から届いた結果を持っている』なら、それは人間のことだろう。『ベッツィが怒って二万エーカーのジャングルを焼き払った』なら、たぶん怪獣のほうだ」

「もうヤード・ポンド法は使わないんじゃなかったっけ？」ニーアムが言った。

「二万エーカーがメートル法でどれだけになるのかわからなくて」

「約八千ヘクタール」アパルナが言った。

トムはアパルナを見つめた。「まさか、そんなに速く？」

アパルナは肩をすくめた。「ただの計算だし」

トムはわたしに顔を向けた。「きみはわかった？」

「わからなかった」わたしはこたえた。

「ありがとう」

「わたしは物を持ちあげる」

「ねえ、あの道はどこへ続いているのかな？」窓ぎわの席にすわっているニーアムが、飛行船が静かに上昇するにつれて見えてきた、蛇行する幅の広い道を指差した。

「あれは道じゃない」トムが言った。「怪獣のとおり道だ。やつらが歩くときにできる」

全員が首を伸ばして見た。

「うわ、広いな」カフランギが言った。

「怪獣は道に沿って歩くの？」アパルナがたずねた。

「たいていは」トムが言った。「ぼくたちが茂みの中ではなくて歩道を歩くのと同じ理由だよ。これについてはおもしろい話がある。このあたりは故郷で人が住んでいる場所なんだけど、怪獣のとおり道はむこうの幹線道路と一致することがよくあるんだ」

「地形的にもっとも障害の少ないルートをたどっているのか」カフランギは言った。

「大当たり」

「で、どこへ続いているんだ？」わたしはたずねた。「そういう道は」

「成獣にはなわばりがある。好きな場所を切りひらくんだ」

「その場所もわたしたちの都市と一致している？」

トムはにっこり笑った。「そういうこともある」彼は怪獣の道を指差した。「でも、ベッツィの場合、この道はホンダ基地の周囲をめぐるような感じになっている。ぼくたちがここでなにをしているのか知りたがっているようだ。あるいは原子炉を探しているのか。ほとんどの場合、ぼくたちをわずらわせることはないけどね」

「ほとんど？」ニーアムが言った。

「ベッツィは飛行船を追いかけることで有名なんだ」

「なにそれ、こわい」

「落ち着いて、実際につかまったことはないから」トムは考え直した。「まあ、人が乗っているやつはね。ドローンは二機つかまった」

ニーアムはトムを見つめ、シートベルトを力いっぱい締めた。


ラブラドル半島に差し掛かり、タナカ基地までもう少しというところ、ショウビジン号の客室になにかの音が鳴り響いた。全員が黙り込んだ。

音がもう一度、今度はずっと近くで聞こえた。

「あたしが思っている音じゃないと言って」ニーアムが言った。

ロデリゴ・ペレス＝シュミットの声がスピーカーから流れ出した。

「ゴールドチームにお知らせします。怪獣が出現しました。怪獣が出現しました。待機してください」

全員が沈黙を続けた。やがてペレス＝シュミットの声がスピーカーから戻ってきた。

「ゴールドチームにお知らせします。訂正、怪獣が二体出現しました。上昇にそなえてください」

客室内は騒然となり、全員が窓ぎわに駆け寄った。

「どういうことだ？」わたしはトムにたずねた。そして彼がまったく励ましにならない表情で窓の外を見ているのに気づいた。わたしは窓の外へ目を向けた。

とても大きな生き物が飛行船を見あげていた。そいつはあまりにも近く、飛行船はわたしたちをさらにそこへ近づけようとしていた。

「ああ、クソっ」わたしは思わず座席から立ちあがった。

「もう一匹いるぞ」カフランギが客室の反対側の窓ぎわから呼びかけてきた。わたしはカフランギのそばへ行き、彼が見ているほうへ目を向けた。

もう一匹の怪獣もやはり脳が拒否するような大きさだった。そいつはわたしたちを少し見つめてから、最初の怪獣に注意を戻した。そちらの怪獣はやはり近すぎたし、わたしたちはやはりそちらへ近づいていた。

それどころか、飛行船の進路は二匹のあいだへまっすぐ向かっていた。怪獣同士でなにかをやっている、あるいはわたしたちになにかをしようとしている、そのまっただなかへ。

「うーん、これはまずいな」わたしはカフランギにそう言ってから、振り返ってトムに叫んだ。「上昇しているはずじゃなかったのか！」

「上昇しているよ！」トムが言った。

〝これじゃ間に合わない〞と言おうとしたとき、怪獣の一匹が無数のジェットエンジンを急に点火したような叫び声をあげて、それ以外の音がまったく聞こえなくなった。

続いて、飛行船の反対側にいる怪獣が同じくらい大きな叫び声で返事をした。ステレオで完全に音が聞こえなくなることがあるなんて思ってもみなかった。

叫び声が止まった。とにかくわたしは止まったと思ったが、こちらの鼓膜が溶けたのかもしれない。それから、またもやステレオで轟音がとどろいた。だれかが客室の中で悲鳴をあげた。窓の外へ目を戻すと、こちら側の怪獣がのしのしと飛行船に向かってくるのが見えた。初めはゆっくりだったが、すぐに、実際の大きさを考えたらありえないはずの速さになってきた。

客室の反対側にいる人たちに警告しようと振り返ったとき、その窓のむこうで、二匹目の怪獣が同じように素早くこちらへ向かってくるのが目に入った。

バカげた話だが、わたしは思わず身をかがめた。

雷鳴のような音と衝撃が響き渡り、すぐに客室がばらばらに引き裂かれると思ったが、そうはならなかった。音はわたしたちの下から聞こえていた。二匹の怪獣が衝突した音だ。飛行船が怪獣には届かない高さまで上昇していたのだ。

怪獣たちがわたしたちを殺そうとしていないことを理解するまで数秒かかった。そいつらはおたがいを殺そうとしていたのだ。

ショウビジン号がわずかに南西へ進路を変えると、右舷側からは高層ビルなみの大きさの二匹の生き物がおたがいを叩きのめそうとする壮絶な光景が見物できるようになった。カフランギとわたしがながめていると、ほかの新人たちとトムもそこに加わった。

「いったいなにが起きたんだ?」わたしはトムにたずねて、戦う怪獣たちのほうへ手を振った。「パイロットはどうしてこんなものを見逃したんだ?」

「成獣には追跡装置がついている」トムは言った。「ときどき信号を見失うことがあってね。だからときどき予想外の場所にあらわれる」

「ああ、クソな飛行船の真横とかね」ニーアムが言った。

「発見するまでは地形の一部のように見えるんだ」トムは怪獣の片割れを指差した。「あれがケヴィン」

「へえ?」ニーアムが言った。「気のいいケヴィン君?」

「このあたりに棲む怪獣だよ。もう一匹はわからない。成獣になったばかりで、なわばりを主張しようとしているのかも」

「じゃあ、これはなわばり争いなのか」カフランギが言った。

トムはそれまで見せたことのない緊張した顔で肩をすくめた。「たぶん。交配という可能性もあるけど」

怪獣の巨大なかたまりが内臓をたなびかせて宙を舞った。客室内に耳をつんざく叫び声があふれた。

「やっぱりちがうかも」全員の聴力が復活したところで、トムが訂正した。

ケヴィンではないほうの怪獣がよろよろとケヴィンから離れ、木々を押しつぶしながらショウビジン号のほうへ近づいてきた。

「ちょっと、やめて、やめて、逆のほうへ逃げなさい、このうすのろな岩山」ニーアムが言った。

「大丈夫だよ」トムが言った。「ケヴィンはもう一匹を追いかけたりはしない」

「ふーん、でもあれはどうなの？」アパルナが指差した。

全員がそれを見た。ケヴィンが大きな鉤爪のついたこぶしで小さな公園ほどの大きさの地面のかたまりをえぐり取り、巨大な腕をぐっとうしろに引いていた。

「道具を使うのか」アパルナがひとりごとのようにつぶやいた。わたしは、こんなときでも科学的にものを考えるのかと、なかば感心しながら彼女を見つめた。

スピーカーがカチリと作動した。「えー、ただちにシートベルトを着用することをお勧めします」ロデリゴ・ペレス＝シュミットが告げた。

全員がそれぞれの座席に飛び込んだ。

ベルトのバックルを留めたとき、ケヴィンが小さな公園をもう一匹の怪獣のほうへ投げつけるのが見えた。つまりわたしたちのいるほうだ。巨大な土のかたまりが空中でばらばらにほぐれ、かなりの大きさがあるひとつがわたしたちめがけてまっすぐ飛んできた。

〝木が何本か混じってるな〟と思ったとき、客室全体が激しく揺れて、土と岩石と樹木のしぶきが斜め方向から飛来し、飛行船を打ちのめして重力の餌食にしようとした。

わたしたちは重力の餌食にはならなかった。まだ浮いていた。進み続けていた。

「あたしたち、なんで生きてるの？」ニーアムがまたもや全員を代表してたずねた。「木が何本もぶつかったのに」

「これは頑丈だと言っただろ」トムが言った。

わたしは客室を見まわした。窓はびっしりとひび割れていたが、枠の中にとどまっていた。キャリーバッグはどれも収納スペースから飛び出していた。座席に戻るのが間に合わなかった女性が、血のにじむ側頭部を押さえていたが、それ以外は全員ぶじだったようだ。トムの言ったとおりだ。ショウビジン号は見た目はぼろいが、あの襲撃を生きのびた。

とにかく、二匹の怪獣の喧嘩の巻き添えをくらっても生きのびた。わたしから見れば実際に怪獣に襲われたのと同じようなものだ。

「これが日常というわけではないよな」わたしはトムに言った。「つまり、怪獣に木を投げつけられるなんてことが」

「ぼくだって一度も経験がないよ」トムは請け合った。

またスピーカーが作動した。「ゴールドチーム、たったいまタナカ基地に報告を入れました。幸い、ケヴィンの追跡装置はぶじで、八十キロメートル先から送信が続いているそうです」ペレス＝シュミットの声だ。「一番ありそうなのは、寄生体が追跡装置をはずしてしまったということです。いずれにせよ、これでチームの何名かはケヴィンに別の追跡装置をつける新たなミッションを負うことになります。先ほどのサプライズは申し訳ありません。わかっていれば陸地に近づくまえに上昇していたのですが。良い知らせとして、スケジュールに遅れは出ておらず、ここから基地までのあいだにこれ以上のサプライズは見込まれていません」アナウンスは終了した。

「だれもサプライズを見込んだりはしない」カフランギが言った。「だからサプライズになるんだ」

どこか遠くから、山が痛みに耐えている悲痛な叫び声が聞こえてきた。

7

到着の十五分ほどまえに、ゴールドチームの一員が客室をまわって帽子と手袋をくばった。みんなそれを受け取っていたので、わたしたちも受け取った。手袋は妙に小さかったし、帽子もやはり小さく、ベールをぐるりと張りめぐらしてあるように見えた。

「クラゲみたいだな」わたしは言った。「それも小さいやつ」

「伸びるんだよ」トムが言った。「手袋もそうだ。つけてみて。ベールはスーツにマジックテープみたいにくっつくから。しっかり密着させるんだ」彼は髪の長いアパルナとカフランギにうなずきかけた。「髪は帽子の中に押し込んでおくといいよ」

「まあ、これもひとつのファッション哲学ではあるね」全員がアクセサリを身につけたところで、ニーアムが言った。

「虫じゃないかな」アパルナが言った。「刺すやつ」

「まちがってはいないな」トムが言った。

「どれくらいひどいの？」

トムはにっこり笑った。「いい知らせは、基地に入るまでのあいだだけということ。悪い知らせは、それが二百メートルあるということだ」

「見て」ニーアムが窓の外を指差した。「着いたみたいだよ」

木々のあいだに、自然にできたか、さもなければ人が切りひらいた草地が広がっていた。片側にパイロンで支えられた巨大な木造の格納庫があり、その両側にもっと小さな格納庫がならんでいた。大きな格納庫がショウビジン用で、小さな格納庫はヘリコプターや小型の飛行船用だろうか。その推測が裏付けられたのは、隣接する発着パッドに二人乗りのヘリコプターらしきものが引き出されるのを見たときだった。少し離れたところにある別のプラットフォームは驚いたことに精製所のようだ。さらにその先にも別のプラットフォームがあり、ソーラーパネルの列と、ゆっくりと回転する三基の縦型風力発電機がならんでいた。

それらすべてから少し離れたところにショウビジン号の係留所があり、横付けされている移動式タラップが、草原から一段高くなったプラットフォームに通じていた。そのプラットフォームから、立ちならぶセコイアなみの大木の中へ一本の通路が伸びていた。木々のあいだには、木造のプラットフォームや通路や建物があり、全体が目のこまかいネットのようなもので覆われていた。

「あれがタナカ基地?」わたしはたずねた。

「そうだ」

「イウォーク族の村に似せようとしたのか、それとも単なる偶然なのか?」

「まあ、厳密に言えば、タナカ基地はイウォーク族の村より数十年先んじている。だからあっちがぼくたちのに似ているんだ」

「ジョージ・ルーカスはそのことを知っているのか?」

「かもしれない」

ショウビジン号が係留所に誘導され、タラップが伸びた。これで正式に着陸したのだ。乗客が立ちあがってそれぞれの荷物をつかんだ。

「準備はいいか？」トムが言った。

ドアがひらいた。ぞろぞろと飛行船を出てタラップに足を踏み出すと、たちまち宇宙の歴史上に存在したすべての小さな羽虫が群がってきた。

「うわっ」カフランギがぴしゃぴしゃと羽虫を叩いた。

「叩かないで」トムが言った。「そいつらを刺激するだけだ」

「大興奮でおれを食おうとしてるぞ」

「きみだけじゃない、みんなを食べたいんだ。とにかく歩き続けて」

「いつもこうなのか？」わたしはたずねた。

「これは少ないほうだ」トムはだれもが大急ぎで目指しているタナカ基地を指差した。「全体がネットで覆われている理由がこれでわかっただろ」

「ここに着いて五分で失血死する危険性があることは警告してほしかった」

「だんだん楽になるよ。ほら」トムは基地に通じる長い通路を指差した。屋根とネットでしっかりと覆われている。近づいていくと、ファンが大きな音を立てて風を送り出し、通路の入口から羽虫の群れを吹き飛ばしているのがわかった。その通路へ十歩ほど踏み込むと、飛んでいる羽虫の数が、危険な状態からただわずらわしいくらいまでに減った。二十五歩目にはほとんどいなくなった。

わたしは血に飢えた生物がいなくなってほっとした。「いいね」

「あの大きな送風機はセンサーで人が近づいてくるのを検知して作動するんだ」トムは言った。「でも、ファンは常に通路からタナカ基地の外へ向かって微風を送っている。よほど断固とした吸血鬼でなければ、わざわざ侵入してきたりはしない」

「もしも侵入してきたら？」

「うん、だからカエルを飼ってるんだよ」

「なにを？」

トムはその質問を無視して、わたしの帽子とベールのアンサンブルを指差した。「屋外にいるときは、これで小さなやつはほとんど寄せ付けずにすむ。水辺にいる大きなやつは要注意だ。息のにおいを嗅ぎつけると、まっすぐ顔を狙ってくる」

「どれくらい大きいの？」アパルナがたずねた。

「大きいやつは叩けない。殴るしかない」

アパルナは少し考えてから言った。「ジョークなのかどうかわからないんだけど」

「ここの空気は、翅を広げた長さが一メートルもある昆虫がいたころの地球よりも濃くて、酸素も豊富だ。きみは生物学者なんだから、ぼくよりくわしいだろ」

アパルナはため息をついた。「殴れる昆虫ね、うん、わかった」

通路の前方で、ゴールドチームの一番手がタナカ基地に入っていくと、歓声があがり始めた。わたしたちはいっせいにトムに目を向けた。

「あれはレッドチーム」トムが言った。「ぼくたちと交代する連中だ。会えて大喜びしているんだよ」

通路を抜けたとたん、ジャンプスーツの上に派手なシャツをはおり、さまざまな種類の麦わら帽子をかぶった数十名の人びとが、ウクレレやギターをかき鳴らし、飲み物を手に喝采を送ってきた。おそらくレッドチームだろう。

ゴールドチームの全員が通路を抜けて虫よけの帽子を脱ぐと、芝居がかった静けさが広がり、ブリン・マクドナルドが、とりわけ派手なシャツを着て、とりわけみすぼらしい麦わら帽子をかぶり、とりわけ大きな飲み物を手にした男のまえに進み出た。

「ブリン・マクドナルド、KPSタナカ基地ゴールドチーム指揮官です。わたしのチームと共に、KPSタナカ基地レッドチームと交代するためにまいりました」

「ジョアン・シウヴァ、KPSタナカ基地レッドチーム指揮官です」派手なシャツとひどい帽子の男が言った。「みなさんが来てくれて安堵しております！」

シウヴァが手を伸ばして、自分のみすぼらしい帽子をマクドナルドにかぶせた。両陣営から激しい喝采がわき起こった。二人でハグをかわしたあと、シウヴァが派手なシャツを脱いでマクドナルドに差し出し、マクドナルドがそれを身につけた。これが権限移譲の合図だったようだ。

それをきっかけに、レッドチームのメンバーが次々と進み出てきて、交代要員に帽子やシャツや楽器などを手渡したが、飲み物だけは渡さなかった。わたしは気さくな男に声をかけられて、ウクレレと麦わらのカンカン帽と、オウムのイラストがついたポリエステル製のシャツをもらった。「きみのだ」男はそう告げると、わたしをハグして去っていった。

「そいつを弾けるのか？」カフランギがわたしにたずねた。彼は暴れ馬のイラストがついたオレンジ色のシャツを着て、麦わらの中折れ帽をかぶっていた。

「ぜんぜん」わたしはこたえた。

「ちょっといいか？」

わたしはウクレレを渡した。カフランギの演奏ぶりは、まるで生まれてからずっと弾いていたかのようで、事実そうなのかもしれなかった。わたしが演奏をながめているのを見て、カフランギは笑みを浮かべた。

「自分のを持ってこようか迷ったんだ。結局やめたんだけど、出発してすぐに後悔したよ」

「ここに一本あってよかったな」

「一本じゃないみたいだぞ。よかったら弾き方を教えてやるよ。暇な時間もたっぷりありそうだから」

「それはうれしいね」わたしが言うと、カフランギはにっこり笑い、演奏を続けながらぶらぶらと去っていった。

わたしはトムに顔を戻した。こちらはソンブレロをかぶり子猫のイラストの派手なシャツをはおっていた。「タナカ基地にはチームがふたつあって、ローテーションするのかな？」

トムは首を横に振った。「三チームある。各チームの滞在期間は六カ月で、ほかのチームとは三カ月ずつ勤務がずれている」彼は帽子を脱いだレッドチームを指差した。「レッド・チームは六カ月ここにいて、これから故郷で三カ月の休暇をとる」基地のもっと奥のほうの、別のKPS隊員の姿が見えるあたりを手でしめす。「ブルーチームはぼくたちと交代するために三カ月まえに到着して、まだ三カ月はここにとどまる。そのあとで、戻ってくるレッドチームと交代する。どのチームもほかの二チームと三カ月はいっしょに仕事をする。こうすればタナカ基地は常に人員がそろうし、継続性も保たれる」

わたしはトムの子猫のシャツを指差した。「これは？　三カ月ごとにやるのか？」

「派手なシャツや悲惨な帽子になにか恨みでも？」

「きみのは派手で悲惨だ。それに引き換え、わたしのはかなりいい感じだ」

「到着したときと出発するときにやるだけだ。中間については、ほかの二チームが引き継ぎをしているあいだ、ぼくたちがものごとを動かすことになる。ブルーチームがいまやっているように」

わたしは自分のシャツをいじくった。「それで、えーと、このシャツと帽子は持っていなければいけないのか？」

　トムはにっこりした。「そうしたければ持っていてもかまわない。でも、ふつうは物置に戻す。楽器もコミュニティの所有物だけど、こっちはふつうは借り出している。ここではなんでもコミュニティで共有するんだ。それで思い出したけど、本や映画をハードディスクで持ってきたと言ってたよね。ＩＴ担当者に申告してくれ。コミュニティのプレックスサーバーに追加するから」

「わかった」

「そういうのはぜんぶライセンスを持ってるんだよね？」

「あー」

「ジョークだよ。条約で著作権に関しては特別に除外されているんだ」

「ほんとか」

「うん。いつでも人間を踏みつぶせる高さ百五十メートルの生物に支配された並行地球に送られるんだから、電子書籍の貸し借りや『ストレンジャー・シングス』の観賞くらいは許されるべきだ、と思われているらしい」

「ありがたいな」

「とにかく、正気を保つのに役立つ。ウクレレよりもね」だれかがトムの名前を呼んだ。トムはあたりを見まわし、その人を見つけて手を振った。

「いつまでも子守をする必要はないぞ」わたしはトムに言った。「さよならを言いたい人がいるなら、そうしてこいよ」

「わかった、ありがとう。それに、もうじきブリン・マクドナルドがきみと友人たちを迎えに来て説明をしてくれるよ。本格的なオリエンテーションは明日から。ほんとうの仕事が始まるわけだ」

「わたしは物を持ちあげる」わたしは確認した。

「たしかに物は持ちあげる」トムは同意した。「でもそれだけではすまないよ」

「ダン、ダン、ダーーン」わたしは劇的な音楽をまねて言った。

トムは笑って去っていった。わたしは振り返り、到着する友人たちと出発する友人たちというふたつのグループが、数時間というあまりにも短い時間で三ヵ月分の空白を取り戻そうとしているのをながめた。

「始めに言っておきますが、わたしはちょっとだけ酔っているので、この説明は手短にすませることにします」ブリン・マクドナルドが言った。おそらくアルコールと思われる、なにかのグラスを手にしている。

マクドナルドがタナカ基地の大通りで集めた新人たちは、礼儀正しく待っていた。何人かは少し酔っているようでもあった。レッドチームのお別れパーティーがわたしたちの予想以上に盛りあがったのだ。

「まずは、ようこそ、わたしはブリンですが、それはご存じですね。みなさんのことはそれぞれのファイルを持っているので把握していますが、いまも言ったように、わたしはちょっとだけ酔っているので、だれがだれなのかおぼえているふりをするつもりはありません。明日は大丈夫です、約束します。その明日のことですが」――通りの先にある質素な木造建築を指差し――「朝食後の午前九時に、管理棟でみなさんとお会いして、オリエンテーションを始めます。できるだけ早く仕事にとりかかれるように、手短にすませるつもりです。みなさんが科学者であることは承知しています」――言葉を切り、わたしを見て――「あなただけはちがいますね、あなたは新しい下働き《グラント》です」

わたしはうなった《グラント》。

「とにかく、みなさんには仕事がありますし、賢い方ばかりなので、急いでとりかかってもらいます。今夜は……」マクドナルドは逆方向を指差した。「みなさんは同じバラックスイートを割り当てられていて、それはあちらになります、ご心配なく、名前はドアに掲示されていて、鍵は中にありますし、新しいジャンプスーツ一式もいっしょです、大丈夫です、賢い方ばかりですから、すぐにわかります、もしもわからなかったら、ほんとにだれでもいいので質問してください、助けてくれます、ここにいる人たちはクソ野郎ではないのです。まあ、何人かはそうですが、その人たちでさえみなさんを助けてくれるでしょう。もしも助けない人がいたら、ちっちゃな吸血昆虫の餌にしてあげます。みなさんもさっき出会ったやつです。そうそう、カエルは見ましたか？」

わたしたちはうなずいた。カエルは基地のあちこちにある小さな装飾用の池に棲んでいた。タナカ基地ではもっともペットに近い存在であるだけでなく、ネットの中に入り込んできた羽虫を食べるという役割もになっていた。羽虫は池があるのに気づいて、水を飲むために近づき、カエルがそれをつかまえる。天然の殺虫剤だ。しかもかわいい。生物学者のアパルナは、ここのカエルが地元産なのか、それともわたしたちの地球から輸入されたものなのかを知りたがっていたが、なにしろパーティーだったので、その疑問はこれまで解けないままだったし、アパルナもいまではほかの新人たちより少し酔っていて、返事を聞ける状態ではないのかもしれなかった。

「わたしたちはカエルが大好きなんです」マクドナルドが続けた。「コミュニティセンターの場所はわかると思います、なぜなら文字どおりすぐそこですから」彼女は飛行場への通路のすぐそばにある建物を指差した。「今夜、みなさんは部屋に荷物を置いたら戻ってこなければなりません。最初の晩は全員でいっしょに映画を観賞するのがゴールドチームの伝統だからです。今夜は――ええと――

『ゴジラ』、それと『パシフィック・リム』です。なぜなら、まあわかりますね」わたしたちは手を振ってこたえた。「しかもオリジナルの、ノーカットの日本版ゴジラです。アーロン・バーが出演したできそこないのアメリカ再編集版ではありません」

「レイモンド・バーですよ」わたしは言った。

「ああ、はい、そうでした」マクドナルドは自分の頭をぴしゃりと叩いた。「ごめんなさい。この中がハミルトンとの決闘のことでいっぱいになってて。それにちょっとだけ酔っているんです。なにか質問は？」

だれも質問はしなかった。マクドナルドはわたしたちを解散させた。つまり、酒を持った手をあいまいに振って別れを告げ、ふらふらと歩き出したのだ。

「この場所をどう考えたらいいのかほんとにわからない」アパルナが言った。

「おれは好きだな」カフランギが言った。彼はまだウクレレをかかえて、一本の弦をぼんやりとつま弾いていた。

「バラックスイートとやらへ行こうよ」ニーアムが言った。「どんな部屋か見るのが楽しみ。見た目がどんな感じだろうと、あたしは一番上の寝棚をもらう」

上の寝棚はなかった。新人の名前が掲示されたバラックスイートは、基地の居住エリアとして用意されたと思われる、木道沿いにずらりとならぶちっぽけな自立型コテージの列の中にあるちっぽけな自立型コテージだった。バラックスイートには、カウチと椅子付きのテーブル、それに本棚をそなえた小さな談話室があった。本棚のあいだには一台のモニタが設置され、いまはスクリーンセーバーが表示されていた。棚の上には各自の名札が付いた包み――おそらく追加のジャンプスーツだろう。

談話室の左右にある二本の短く狭い廊下に入るとベッドルームがならんでいて、それぞれのドアにはすでにわたしたちの名前が記されていた。部屋はツインベッドを置けるだけの幅があり、奥にはワードローブと椅子付きのちっぽけなデスクが用意されていた。デスクの上には小さな棚。ベッドの上には小さな窓。ベッドにはマットレス、枕、二組のシーツと枕カバー。デスクに置かれた書類ホルダーには〈タナカ基地ガイド〉という文字が見える。棚には〈新住人へ〉と書かれた封筒と、小さな鉢植え。わたしは自分の部屋に入ってデスクに近づき、その封筒を取りあげた。

「キッチンはどこ?」アパルナが言うのが聞こえた。

「キッチンはともかく、トイレはどこなの?」ニーアムが応じた。

「基地のガイドブックを見てみろ」わたしは声を張りあげた。

「なにを?」

「部屋にあるから」そう言って、わたしは封筒を開けた。中には手紙が入っていた。

親愛なる新住人へ

宿舎を引き継ぐときには、新住人を歓迎し遠征の成功を祈るためにメモとちょっとした贈り物を置いていくのがここの伝統になっています。今回は、これで最後の遠征にすると決めているので、ほろ苦い気持ちがあります。このことはまだだれも知りません。自分以外で話したのはあなたが初めてです。

わたしはここで間を置き、ふたたび読み進めた。

さらにほろ苦いのは、この世界を離れるときにはこの世界のすべてを置き去りにすることになるからです。この世界からはなにも持ち出すことができず、この世界のことはだれにも話せません。人生の三年間――四度の遠征！――それなのに残っているのは思い出だけ。それもまたこの世界を去らねばならない理由のひとつです。すばらしい経験ではありましたが、生活の多くが現実ではなかったような気もします。空想の産物ではないのかと。こんなふうに感じるのはわたしだけかもしれませんが、わたし一人でも充分でしょう。そろそろ現実の世界に戻り、現実の人生を歩むときなのです。

この最後の遠征で、わたしは愚かなことをしました。部屋に緑があるほうがいいと思い、挿し木を持ち込んで窓辺の鉢に植えたのです。そしていざ帰ろうとしたとき、むこうへ持っていけないことに気づきました。だから贈り物としてあなたに託します。あなたがわたしと同じようにそれをたいせつにして、わたしと同じように喜びを得られることを願っています。そして半年後にあなたが旅立つときには、この部屋の次の住人に残してあげてください。ひょっとしたらわたしの後任かもしれません。

あなたの幸運と成功を祈っています。ときどきでいいので、元の世界に帰っているわたしのことを思ってください。あなたがだれであれ、わたしも愛情をもってあなたのことを思うでしょう。

――シルヴィア・ブレイスウェイト

わたしは手紙を置き、小さな鉢植えを取りあげて窓辺に戻した。

「あたしの部屋を使っていた人がデスクの上に大量のウンチフルーツを残していった」ニーアムが自分の部屋から叫んだ。「マジで、いったいなんなの？」

8

ブリン・マクドナルドがアパルナを指差した。「さて。あなたは新任の生物学者ですよね。教えてください」

「なにを教えるんですか？」アパルナがたずねた。

「あなたが怪獣を見たときからずっと気になっていたことを」

新人たち全員が管理棟の（とても）小さな会議室に顔をそろえていた。午前九時を過ぎたところで、約束どおり、オリエンテーションがおこなわれていた。前回はちょっとだけ酔っていたブリン・マクドナルドは、いまはけっしてそんなことはなく、約束どおり全員の名前と基地での仕事をおぼえていた。新人たちは（とても）小さな木のテーブルに向かい、（ふつうサイズの）木の椅子にすわっていたが、それらが基地で作られたものなのかどうかはわからなかった。マクドナルドは本棚の横に立っていた。いまはアパルナだけを見つめて、返事を待っていた。

「ええ、いいですよ」アパルナは言った。「ここの怪獣たちは大きすぎます。存在してはならないものです」

「なぜなら二乗三乗の法則があるから」マクドナルドはうながした。

「まずそれです」

「みなさんは二乗三乗の法則を知っていますか？」マクドナルドがたずねた。全員がうなずいた。ニーアムとカフランギは科学者だし、わたしはオタクなので、物体が大きくなると表面積は二乗で増えて体積は三乗で増えることは知っていた。マクドナルドはアパルナに注意を戻した。「つまり、怪獣は体積があまりにも大きいので、筋肉はちぎれ、肺は充分な酸素を取り込めず、体に見合ったエネルギーを摂取できず、神経系の働きが遅すぎてまともに動きまわることもできず、骨は肉体から剝がれてしまうので、既知のあらゆる物理法則により、死ぬまで自分の肉の山の中でうめきながら横たわることになる」

「うめき声は出ないでしょうね、肺をふくらませることができないので。でも、それ以外はそのとおりだと思います」アパルナが言った。

マクドナルドはうなずき、振り返って本棚から巨大なバインダーを抜き出すと、アパルナのまえにどんと置いた。

「これは?」アパルナがたずねた。

「あなたの宿題です。これまでにわかっている怪獣のあらゆる生態の概要です」

アパルナは巨大なバインダーをまじまじと見つめた。「これで概要?」

「はい、縮約版です」マクドナルドはほかの三人に目を向けた。「読むのは義務ではありませんが、たいへん興味深いので、読んでおくべきです。読まないのなら、怪獣の生態が故郷で見るどんなものともまったくちがうということを忘れずに。似ているものはほぼ皆無です。物理に反することはできないので、怪獣も物理には反しません。二乗三乗の法則はほかの生物と同じように適用されます。ただ、類を見ない生態のおかげで、あの大きさでも動くことができるのです。類を見ないというのは、わたしたちにとっての話ですよ。ここではわりあいに一般的な生態です」

「昨日、トム・スティーヴンスが言ってました。怪獣を動物と考えてはいけない。あれはシステムとか環境なんだと」わたしはマクドナルドに言った。

マクドナルドはバインダーを指差した。「トムはそこから引用しているんです。彼に渡したときはざっと目をとおすだけだろうと思っていましたが、ちゃんと読んだんですね。ただ、それでも限定しすぎです」彼女はわたしを指差した。「あなただってシステムであり環境でもある――数だけを考えるなら、あなたの体には人間以外の細胞が人間の細胞と同じだけ存在するのです。バクテリア、菌類、原生生物、さらにはあなたの顔で暮らしているちっぽけな皮膚ダニまで」

「ちっぽけな皮膚ダニの話は二度としなくてもぜんぜんかまいませんが」

「あれは眠っていると出てくるんですよ、ご存じでしょうが」

「いま知りました、それについてはありがとう」

「怪獣の寄生体を見てほしいですね、あれはすごい」マクドナルドは言った。「ここで言いたいのは、わたしたちが故郷で動物を含めたあらゆる生物を理解するために使うどんな比喩も、怪獣について語るときにはまったく通用しないということです」

「例をあげてみてください」ニーアムが言った。

マクドナルドは目をほそめてニーアムを見た。「あなたは物理学者ですね？」

「専門は物理学と天文学です」

マクドナルドは本棚から別のバインダーを抜き出し、ニーアムのまえにどんと置いた。「怪獣は原子炉からエネルギーを得ています」

ニーアムは巨大なバインダーを見つめてから、あらためてマクドナルドを見あげた。「すいません、なんて言いました？」

「原子炉です」

「どこで……原子炉を手に入れるんです？」

「体内で成長させます」

「怪獣がそんなことをするんですか？」

アパルナが生物学のバインダーをニーアムのほうへ押しやった。「これをどうぞ」

マクドナルドはそれをアパルナのほうへ押し戻し、ニーアムに注意を戻した。「あなたはどうやって脳を成長させるのですか？　あるいは、あなたが子宮を持つ性別の人だとしたら、どうやって新たな人間を？」

「それはちがうでしょう」ニーアムは言った。

「そうですか？」

「怪獣は原子炉を成長させるよう進化したということですか」カフランギがマクドナルドに言った。

「わたしたちはそう考えています」

「ニーアムと同じことを言うつもりはありませんが、それで筋がとおるんですか？　化石の記録はどうなってます？　原始怪獣が中間構造を有していて、それが完全に機能する原子炉になったという証拠はあるんですか？」

「そうか、あなたは地質学者ですね」マクドナルドは本棚を振り返った。

「うわ、かんべんしてくれ」カフランギはまたもや大きなバインダーがどんと置かれるのを予期してつぶやいたが、今回取り出されたバインダーは薄かったので、マクドナルドもふつうに差し出すことができた。カフランギはそれを受け取り、その大きさに少しがっかりしたような顔をした。「これだけですか？　ほんとに？」

マクドナルドはうなずいた。「こちらの二人とはちがって」——アパルナとニーアムを身ぶりでしめし——「あなたの地質学や古生物学の分野は先行研究が多くありません。現実問題として、現場での作業がむずかしいのです」

「はあ。それはなぜです？」

「殺されて食べられてしまう確率が比較的高くなりますので」

「なるほど、研究に支障をきたすのはよくわかります」

「前任のゴールドチームの地質学者が引退を決意したのは、手足の一本を付け直さなければならなくなったあとのことでした。それが二度目でした」

「ああ」

「いや、これでは正確ではないですね。同じところを二度やられたわけではありません。別の一本でした」

「これは……事前に告知されていませんが」

「タナカ基地が木の上にあるのには理由があります。ジャングルの底はあまり友好的ではないのです。それで思い出しましたが、みなさんの中で武器の訓練を受けた人は？」

全員が無表情にマクドナルドを見つめた。

「ふーむ」マクドナルドはつぶやき、頭の中でメモをとったようだった。そしてカフランギに注意を戻した。「先ほどの質問に手短にこたえますと、わたしたちにできることや研究の方法は限られていますので、中間構造の証拠もあまり多くありません。ここには、文字どおり、開拓できる大地がたくさんあるのです」

「食われないかぎりは、ですね」カフランギが言った。

「全体として、こちらの地球における生命の進化は非常にことなっていて、手持ちの地質サンプルでもその要因を見ることができます。いくつかの初期条件がことなっていたために、ここの生命は大きくことなる進化を遂げたのです」

「どんなふうにちがうんですか？」アパルナがたずねた。

「こちらの地球にいる哺乳類はわたしたちだけです」マクドナルドは言った。「それ以外の哺乳類はまったく進化していません。鳥類も同じです。爬虫類はいますが、故郷の地球におけるほどの成功はおさめていません。もちろん、どちらにも類似の生物はいます。生命は隙間を埋めるように進化するものですから。しかし生物学的には同じではありません」

「でも、カエルはいますよね」わたしは指摘した。

「はい。故郷と同じ種のカエルではありませんが、カエルを含めた両生類はいます。魚や昆虫や無脊椎動物もたくさんいます」

「だとしたら、ここでなにかちがうことが起きたのは両生類と爬虫類が分岐したころになりますね」

マクドナルドは薄いほうのバインダーを指差した。「まあ、それはみなさんが突き止めることです。しかし、それほど単純な話ではないことは知っておく必要があります。たとえば、ここには花をつける植物があります。わたしたちの知るかぎりでは、それらは故郷とほぼ同じように進化してきました。複雑なんです」

「なんでもそうですよ」カフランギが言った。

「それで思い出しましたが、あなたは化学者でもありますね」マクドナルドはそう言うと、一冊の巨大なバインダーをカフランギのほうへ押しやった。カフランギには反応する暇もなかった。「そこにもっとたくさんあります」

「そのようで」カフランギは新しいバインダーを見つめた。

「この地球における大きなちがいのひとつは、存在するアクチノイドの割合がわたしたちの地球よりも多いことです。そこにはウランやトリウムも含まれます。ここの生物は、わたしたちの故郷の生物とはちがうやりかたでそれらを取り込んで利用しているのです」

わたしの脳内でなにかがカチリとはまった。「つまり、ここではあらゆるものがウランを精製している。そして怪獣はそれを利用できるように進化した」

「それはおかしい」ニーアムが言った。

「それは進化だよ」アパルナが訂正した。

「たぶんな」カフランギが同意した。

マクドナルドは目をほそめてわたしを見た。「あなたは新しい下働きですね」

「物を持ちあげます」わたしはこたえた。

マクドナルドはうなずき、振り返って一番大きなバインダーを抜き出した。

「それは手始めなんでしょうね」わたしは言った。

「タナカ基地のシステムと運用」マクドナルドは言った。「あなたにだけ宿題を出さないなんて不公平ですから」

「これ、けっこうおもしろいな」昼食のとき、わたしは自分のバインダーをぱらぱらとながめながら、ほかの新入たちに言った。

「おまえはほんとにオタクなんだな」カフランギが言った。

わたしたちは基地の食堂でかたまってすわっていた。そこではスタッフが献立を決める四食のうちの一食として昼食が提供されていたが、いつでも軽食をとれるエリアと、希望者が利用できる簡易キッチンも二箇所あった。

「その人の言うことに耳を貸さないで」ニーアムが言った。「思うとおりに生きればいいの。さあ、この基地についてなにかおもしろいことを話して」

「ここでは空気から燃料とプラスチックを作るんだ」わたしは言った。

「どうやって?」アパルナがたずねた。

「飛行場の近くに精製所みたいなのがあっただろ?」一同がうなずく。「あそこでやってるんだ。空気中の二酸化炭素と水蒸気を抽出して触媒作用をおよぼす。処理のしかたによってプラスチックか燃料ができあがる」

「やれやれ、あたしたちは第二の地球まで汚しているんだ」ニーアムが言った。

「空気から取り出しているのならカーボンニュートラルだぞ」カフランギが指摘した。

「次に排気ガスを吸うとき、あんたがそう言ったことを思い出すよ」

「それはそうと、ここで燃料やプラスチックをなにに使っているわけ?」アパルナは木の箸を持ちあげて木のボウルを叩いた。「あまり見かけないんだけど。この基地はほとんどが太陽光と風力だけで動いていると聞いたし」

「燃料のほとんどは航空機が使う。プラスチックはわたしたちが持ち込んだものを修理するのに使う。ノートパソコンやタブレット、それから」わたしは基地全体を覆っているネットを指差した。「あれだ」次いで自分のスーツをつつく。「これもだな」

「そうそう、このジャンプスーツはどうしたもんかな?」カフランギが言った。「おれたちにこんなものを着せているのは七〇年代のSF映画を見すぎたやつじゃないか」

わたしはバインダーのページをめくった。「まず第一に、このスーツは生き物を寄せ付けない。さらに、この惑星のような高温多湿の環境下では、常に汗の蒸発を促進する設計になっている」

「冗談でしょ」アパルナが言った。「泳いでいる気分なんだけど」

「あんたは泳いでいる気分、あたしはにおっている気分」ニーアムは自分のジャンプスーツを叩きながら言った。「こんなのを着ていると十五分ごとにシャワーを浴びたくなる。それで思い出したけど、なんでシャワーとクソのたびに共同トイレまで歩かされるの？　なぜコテージにないの？」

　わたしはシャワーの項をひらいた。「主な理由は、配管が簡単だから」

「むちゃくちゃだよ。あたしは抗議する」

「わたしたちのコテージでうんちをしないでね」アパルナが言った。

「しないよ」ニーアムは言った。「でも、あたしが正しいことはわかるでしょ」

「配管が簡単で、しかも人間の排泄物の回収がしやすくなる」わたしは続けた。「回収されたものは、殺菌処理されたあと、さまざまな消費財の製造に使われたり、わたしたちが食べる作物の肥料になったりする」

　全員が口をつぐんで料理を見つめた。

「ふん、そりゃ最高だね」ニーアムが言った。

「ここではすべてがリサイクルされている」わたしは言った。「そしてリサイクルできないものはすべて故郷の地球に送り返される。生態系への影響をゼロにするためだ」

「肉はどうなんだ？」カフランギは皿にのっている肉っぽいものを突き刺した。「これはほんものの牛肉なのか？」

「おそらく」わたしはしばらく調べてからこたえた。「いろんな節足動物や魚の養殖タンクもあるし、ここでは育てるのがむずかしい食材もいくらか持ち込んでいる。肉類、乳製品、穀物類。砂糖やスパイス。コーヒーや紅茶。ショウビジン号が飛ぶのはほとんどが補給品の輸送のためだ。食料、医療品、テクノロジー製品」

「贅沢だな」カフランギが肉（と思われるもの）をのみ込みながら言った。

「見たところ、ここにあるものはどれも贅沢品だ」わたしは言った。「というか、あらゆるものにどれだけのコストがかかるかを考えなけりゃいけないとしたら贅沢品になるけど、どうやら、そんな必要はあまりないみたいだな」

「ここは社会主義者の楽園だ！」ニーアムが叫んだ。

「ニワトリを何羽か連れてくるほうが簡単なんじゃないか」カフランギが言った。

アパルナが首を横に振った。「必要以上に外来種を持ち込むリスクを避けたいんだよ」

カフランギはうっすらと笑みを浮かべた。「ニワトリがここから逃げ出そうとしても、長くはもたないだろう」

「ニワトリだけじゃなく、ニワトリに付随するものすべてだよ」アパルナが続けた。「微生物。寄生虫。ウイルス。ここの生物はたしかにちがうけど、たぶんそれほど極端にちがうわけじゃない。とにかく、小さいほうの生物はね。そしてここの動物はニワトリが運ぶかもしれないものに対してなんの防御機構も持っていない。鳥インフルエンザが広まれば全滅しかねないわけ」彼女はわたしに顔を向けた。「温室がこの基地の中でもっとも生物学的にしっかり防御された建物なんじゃないかな」

わたしは温室の項をひらいた。「そのとおりだ。エアロック、空気と水の厳重な濾過、手作業による授粉」

「だれかがここで花を綿棒で叩く仕事をしているんだねえ」ニーアムが言った。

「実を言うと」わたしは別のページをひらいて掲げた。「それはほとんどの人がどこかの時点でやる仕事だ。ここではだれもが主な役割をひとつかふたつ持っているけど、この基地には百五十人しかいないし、やらなければならない仕事はたくさんある。だからフルタイムの仕事に加えて、毎日みんなに雑用がまわってくるから、それをこなして報告しなければならない」現地のＷｉ‐Ｆｉに接続しているスマホを取り出す。「アプリがあるんだ」

「あなたも綿棒叩きを楽しんで」アパルナが言うと、ニーアムは彼女に向かってクルトンを投げつけた。

「怪獣はどうなんだ？」カフランギがたずねた。

「怪獣がどうかした？」

「だって、ほら、ここは怪獣が自由に歩きまわり、およそ人間が経験したことのないものが待ちかまえている世界だってのに、おれたちはといえば、ビニールのパンツを履いて、必読書にせっせと目をとおし」――自分の二冊のバインダーを叩き――「雑用をこなせと言われているだけだ」

「だから、いつになったら怪獣と遊べるのかを知りたいと」わたしは言った。

「おれならそういう言い方はしないが、まあそうだ」

「あんたの前任者は怪獣と遊んで二度も手足をかみちぎられたんだよ」ニーアムが言った。

「手足を二本、一回ずつかみちぎられたんだよ」アパルナが訂正した。

「いずれにせよ、怪獣惑星で楽しいい時間を過ごしたとは言いがたい」

「怪獣に近づいて、おれはビュッフェで皿にのってるぞと宣言したいわけじゃない」カフランギは言った。「だけど、この組織の名前は怪獣保護協会だろう。いつになったら怪獣を保護できるんだ？」

結局、その答は――まさにその翌日だった。

9

「やあ、あらわれたな」食堂に入ったわたしに、トムが声をかけてきた。わたしはなにか冷たいものを飲もうとして立ち寄ったのに、彼は熱いもの、おそらくはコーヒーの入ったマグカップを手に出てきたところだった。

「あらわれたよ」わたしはこたえ、トムのコーヒーを身ぶりでしめした。「よくそんなものが飲めるな」

「これが……コーヒーだから？」トムは言った。「もう午前十時なのに、まだ脳を目覚めさせる必要があるから？」

「気温は九十度くらいあるぞ」

「三十度だよ」トムは訂正した。「ここではメートル法を使うんだ」

「暑い、と言ってるんだ」

「二、三回遠征したら慣れるよ。ぼくはもうほとんど気にならない」

わたしはジャンプスーツのせいで汗だくになり、スーツの汗を逃がす能力に過剰な負荷をかけていた。「そりゃいいだろうな」

「きみだってそうなるさ」トムは請け合った。「初仕事はどんな調子？」

「物を持ちあげている」目を覚まして基地のアプリをチェックしたとき、自分がとてもとても人気者だということがわかった。タスクキューには十五のアイテムがならび、そのほとんどが物を動かしたり、持ちあげたり、ある場所から別の場所へ運んだりする作業だった。タナカ基地はロワーイーストサイドほど広くはないが、それでもかなりの運動になる。「この世界では十年間の高等教育よりもフード#ムードでの経験のほうが役に立つというのは、なんとなく腹立たしいな」

「それは笑えるね。ところで、たったいまきみのキューに緊急タスクを入れたところだ。化学実験室からヘリポートまでいくつか容器を運ぶ必要がある。つまり、ヘリのパイロットのマーティンと会うことになる。楽しいぞ、愉快なやつだから」トムがそう言ったとき、わたしのスマートフォンでかろやかな通知音が鳴った。「その通知だな」

「飲み物を手に入れる暇がないほど緊急なのか？」

「とんでもない。水分補給は欠かしちゃだめだ。そのあとで化学実験室に行けばいい。飲み物を楽しんで」トムは見ていて気分が悪くなるほど熱い液体が入ったマグカップを軽く持ちあげて、去っていった。

食堂に入り、じっくりと飲み物を選んだ。水、お茶、コーヒー。ジュースはオレンジジュースのように見えるが、どうだろう、ウンチフルーツかなにかかもしれない。清涼飲料水のディスペンサーも設置されていたが、部屋にあったガイドブックに使用はほどほどにとの注意書きがあった。さもないとシロップがすぐになくなるらしい。色付きの砂糖水は一日にコップ一杯までにしておくことが推奨されていた。わたしはそれは使わないことにした。自分のダイエットコーラ中毒を新世界に持ち込む必要はないし、どのみちディスペンサーに入っているのはペプシ製品だ。新しい惑星には、新しい生活を。

大きなコップで二杯の水を飲み干し、基地のアプリをチェックした。トムの緊急タスクはたしかにそこにあり、依頼されたほかのタスクの長いリストも刻々と数が増えていた。言っておくが、そのキューで作業しているのはわたしだけではない。ブルーチームでわたしと同じ仕事をしている、ベンチプレスでわたしを持ちあげても汗ひとつかきそうにないヴァルもいる。彼女とはその日のもっと早い時間に顔を合わせていた。コンポストの容器を〈下水処理とリサイクル〉から〈温室C〉へ運ぶのが二人がかりの仕事だったからだ。一人でやったらコンポストがはずれて基地の中を端から端までころがっていくことになりかねず、それは絶対に避けなければならなかった。

トムのタスクを自分のキューでチェックし、そのタスクを引き受けるとヴァルに伝え、化学実験室にはこれから向かうと知らせた。それからコップに別れを告げ、基地内を歩いて目的地へ向かい、途中の〈メンテナンス〉で運搬カートをひろった。

実験室にはカフランギがいて、ブルーチームの化学者であるドクター・ファム・ビアンもいっしょだった。

「怪獣惑星で化学をどんなことに使うかわかったぞ」カフランギが言った。

「覚醒剤でも合成するのか」

「もっといいものだ」

「それ以上のものがあるのか？」わたしは驚いてたずねた。

「フェロモンですよ」ドクター・ファムが大きな加圧キャニスターを叩いた。おそらくわたしが運ぶことになっているものだろう。

「ただのフェロモンじゃない」カフランギが言った。「怪獣のフェロモンだ」

「すごい」わたしは言った。「なるほど。クールだ。でもなんのために？」

「怪獣にこちらの思いどおりの行動をとらせるためです」ドクター・ファムが言った。「口で言い聞かせることはできません。だからこれを使って言いたいことを伝えるんです。たとえば、〝ここは危険だ〟とか〝ここは別の怪獣のなわばりだ〟とか」

「怪獣は耳を貸すんですか？」

「ときどきは」

「その条件がつくと不安になりますね」

「できるだけのことをするしかありません」ドクター・ファムが言った。

「そのようですね」わたしはキャニスターを指差した。「このフェロモンが伝えるのは？」

「これは〝やらないか〟と伝える」カフランギが言った。

わたしは考え込んだ。「怪獣の〝ベッドのお誘い〟がキャニスターの中に」

カフランギはにやりと笑った。「クールだろ？」

「仕事の初日から忙しそうでなによりだ」

「いや、これはドクター・ファムがしばらくまえから調合していたものだ。でも、おれも次のセットで作業に入る」

「さぞかし興奮しているんだろうな」

「ちゃかしているんだろうが、いい、いや、そのとおりだ」

「この午前中、ドクター・ラウタガータはわたしたちの仕事に大きな熱意をしめしてくれました」ドクター・ファムが言った。彼女がカフランギのことを言っているのだと理解できるまで一瞬かかった。知り合ってからの三日間、わたしはカフランギの姓を知らなかったのだ。どうやら博士号を持っているらしいということも。

「いやまあ、それは当然ですよね」わたしはこたえた。「ところで、持っていくキャニスターの本数は？」

　ドクター・ファムが指差した。「こちらの四本です。ほかにマーティンから受け取る分がありますが、すぐに必要なわけではないので、そちらは急ぐことはありません。ドクター・ラウタガータが同行します」

「わかりました。それなら、ドクター・ラウタガータもキャニスターをカートにのせるのを手伝ってくれますかね」

　カフランギがまたにやりと笑い、キャニスターを持ちあげ始めた。


「これが赤ん坊を作らせるやつか？」マーティン・サティがキャニスターを指差してたずねた。しゃべりかたからするとケベック出身かもしれない。つまり、厳密に言えば、わたしたちのだれよりも故郷の近くにいるということだ。

「そうです」カフランギは果敢にも彼の顔を食べようとする小さな蝿をぴしゃりと叩いたが、ネットにはばまれた。わたしたち三人はタナカ基地のヘリパッドに立っていた。そこにはヘリコプターが待機していた。

　サティはそれを見て低くうなると、ヘリパッドの脇にある格納庫へ歩きかけ、そこで立ち止まってわたしたち二人に目を向けた。「さあ行くぞ。こいつを組みあげるんだ」

　わたしたちは困惑してヘリコプターを見た。

「なんですって？」カフランギが言った。

「ヘリで怪獣のそばまで飛んで、窓を開けてキャニスターを投げつけるとでも思ってるのか？　いやいや、そんなことはしない。架台の準備を手伝ってくれ」

サティはふたたび歩き出した。わたしとカフランギは顔を見合わせ、肩をすくめると、サティのあとについて格納庫に入っていった。

架台というのはカーボンファイバー製で、ヘリコプターのキャビン後方にある貨物室を貫通するものだった。わたしたちが架台をヘリコプターにのせると、サティはそれを固定したあとで、キャニスターをどうやって架台に取り付け、その中身を放出させる装置にどうやってつなぐかを実演してみせてくれた。ヘリコプターはいまや農薬散布機のような姿になっていた。

「さあ、うしろにさがれ」サティが言った。わたしたちは言われたとおりあとずさりした。サティはキャビンに入ると、トグルスイッチを素早く操作し、同じように素早く戻した。怪獣のフェロモンがほんの少しだけしゅっと噴き出した。

「うわ、まさか」わたしは言った。

カフランギはひと声うめくと、顔を覆ってそっぽを向いた。

サティが声をあげて笑った。「気に入ったか？」

「そうでもないです」

「どんなにおいか説明してくれ」

「本気ですか？」

「ああ、知りたいね」

「アライグマの家族がゴミ収集箱に閉じ込められて窒息死して、だれかがその発酵した死骸を蒸留したようなにおいです」

「ははっ。ふだんはニガヨモギの酒みたいなにおいだと言ってるんだが、おまえの説明も悪くないな」サティは身ぶりでわたしたちをうながした。「よし、いいぞ。乗れ」

「はい？」わたしは言った。

サティはわたしたちを見つめた。「どっちがドクター・ラウタガータだ？」カフランギが手をあげた。「だったら、おまえは観察してドクター・ファムに報告しないと」

「なにを報告するんです？」

「おまえのところの香水の効果がどれほどのものだったかを。それとおまえ」サティはわたしを指差した。「おれが合図したらスプレーしろ」

「一人でできないんですか？」わたしはたずねた。「スイッチを入れるだけなのに」

「色気づいて興奮した怪獣のまわりでヘリコプターを飛ばしたことがあるか？」

「ありません」わたしは認めた。

「よし、そういうことだ」サティはわたしたち二人を見つめた。「ヘリコプターに乗ったことはあるか？」

「おれはあります」カフランギが言った。

「どうだった？」

「吐きました」

サティはキャビンのうしろのほうを指差した。「おまえは奥にすわれ」

「ヘリコプターに乗るまえに質問しておけばよかったんですが」わたしはサティから渡されたヘッドセットを通じて言った。「でも……なぜこんなことをしてるんです？」

「つまり、なぜモンスターに発情ジュースをスプレーするために百キロメートルも移動しているのかということか？」サティが言った。

「はい、それです」

「そうだな、あっちに戻るとパンダがいるだろ？」

「話を聞いたことはありますよ」わたしは三日まえまでずっと住んでいた場所があっという間に〝あっち〟になってしまったのだなとしみじみ思った。

「パンダはかわいいが、いわゆる頭の切れるやつというわけじゃないから、ときどき繁殖のしかたを忘れてしまうよな？　だから人間が愛の結びつきの手助けをしてやらないといけない。で、怪獣というのは、すごくでかくてバカなパンダなんだ」

「怪獣がセックスのやりかたを忘れるんですか？」カフランギが言った。

「言っておくが、あいつらはたくさんのことを忘れるぞ。怪獣はここでは進化の梯子のてっぺんにいるが、この惑星では脳は進化しないんだ。ここにあるものはみんな岩なみに頭がにぶい。今日おれたちが訪ねていく紳士は、ふつうの怪獣よりさらに賢さが足りない。谷ひとつむこうにいる同族の淑女が一年まえからお付き合いを求めているのに、彼女がやって来るたびに戦いを挑んでしまう。だから、おれたちが彼の気持ちを変えてやるわけだ」

「なるほど。でもどうしてわたしたちが気にするんです？」わたしはたずねた。

「なぜおれたちはパンダを気にする？」

「かわいいからです」カフランギが言った。「そのまんまの理由です」

「まちがってはいないが、おれが言いたいのは、パンダが絶滅の危機に瀕しているということだ。で、エドワードとベラも同じなわけだ」

「エドワードとベラ？」わたしは言った。「あなたはここの怪獣たちに『ドワイライト』の登場人物の名前をつけたんですか？」

「おれじゃない。おれだったらシドとナンシーと名付けるさ。あいつらの性格に合ってるからな。でも、だれもおれにきかなかった。おまえたちミレニアル世代のだれかがやらかしたんだ」

「ミレニアル世代が怪獣の名前をだいなしにしてる」わたしはカフランギに言った。

「おれたちは最低だ」カフランギは言った。

「エドとベルは大陸のこのあたりでは二匹しかいない同族だ。緯度四十度より北ではふつうは見かけないし、南側でもそんなに多くはない。だからおたがいにもっと親しむ機会をあたえてやりたい。おれたちは怪獣保護協会だ。なんとか怪獣を保護しないとな」

「それで、どんな調子なんです？」カフランギがたずねた。

「いまいちだな！　今度が五回目の試みになる」サティは後方のキャニスターへ首を振った。「そのたびにドクター・ファムが処方を微調整している。それでおまえがここにいるんだよ、ドクター・ラウタガータ。エドがこのバージョンにどう反応するかを彼女に伝えるんだ」

「最初の四回はどんな反応でした？」

「ほとんどの場合、エドはいろいろなやりかたで激怒した」

「それは良くないですね」

「たしかに良くないが、おれは腕のいいパイロットだ。ヘリが被害をこうむることはめったにない」

「めったに」カフランギは無表情にわたしを見つめた。

「前回のバージョンは惜しかった。ドクターが言うには、まちがいなく怒張性陰茎《トゥーメセント・クロウェイカ》のきざしが見られたそうだ」

わたしは声をあげて笑った。

「なにを笑っているんだ？」サティが言った。

「〝エドワーズ・トゥーメセント・クロウエイカ〟はすばらしいバンド名になるなと思いまして」

「たしかにエモいな」カフランギが言った。

「ファーストアルバムは期待に満ちていたが、二枚目は少し締まりがなかった」

「三枚目のアルバムはどうしようもないクズだった」

「公平に見て、その年はライバルが強かった」

「おれはもっと気迫を見せるべきだと思った」

わたしがこのくだらないやりとりをさらに続けようとしたとき、ヘリコプターが丘を越えて、初めてエドワードの姿が視界に入ってきた。

「なんてこった」わたしは言った。

サティがにやりと笑った。「パンダみたいにかわいいだろ？」

これにはカフランギも声をあげた。「相棒《マイト》、もしもあれをかわいいと思うなら、この惑星に長くいすぎたんですよ」

「同感です」わたしは言った。「まるでH・P・ラヴクラフトがパニック発作を起こしたみたいに見えますよ」

サティはうなずいた。「あいつの陰茎を見たら驚くぞ」

「実際に陰茎を見るわけではないですよね？」カフランギがたずねた。

「ドクター・ラウタガータ、この仕事が終わるころには、エドワードの体でおれたちが見ていない部分はほとんど残っていないよ」

「どれくらい近づくんですか？」わたしはたずねた。

「かなり近くまで」

「それはどうしても必要なんですか?」カフランギがたずねた。

「おまえはおれのヘリにミサイルを積んだのか?」サティはカフランギに言った。「フェロモンでいっぱいのやつを?」

「いいえ」

「だったらどうしても必要だな。心配するな、ドクター。あいつに近づくのは簡単だ。コツがいるのは逃げるほうだ」

10

「なんであいつはわたしたちを食べようとしないんですか？」わたしはたずねた。ヘリコプターはいまやエドワードに充分近づいていたので、まったく的外れな質問でもなかった。

「眠っているんだ」サティが言った。

わたしはエドワードにちらりと目をやった。「眠っている？」

「ああ、眠っている」

「なぜ眠っているとわかるんです？」

「第一に、あいつがおれたちを食べようとしないから。第二に、ここからあいつの目が見えないから」

わたしはエドワードをじっと見つめた。「目があるんですか？」

「おれたちは〝目〟と呼んでいる。もうだれかから説明を受けたと思うが、もっとずっと複雑なんだ。信じてくれ、見ればわかる」

「ほんものの目はないが、ほんものの陰茎はあると」カフランギが後方から言った。

「おれはあいつらを設計するわけじゃない、あいつらに向かって飛ぶだけだ」サティはこたえた。

「さて、こいつにフェロモンをぶっかけて帰りましょうか」わたしは目覚めていないエドワードをじっと見つめて、それなら目覚めているときはチビりそうなほど恐ろしいのだなと合理的に確信していた。

サティは首を横に振った。「そうはいかない。いまスプレーしても、エドワードはずっと眠っているだけだ。それじゃドクター・ラウタガータはなにも報告できないし、ドクター・ファムは激怒することになる」

「おれは嘘をついてもかまいませんが」カフランギは言った。

「今日はおまえの初仕事だから、おまえの知らないことを教えてやろう。ドクター・ファムをだまそうとするな。彼女は夜中におまえのところへやって来る。これはおれからおまえへの無償の助言だ」

「とてもいい人に見えますが」

「いい人だよ。すばらしい人だ。それでも、このフェロモンに関して彼女に嘘をついたりしたら、内臓をえぐり出されて、ヤシガニの餌にされるぞ」

「ヤシガニがいるんですか?」カフランギはたずねた。

サティはそれを無視して、わたしに言った。「エドワードを目覚めさせないと」

「どうやって目覚めさせるんです?」わたしはたずねた。

サティはヘリコプターをさらにエドワードへ近づけた。かなり近くまで。

「うわ、うわ、うわあ」カフランギが言った。

「同感です」わたしは付け加えた。

「これだけ近づけば、ふつうはあいつの注意を引くことができる」サティが言った。

「あなたは以前にもこれをやっているんですよね」

「もちろん」

「そしてこれが賢明なことだと思っている」わたしは自分たちが怪獣の肉壁からほんの数メートルの

距離にいることを身ぶりでしめした。

サティは鼻で笑った。「賢明なら、だれもこんな惑星にはいない」

「おい、あれは？」カフランギが怪獣の肉壁を指差した。わたしは彼の指が差すほうへ目をやり、エドワードの体の一部でなにかが、うまく言えないが、もぞもぞとうごめいているのを見た。

「寄生体だ」サティが言った。

「ロットワイラー犬なみの大きさなのに」

「このままうろうろしていたら、もっとでかいのを見ることになるぞ」

「おれはもう、このままうろうろしているほうに一票入れました」

「目を覚ましそうな感じはないですよ」わたしはサティに言った。寄生体は動きまわっているかもしれないが、エドワード自身は動いていなかった。

サティは顔をしかめた。「ああ、そうだな。実はもうひとつ切り札がある」彼はエドワードの壁に沿って垂直にヘリコプターを上昇させ、その上空でホバリングさせた。てっぺんには充分なスペースがあり、その気になれば着陸できそうだ。わたしはその気になりたくなかった。

「スイッチの準備はいいか？」サティがわたしにたずねた。

わたしはスイッチをつまんだ。「準備できました」

「よし。おれはこれからあることをやって、そのあと三つかぞえる。おれが三までかぞえたらそのスイッチを入れて、さらに五までかぞえたらスイッチを切れ」

「そのまま続けなくていいんですか？」

「なぜそんなことを？」

「いいですか、マーティン。なぜこんなことを思い出してもらわなければいけないのかわかりませんが、わたしにとってこれはほんとうに初めてのことで、なにも知らないんです」

「五つかぞえるあいだだけで効果はある。残りはあとまわしだ。準備はいいか？」

「なんの準備です？」わたしはたずねた。

「これだ」そう言うなり、サティはエドワードのてっぺんにヘリコプターを勢いよく降下させた。エドワードは固い皮に包まれたプリンのようにつぶれた。サティは、たったいまエドワードをついた地点の数メートル上空でヘリコプターをホバリングさせた。

　機体がぶつかったあたりが輝き始めた。

「一」サティが言った。

　輝きが急に一点に集中し、強烈に明るい三メートルの円になった。

「うーん、目が見つかったようだな」わたしは言った。

「二」サティはそう言って、ヘリコプターを激しく輝く体表へふたたび降下させた。

　エドワードが咆哮した。

「三！」サティがヘリコプターを垂直に上昇させた。わたしはスイッチを入れて、怪獣の目を見ながらカウントを始めた。四つまでかぞえたところで、ようやく怪獣との距離がひらき始めた。エドワードはずっとわたしたちを追いかけていたのだ。

「切りました！」わたしはサティに向かって叫んだ。機体がエドワードから急激に遠ざかり、怪獣はもう少しのところでわたしたちを叩きそこねたが、いったいなにで叩こうとしたかについては、うまく言いあらわす言葉がなかった。さしあたり〝触手〟でも限定しすぎのように思えた。

「まだ見えるか？」サティが言った。わたしもカフランギも見えるとこたえた。「目に注意しろ！」

「なにを注意するんです？」カフランギが言った。

エドワードの咆哮がやんだ。彼の目と思われる大きな光の円盤は四つあった。わたしたちはそれを見つめた。

四つの目が突然収縮した。太陽に似た新たな光点がわたしたちに焦点を合わせた。

「うわ、やばい」カフランギが言った。

そのとき、同じように突然、翼が生えた。

「うわ、やばい」カフランギがまた言った。

「こんなものに翼があるんですか？」わたしは信じられない思いで叫んだ。

「たしかにあるな」サティが言った。

「ついさっきまで翼なんかなかったのに！」

「あったんだよ。おまえが目しか探していなかっただけだ」

エドワードが宙に浮きあがった。

「やばいやばいやばいやばい」カフランギが言った。

「逃げないと」わたしはサティに言った。

ヘリコプターが旋回し、エドワードから遠ざかり始めた。

「よし、ここで良い知らせとあまり良くないかもしれない知らせがある」サティが左手を伸ばしてボタンを押すと、後方カメラからの景色を映し出すモニタが点灯した。画面はほぼエドワードで埋め尽くされていた。「頭をつつかれて激怒して、いったんはおれたちを殺そうとしたんだろうが、そこでフェロモンのにおいを嗅いだから、もう殺す気はなくなっている」

「ほんとですか？」カフランギが言った。

「目が広がっただろ？」

わたしたちはうなずいた。

「それがしるしだ」

「もう殺す気がないのなら、なぜ追いかけてくるんです？」

「代わりになにか別のことをしたいからだ」

「おれたちは怪獣にヤラれるんですか？」カフランギは言外の意味を察して叫んだ。

「それが良い知らせだ」

「なんでそれが良い知らせに？」

「なぜかというと、おれたちと交尾したがっているかぎり、あいつはおれたちを殺そうとはしないからだ」サティはヘリコプターを急降下させ、眼下の木々の天蓋に危険なほど接近させた。エドワードは一瞬とまどったが、それに合わせて降下した。「つまり、追いかけはするが攻撃はしないということだ。あとを追ってきてくれるのはありがたい。ベラのところまで連れていきたいからな」

「そしてベラの姿を見たら、今度はわたしたちではなく彼女を追いかけると」わたしは言った。

「どうなるかな。それが狙いだ」

「あまり良くないほうの知らせは？」

「フェロモンの効果は薄れていく。急速に。ベラのところに着くまで投与を続けないと」

わたしは考え込んだ。「つまり、追加のフェロモンをスプレーできるように、ずっとそばにいなければならない」

「そうだ」

「そうしなければ、エドワードはわたしたちを殺したくなり、その場合わたしたちは死ぬ」

「そうだ」

「たとえそうしたとしても、うっかりしたら、エドワードはわたしたちをつかまえてヘリコプターをファックしようとする。その場合わたしたちは死ぬ」

「そうだ」

「そしてあなたはいつもこんなことをしている」

「まあ、そんなところだ。距離はこれくらいが限界だな」

「うわ、近いな」カフランギがモニタを指差した。

「もう一度投与してくれ」サティがわたしに言った。「五つかぞえて」

わたしはトグルスイッチを操作し、五つかぞえた。エドワードはスプレーをまともに口で吸い込み、モニタの中でむせて唾を吐くようなしぐさをしたあと、姿を消した。

「なんだ？」カフランギが言った。

「うーん」わたしはヘリコプターの窓から周囲を見渡した。

「あいつはやるんだよ」サティが言った。

「姿を消す？」

「ああ」

「身長百五十メートルの悪夢ですよ。どうやって消えるんです？」カフランギが叫んだ。

「それはな」サティが言いかけたとき、エドワードが上空から急降下してきて、ヘリコプターの進路をふさぎ、外肢をわたしたちのほうへ伸ばしてきた。

全員の絶叫が響く中、サティがなにかをして、ヘリコプターが別のなにかをすると、どうにかエドワードを追い越すことができたが、そのまえに死ぬまで忘れられそうにない光景が目に焼き付いた。

エドワードの怒張性陰茎だ。

なんとか気を取り直して、背後を振り返ると、カフランギが口をぽかんと開けて、まばたきひとつせずにいた。

「きみも見たのか」わたしは言った。

カフランギはうなずいた。「帰ったらマジでべろんべろんに酔っぱらいたいんだが」

「付き合うよ」

「なあ、ジェイミー。この星はいったいどうなってるんだ？」

「エドワードが後方に戻ったぞ」サティが言った。「もう一度投与してくれ」

「本気ですか？」わたしはたずねた。

「もしもあいつがフェロモンで興奮していなかったら、おれたちはとっくにジャングルの底に散乱する破片になっていたはずだ」サティは言った。「だから、おれは本気だ。今度は六つかぞえろ」

ベラがいる谷にたどり着くまでに、エドワードにはさらに三度スプレーを浴びせた。ベラは目を覚まし、翼を広げていた。とてもありえない気がするが、客観的に見てエドワードよりもさらに恐ろしげな存在だった。

「わたしたちが来るのを知っていたみたいだ」わたしは言った。

「知っていたんだ」サティが言った。「ベラには耳のようなものがあるからな」

「もう帰っていいんですよね？」カフランギが言った。

サティは首を横に振った。「もうひとつやることがある」

わたしはベラを見た。「当ててみましょうか」

「エドワードがフェロモンを追っているなら、それはベラのところへ通じていなければならない」サティは言った。

「ベラはわたしたちのことをどう思っているんです？」

「ベラはここしばらくエドワードに熱をあげている。彼女がこのまま目をそらさずにいてくれることを祈ろう」サティはヘリコプターを加速させた。

わたしたちはまっすぐベラに接近し、エドワードはすぐ後方についていた。ベラはその場を動かなかった。

「すごくまずいサンドイッチができあがりかねないのでは」カフランギが言った。

「キャニスターを作動させろ」サティがわたしに言った。「ベラのそばを通過した瞬間に止めるんだ」

わたしはうなずき、キャニスターのスイッチを入れた。サティがなにをしようとしているかはわかっていた。

「まずい」カフランギが言った。「すごく、すごく、すごく、すごくまずい」

エドワードが叫び始めた。ベラが叫び返した。なんの役に立つのかわからないが、わたしたちもそれに加わり、ヘリコプターがベラの肩らしきものの上で急旋回した。ベラを通過すると同時にキャニスターを停止すると、大地と怪獣が爆発した。エドワードがベラに激突し、二匹は地面をころがって、木々をアイスキャンデーの棒みたいにへし折った。わたしたちはミニクーパーなみの大きさの土のかたまりをかわして空へのぼっていった。

充分な高度と距離をとったところで、サティが機体を反転させて、わたしたちのミッションの結果がどうなったかを見せてくれた。

「うわ、ほんとに、とんでもない光景だな」カフランギが言った。「あれをドクター・ファムに説明するのはたいへんそうだ」

「心配するな、ずっとカメラをまわしていたから」サティが言った。「おれが報告しなければだめだと言ってませんでしたっけ」

「録画していないとは言ってない」

「それならタナカに残っていればよかった！」

サティは交尾する怪獣たちを身ぶりでしめした。「これを見逃してしまうぞ」

「みんな死にかけたんですよ」

「そんなことはない。おれは腕がいいからな」

カフランギはもうしばらく見つめてから、ヘッドセットをはずし、少なくともいまはサティと話をするつもりがないということを伝えた。

「きっと乗り越えるさ」サティがわたしに言った。

「ここで見物している必要があるんですか？」わたしはたずねた。

「なにを言ってるんだ？　これは純粋な科学だ」

「怪獣のポルノ動画を見ているみたいで」

「この種の交尾が目撃されるのは初めてのことなんだ。映像を撮っておかなかったら、ＫＰＳの生物学者たちがおれを狩り立てるだろう。おまえさえかまわなければ、もうしばらくここにいるぞ」

「というか、逃げられるうちに逃げたほうがいいような気がして。交尾が終わったら、二匹とも軽食がほしくなるかもしれませんよ」

サティは少し考え込んだ。「そうだな、今日はもう科学は充分だろう」彼は帰還するためにヘリコプターを旋回させ始めた。

そのとき無線から声が流れ出した。「タナカ・チョッパー2号、応答せよ」基地にいるだれかだ。マクドナルドの声のようにも聞こえたが、確証はなかった。

「こちらタナカ・チョッパー2号、どうぞ」サティが応じた。

「チョッパー2号、そちらの現在地から南西四十キロメートルにいるタグ無しの怪獣をチェックしてもらいたい」基地《ベース》のだれかが言った。

サティは計器にちらりと目をやった。怪獣に追いかけられるとヘリコプターも燃料をひどく消費するようだ。「ベース、目的はなんだ？　発見して識別するのか？」

「そうではない、チョッパー2号。ベントに問題が発生していると思われる」

サティは口をつぐんだ。「もう一度言ってくれ、ベース」

「ベントに問題が発生していると思われる。目視による確認をおこない、重大性について評価してもらいたい。了解したか」

「了解した。現場へ向かう、交信終了」サティはわたしに顔を向けた。「クソっ」

「問題発生ですか？」わたしはたずねた。

「そうではないことを祈ろう」サティはカフランギに顔を向け、身ぶりでヘッドセットをつけるよう合図した。

「どうしたんです？」カフランギが言った。

「別のミッションが入った。緊急事態だ。南西に四十キロメートル飛ぶ」

カフランギは顔をしかめた。「今度のミッションでも殺されそうですか？」

「そうかもな」

「そうかもな?」

「なんならここでおろしてやるぞ。歩いて帰ればいい」

カフランギは天を仰いで、またヘッドセットをはずした。

サティはわたしを見てほほえんだ。「きっと乗り越えるさ」そしてヘリコプターを目的地へ飛ばし始めた。

11

怪獣そのものを見つけるまえに、煙を見つけた。その煙は渦を巻いて空へ立ちのぼり、どんよりした濃厚な空気の中にただよっていた。一箇所だけではない。黒々とした煙がならんでいるのは怪獣へと続く道であり、わたしたちはそれを追った。

「火をつけるのがふつうなんですか？」わたしがたずねると、サティは首を横に振った。「だったら、なぜこいつは？」

「不可抗力なんだよ」サティは言った。

「いたぞ」丘をまわり込んだところで、カフランギが声をあげた。彼はヘッドセットを移動中に付け直していて、いまは大きな湖の縁を指差していた。怪獣はそこでじっと立ちつくし、呼吸をととのえようとするかのようにあたりを見まわしていた。その背後で、なにかが燃えていた。

サティはヘリコプターを煙の道からそらし、怪獣から一キロメートルほど離れたところでホバリングに入った。

「接近しないんですか？」わたしはたずねた。

「ああ、できればしたくない」サティが言った。

カフランギが鼻で笑った。「新しいパターンだな」

「たしかに」わたしもそう思った。「なぜ今回はためらうんです？」

「あいつがベントしているかどうか確認するためだ」サティは言った。「もしもベントしているなら、その近くにはいたくない」

「〝ベント〟って？」カフランギがたずねた。

サティはすぐにはこたえなかった。代わりにスマートウォッチをつけているわたしの手首を見おろした。「それにはストップウォッチが付いているのか？」

「もちろん」わたしのスマートウォッチにはたくさんの機能があるが、そのうちの九十パーセントは、たいていの人と同じように、一度も使ったことがなかった。ストップウォッチもそうだ。

「準備しろ」サティはカフランギを振り返り、わたしの席と後方の席のあいだにあるコンソールボックスを頭でしめした。「そこに小さな双眼鏡が入っている。取り出して使え」

カフランギはうなずいた。

「ストップウォッチはいけます」わたしは言った。「なにに使うんですか？」

サティは怪獣のほうへ頭を振った。「あいつがベントしたら、それが止まり次第ストップウォッチを動かして、次にベントがあるまでの時間を計れ」

「そのベントというやつは見ればわかるんですか？」

怪獣がぱくりと頭をひらくと、そこから流れ出したまばゆい光が湖面に当たり、一瞬でそれを蒸発させた。

「ああ、かなり目立つからな」サティは言った。

光の流れが止まり、わたしはストップウォッチを作動させた。「あいつは火を吐くのか」

サティは首を横に振った。「それよりもずっとおかしなものだ。イオン化した粒子の流れだよ。プラズマだ。摂氏数千度に達する」

「近づきたくなかったわけですね」プラズマの流れがヘリコプターと接触すれば、ヘリコプターにとってもわたしたちにとっても悲惨な日になる。

「怪獣はどうやってそんな高熱を生きのびているんだろう？」カフランギは双眼鏡を取り出して怪獣に向けていた。

「ずっと続けていたら、生きのびられないさ」サティは言った。

「あ、この怪獣は知ってるぞ。こいつはおぼえている。ケヴィンと戦ったやつだ」

「まちがいないか？」わたしはたずねた。

カフランギはわたしに双眼鏡を差し出した。「自分でたしかめろ」

わたしは双眼鏡を受け取って怪獣に向けた。顔はおぼえていなかったが、戦いの最中に怪獣の体の一部が宙を舞ったことはおぼえていた。そこにいる怪獣は胴体の中央部のあたりに大きな欠落があった。「なるほど、あいつか」わたしはカフランギに双眼鏡を返した。「あのときからずいぶんな距離を移動してきたんだな」

「ケツを蹴飛ばされて、それからずっと走ってるんだ」カフランギはふたたび双眼鏡を目に当てた。

「こいつが戦っているところを見たのか？」サティがわたしたちにたずねた。

「ええ」カフランギがこたえた。「そのまっただなかにいたんです。木を投げつけられて」

「で、こいつが怪我をしたのか？」

「かたまりが剝がれ落ちるのを見ました。でかいのが。なぜです？」

「なぜなら――」怪獣がまたプラズマを吐き出したので、サティは口をつぐんだ。今度のは湖の縁をなぎ払い、木々を次々と破裂させていた。わたしはストップウォッチを止めた。サティはわたしに顔を向けた。「時間は？」

わたしはちらりと見おろした。「二分八秒三八」

「おいおい、なんだか気持ち悪いことになってるぞ」カフランギが言った。「なにかが怪獣からぱらぱらと落ちている」

「どんなものだ？」サティがたずねた。

「わかりません。小動物くらいの大きさのふけみたいです」カフランギは双眼鏡からサティへ視線を移した。「怪獣の寄生体ですか？」

「その可能性が高いな」

「だったら、なんで怪獣から落ちているんです？」

「ネズミが沈没しそうな船から逃げ出すのと同じだ」サティは基地への通信回線をひらいた。「ベース、こちらチョッパー2号」

「チョッパー2号、どうぞ」

「タグ無し怪獣を発見、ベントを目視で確認できた。現在二分間隔で、寄生体が逃げ出している、どうぞ」

「了解、チョッパー2号。ＲＬＨプロトコルを推奨する」

「了解、ベース。ＲＬＨプロトコルを開始する」サティは回線を切った。ちらりとカフランギに目を向ける。「もう双眼鏡はしまっていいぞ」

「ＲＬＨプロトコルというのは？」わたしはたずねた。

「〝死にものぐるいで逃げろ《ラン・ライク・ヘル》〟という意味だ」サティはヘリコプターを急旋回させた。

「わたしたちが死にものぐるいで逃げるのは――」

「怪獣が吹っ飛びそうだからだ」

「〝吹っ飛ぶ〟を定義してください」カファランギが言った。

「怪獣が核エネルギーで動くという話は聞いたな?」

「ええ、いまだにそれがどのように機能するのかよくわかりません。ほんとうに信じていいのかどうかも」

「信じろ。やつらは核エネルギーで動くが、それ自体は別に問題ない。だが思春期を迎えると、生物原子炉が形成不全を起こしたり、戦いでその健全性が損なわれたりする。そうなったら、あっという間に、とんでもなくひどいことになる」

わたしの頭の中で明かりがともった。「ベントか。あのプラズマビームは怪獣が意図してやっていることではないんですね」

サティはうなずいた。「ああ。原子炉の制御を取り戻そうとしてやっているんだ」

「うまくいくんですか?」

「ときどきは。怪獣がどれくらいの頻度でベントするかで、どれくらい悪い状態なのかがわかる。数時間に一度なら生き残れるかもしれない」

「あいつのベントの間隔は二分間に一度でした」

サティは肩をすくめた。「それじゃ生き残れないな」

「寄生体はどうやってそれを知るんです?」カファランギがたずねた。「間隔をかぞえて逃げ出しているわけじゃないですよね」

「そうだな」サティは認めた。「やつらが逃げ出すのは焼き殺されそうになるからだ」

カファランギはなにか言おうとして口をひらき、閉じて、またひらいた。「ほんとうにバカげた質問なんですが――」

「そのとおり、怪獣は歩く核爆弾だ。それがおまえの質問だろう？」

「ほんとうは寄生体について別のことをきこうと思ったんですが、えーと、とりあえずそれはいいです。核爆弾ってマジですか？」

「なぜ驚く？　なんの話をしていると思っていたんだ？」

「怪獣には原子炉があると聞いていたのに！」

「ああ、それで？」

「原子炉は核爆弾とはちがいますよ！　原子炉にはちゃんとした、たとえば、安全装置があるんですから！」

「もっともですね」わたしは言った。

「いや、それはちがう」サティは言った。「あいつらは建造されたわけじゃない。進化したんだ。進化が過剰な機能を持たせることはない。怪獣の生物原子炉は充分に機能する。不調になるまでは」

「そのときは百キロメートル四方の生物を全滅させると」カフランギは苦笑した。

「そこまで大きく吹っ飛ぶことはない」

カフランギはなにか言おうとしたが、わたしは手をあげて制した。「実際にはどれくらい大きく吹っ飛ぶんです？」

「平均的な怪獣で十キロから十五キロトンの爆弾に相当する」サティは言った。

「実感がわきませんね」

サティは計器をチェックした。「あの怪獣がたったいま吹っ飛んだら、おれたちは軽度の爆風被害半径をちょうど越えたあたりにいるということだ」彼はカフランギをちらりと振り返った。「つまり、おれたちは生き残れる。このヘリコプターは電子機器や計器類がシールドされているから、電磁パルスで焼かれる心配はない。怪獣がベントするのは今回が初めてじゃない。おれたちは飛べば飛ぶほど遠ざかることができる」

「やつが追いかけてこないかぎりは」カフランギが言った。

サティは首を横に振った。「あいつはもうなにも追いかけたりはしない。あの場所へ行ったのは死ぬためだ」

「どうしてわかるんです?」

「怪獣は自分の死期を悟ると、水辺へ向かおうとする。たどり着けるなら海だが、大量の水がある場所ならどこでもいい。理由はきかないでくれ。おれはパイロットなんだ。しかし、それはたしかな事実だ。KPSはつらい思いをしてそれを学んだ」

「どういうことです?」カフランギがたずねた。

「このタナカ基地は最初のタナカ基地じゃない。最初の基地は四十キロメートルほど東にある半島の入り江にあった。六〇年代のことだ。原子炉の調子が悪い幼獣が侵入して、基地のすぐそばで爆発した。気づく間もなく八十人が死んだ」

「そもそもなぜ基地に侵入を?」わたしは言った。

「おれは怪獣じゃないから、怪獣の行動の理由はわからない。ただ、いまは基地を大量の水があるところからは遠ざけているし」――カフランギのほうへ頭を振り――「ドクター・ファムや、ここにいるドクター・ラウタガータが〝あっちへ行け〟フェロモンを作って、基地のまわりにおれたちのなわばりのしるしをつけている」

「それがうまくいっているんですね」

「怪獣にまつわるすべてに言えることだ。うまくいかなくなるまではうまくいく」

わたしたちの行く手の世界がとても明るくなった。つまり背後の世界はもっと明るくなっているということだ。怪獣が爆発したのだ。

「これからひどく揺れるぞ」サティが警告した。「ドクター・ラウタガータ、吐きたくなったら遠慮するな」


「おれは吐かなかった」

夕食の席で、カフランギがアパルナとニーアムにその日のできごとを話していた。カフランギとわたしは、ブリン・マクドナルド、ブルーチーム指揮官のジェネバ・ダンソ、トム・スティーヴンス、それと生物学と物理学それぞれの研究室長を相手に、何時間も会議を続けて、今回のヘリコプターでの出動について徹底的に話し合ったところだった。マーティン・サティはヘリコプターの整備のために席をはずしていた。どうやらすぐにまた出かけるらしい。

「そうだね、全身が自然に腫瘍になるほどの大量の放射線が体内をとおり抜けただけ」ニーアムが言った。

「そんなことにはならないと思う」カフランギがこたえた。

「それはまさに自然に腫瘍になった人が言う台詞だよ」

カフランギはアパルナに顔を向けた。「おまえは生物学者だろ。助けてくれ」

「あなたが知性をもつ腫瘍だとは言わないよ」アパルナが言った。「でも、たしかめるためにはいくつか検査をしないと」

カフランギはわたしを指差した。「ジェイミーも同じヘリに乗っていたんだ！　そっちの腫瘍の告発はどうなってるんだ？」

「現時点でわたしはほぼ腫瘍でまちがいない」わたしは認めた。

「おれたちは友達だと思っていたのに」カフランギは目をほそめて言った。

「腫瘍に友達はいない。話は変わるけど、カフランギが博士号を持っていることを今日知ったよ」

「だって、博士号ならみんな持ってるよ」アパルナは自分を指差した。「ドクター・チャウドリー」

それからニーアムを指差す。「ドクター・ヒーリー」

「おもしろいことに、ヒーリーはゲール語で〝科学的〟という意味になる」ニーアムが言った。「あたしはドクター・科学さま。すぐにひれ伏してもいいんだよ」

「それはないと思う」わたしは言った。

「見て、この腫瘍は修士号しか持っていないから嫉妬してる」

「まさか。いや、少しはそうかもしれないな」

「みんなそれでもあなたが好きだよ」アパルナが言った。

「その〝好き〟というのは〝哀れみ〟のことだからね」ニーアムが付け加えた。

「これで気分がよくなるかどうかわからないけど、あなたはわたしたちの仕事をたくさん増やしてくれた」アパルナが言った。

「へえ、そりゃよかった」わたしは言った。「どうしてそんなことに？」

「厳密には、あんたじゃなくて爆発した気の毒な怪獣のせい」ニーアムが言った。「あたしたちだけじゃなく、みんなが影響を受けた。出張できる範囲で怪獣の爆発に遭遇することはめったにないらしい」

「わたしたちは遭遇するけどね」アパルナが言った。

「そう、厳密な平均値で考えると、基地にいるほとんどの人たちよりもあたしたち四人のほうがはるかに頻繁に遭遇していることになる。今日は、あんたたち腫瘍コンビが持ち帰ったデータと、エアロスタットから届いた素材をずっと調べていた」

わたしはうなずいた。ここではエアロスタットを人工衛星の代わりに使っている——観測機器を搭載した気球で、怪獣が攻撃したり食べたりしない高さに配置されている。そのおかげであの怪獣のことがわかったのだ。一機のエアロスタットが怪獣のベントによる放射線を検出したのだ。

「ほらな」カフランギがフォークで指差した。「やっぱりおれたちが現場にいる必要はなかったんだ。エアロスタットでぜんぶカバーできたはずだ」

アパルナが首を横に振った。「そんなことないよ。あなたの怪獣の映像は役に立った。アングルがよかったから。寄生体が逃げ出すところがよく見えた」

「逃げてもあまりいいことはなかったな」わたしは言った。「核爆発から逃げ切るのはむずかしい」

「あんたたちは逃げ切った」ニーアムが指摘した。

「逃げ切ったというか、ヘリで飛び切った」

「かろうじて」カフランギが付け加えた。

「ちょっと」ニーアムが言った。「もう泣き言はやめて。今日、あんたたちは発情した怪獣だけじゃなくキノコ雲からも逃げ切ったんだ。それを楽しいと思えないなら、あんたたちのほうに問題があるんだよ」

「そういえば、発情した怪獣の映像をありがとう」アパルナが言った。「あれは……見てておもしろかった」

「生で見るべきだったな」わたしは言った。

アパルナはうなずいた。「すごかったんだろうね。残念だけど、そっちは爆発した怪獣のせいでしばらくあとまわしになってる。生態系に大きな混乱をもたらすから」

「核爆発でそんなことになるのか」カフランギが言った。

アパルナは首を横に振った。「そうじゃないよ。いや、そうなんだけど、あなたが思っているのとはちがう。ここの生物の放射線とのかかわりは、わたしたちや故郷の生物のそれとはことなっているの。わたしたちは放射線でDNAを乱されるし、大量に浴びたら命にかかわるよね」

「放射線は人を腫瘍にする」ニーアムがわたしとカフランギを交互に指差しながら言った。

「ここの生物は放射線を活用しているの」アパルナが続けた。「わたしたちとちがって放射線は危険なものではない。核爆発が起きたら、爆風で即死しなかったものはすべて爆心地へ向かい始める」

「なんのためだ？」カフランギがたずねた。

「基本的には餌にするため。怪獣があんなふうに爆発するのはここのライフサイクルの一部なわけ」

「つまり、爆心地のクレーターを目指して生物が移動するということか」

「そういうこと。小さな昆虫からほかの怪獣まで、みんな移動を始めている」

「それともうひとつ」ニーアムが言った。「核爆発のような強力な力はこの現実とあたしたちの現実とのあいだの障壁を薄くするという話があったのをおぼえてる？」

カフランギとわたしはうなずいた。

「ここで大きな核爆発があったから、あたしたちの世界とこの世界とのあいだの障壁は、その地点でティッシュみたいに薄くなっているはず」

「もとの世界ではそこになにがあるんだ？」わたしはたずねた。

「なにもなさそう」ニーアムは言った。「カナダの州立公園かなにかの一部だね。人はいないし、ヘラジカより大きい動物もいない。そこをぶらついていたヘラジカには申し訳ないけど。でもこっち側には怪獣がいる。それもたくさん。ケヴィンやベラやエドワード、そのほかにも何匹かが、いっせいにその方向を目指している。そいつらがうっかりあたしたちの側に侵入するかもしれない。だから破れ目がふさがれるまでのあいだ怪獣の接近を阻止するのがあたしたちの仕事になる。つまり、あんたは」——カフランギをまた指差し——「やつらを寄せ付けないための忌避フェロモンの調合にたくさんの時間を費やすことになるし、あんたは」——今度はわたしを指差し——「ヘリコプターに乗って怪獣たちの顔にそれを吹き付ける仕事にたくさんの時間を費やすことになる」

12

怪獣が核爆弾の威力で爆発したときになにが起こるかを説明しよう。

まずは、実際の爆発とその直後の様子だ。

手始めに、直径およそ二百五十メートルの核の火球が、その内側にあるものを、怪獣も含めてそっくり蒸発させた。その結果、名もない湖のほとりに立派な爆発クレーターができあがったが、岸辺の近くなので湖そのものにのみ込まれた。

その後、差し渡し一キロメートルの範囲に大きな被害がおよんだ。木々はずたずたになって炎上し、動物たちは炭になり、すべてが煙の立ちのぼる廃墟と化した。

その外側については、四キロメートルの範囲で木々がなぎ倒され、一帯にあるものすべてが、わたしたちの地球上であればまちがいなく致命的なイオン化放射線を浴びた。アパルナが言ったように、怪獣惑星の生物はもっと丈夫だが、だからといってここの生物が幸せだったわけではない。まだ熱放射の問題があるからだ。一帯にいたすべての命あるものは、致命的かどうかは別として、ひどいやけどを負った。

怪獣が地表近くで爆発したあと、キノコ雲が吸いあげた大量の塵と瓦礫は、数千メートル上空まで噴きあげられ、卓越風にのって運ばれた——放射性降下物だ。それは最終的にラブラドル半島の千キロメートル四方よりも先まで拡散することになる。

怪獣惑星の大気は故郷のそれよりも濃く、酸素が多いため、爆風による被害については特別に考慮しなければならないことがある——爆風による最初の衝撃波の圧力が強いので、破壊範囲が広くなり、余分な酸素により火災の勢いが増すのだ。しかし、怪獣が爆発した場所は沼沢地のジャングルであり、怪獣惑星の樹木は故郷のそれよりも進化によって耐火性を高めていた。そのため、爆風によって発生した火災は比較的短時間でおさまり、規模も限定的だった。夕方になって西から到来した嵐がそれをさらに弱めてくれた。

タナカ基地は爆風やその余波に脅かされることはなかった。すべては基地の南東およそ百キロメートルの地点で起きたことであり、この地域では風がおおむね東へ吹くので、放射性降下物は基地から遠ざかるほうへ流されていった。わたしたちは大丈夫だった。ありがたいことに。

これは……妙な感じだった。

「もちろん妙な感じだよ」ニーアムが言った。爆発の翌日、夕食のあとで、わたしが自分の気持ちをみなに打ち明けたときのことだ。「故郷では核爆発は生きるか死ぬかの危機になる。ここではただの火曜日」

「月曜日だよ」アパルナがカウチから言った。彼女はその日のできごとをまとめた報告書を読んでいた。

「ここではただの月曜日」ニーアムはそう訂正してから、アパルナに顔を向けた。「ほんとに月曜日？」

「かなり確実」

「火曜日のような気がする」

「ここでは毎日が火曜日のような気がするよ」

ニーアムはぱちんと指を鳴らした。「まさにそんな感じ。で、あんたに言いたいのは」――わたしに顔を戻し――「あたしたちが核爆発と核エネルギーについて何十年ものあいだ文化的恐怖を感じていたということ。故郷ではそれは巨悪だった」ニーアムは、やはり報告書を読んでいるカフランギを指差した。「この人のニュージーランドなんか、国全体が非核地帯なんだよ」

「行け、アオテアロア」カフランギは気もそぞろにこぶしを突きあげた。読んでいるものから目もあげなかった。

「でもここに来たら」ニーアムは続けた。「それは巨悪ではないどころか、生態系の設定の一部になっている。怪獣が爆発するのはクジラが故郷へ沈むようなもの」

「なんだって？」わたしはたずねた。

「クジラの沈降」アパルナがカウチから言った。「クジラが死ぬと、その死骸は海の底に沈んで、その後数カ月から数年にわたって生態系全体の栄養となる」彼女はニーアムを見あげた。「どんぴしゃのたとえとは言えないけど、まあ通じる」

「適格認定をありがとう」ニーアムはそう言って、わたしに顔を戻した。「妙な感じがするのは、この恐ろしいできごとに対して、まったく新しい、それが存在する世界にとって肯定的な見方を強いられているだけでなく、あたしたちの世界で起きる同じできごとに対する見方を完全に改めるわけにはいかないせいだよ。だって、それは故郷ではやっぱり恐ろしいことなんだから」

「〝ひとつの核爆弾があなたの一日をだいなしに〟」カフランギが昔の政治スローガンを引用した。

「そう、それ。あんたが感じているのは認知的不協和だね、ジェイミー。同じテーマに対する、矛盾しているけれどそれぞれの文脈においては完全に妥当なふたつの考え。人間はそういうのを嫌う。ほんとに嫌いなんだよ。どんな話題であれ、最悪の返答は〝場合による〟というやつだから」

「きみはこのことをよく考えているんだな」わたしはひと呼吸おいて言った。

「兄《メイト》さん、わたしは職業人になってからずっと、なんらかのかたちで核エネルギーを扱ってきたんだ」ニーアムは言った。「あんたの言うとおり、このことはよく考えている。そしていまは、あたしたち全員が職業人としてそれに対応することを強いられている。あんたがいま感じている認知的不協和は、ほんの手始めでしかない」

それがまずひとつ。もうひとつは、タナカ基地にいるだれもが、とてもとても忙しくなったことだ。ニーアムが言ったように、怪獣の爆発は毎日起こるわけではないし、有益な科学調査ができるほど近いところで起こることはめったにない。この機会を逃さないために、スケジュールは変更され、プロジェクトは入れ替えられ、リソースは再配置された。生物学、化学、物理学の各研究室の倉庫で物資や機材を出し入れするのに多くの時間を費やしていれば、いやでもわかることだ。あるときなどは、化学研究室がどのプロジェクトを優先させるかについて考えを変えたために、ヴァルが届けたばかりの物資をわたしが引き取りに行ったこともあった。ヴァルが出ていこうとしているドアからわたしが入ってくるのを見て、カフランギは少しきまり悪そうな顔をしていた。

マーティン・サティと、チョッパー1号を操縦するイニーヴァ・ブレイロックには、観測や実験のための飛行要請が殺到していた。レッドチームを送り届けたショウビジン号がまだ戻っていないこと、さらに戻ってきても少なくとも数日は整備が必要となることに、各方面から怒りの声があがっていた。管理部がやむなく介入し、それぞれの研究室が陰険なやりかたで優先権を奪い合ったりしないように、飛行時間の割り振りを引き継いだ。さらに、暫定措置として爆発現場の上空にエアロスタットを再配置することで、常時観測を実現し、サティとブレイロックが睡眠をとって機体の整備ができるようにした。

実は、このエアロスタットの再配置で明らかになった事実により、いくつかのミッションが撤回されて別のミッションが提案されることになった。

「ベラが爆発現場で巣作りをしている」ブルーチームの生物学者、イオン・アルデリアヌが、爆発の四日後に、タナカ基地の科学者と管理者が集合した会議で報告した。

わたしがその場にいたのは会議のケータリング担当だったためで、大皿にのせたロールパンとクッキー、水やお茶のポット、小皿とナプキンをカートで運び込み、終わったときにはそれをまた運び出すことになっていた。

アルデリアヌが自分のノートパソコンで、エアロスタットから撮影された映像を投影した。そこにあらわれたのは、ベラが壊滅した湖畔を歩きまわり、爆発クレーターによって生まれた小さな入り江の縁でどっかりとすわり込む姿だった。

「これはよろしくないね」ブルーチームの物理学者、エンジェル・フォードが言った。

「まあ、場合による」アルデリアヌは言った。

「惑星間の次元の障壁がもっとも薄いところに、空飛ぶ怪獣が新居をかまえようとしている。過去に侵入があったときとまったく同じ状況。どこに良い点があるのか教えて」

「ベラが障壁を越えたがっていないからです」アパルナが言った。彼女はアルデリアヌのとなりにすわっていて、この会議では明らかに彼の応援団だった。

フォードはアパルナに一瞥をくれた。「あなたは新人」

「新人ですよ。だれでも一度は新人だったでしょう」

「わたしが言いたいのは、この怪獣がどれほど簡単にわたしたちの世界に侵入できるか、そして実際に侵入されたらどれほどたいへんなことになるかを、あなたが理解していないということ」

「それは理解してますよ。だって、ただの物理学ですから」これを聞いて会議室に小さく笑い声が広がった。こんなふうにフォードをへこませるのは、新人のアパルナにとってはなかなか度胸がいることだ。彼女はスクリーンを指差した。そこにはベラがすわってくつろいでいる映像が繰り返し流れていた。「これは生物学であり、明白ではないこともいろいろと起きています」言葉を切ってアルデリアヌに目を向ける。「よろしいですか？」

寛容にも、アルデリアヌはおもしろがっているようだった。「もちろん」

「たとえ新人でも、読むことや、調べることはできます」アパルナは言った。「エドワードとベラを交尾させるミッションが成功したとき、KPSのデータベースをチェックして、この二匹の種の交尾後の様子についてわかっていることを調べてみました。この種の場合、交尾が終わると、雄は用済みだとわかりました。雄にはそれ以上なんの役割もありません。しかし、雌はすぐに巣を作る場所を決めます。この種は、ほかの怪獣にとっては軽食になってしまう幼獣の子守をするので、雌はなわばり意識が強くなります。ふだん以上に」

アパルナはまたスクリーンを指差した。「ベラが爆発現場を選んだのは理にかなっています。第一に、そこにある放射能は彼女や子を傷つけない。第二に、百キロメートル以内にいるあらゆる生物が爆発を感知し、そのエネルギーと放射性降下物を餌にするためにそこへ向かっている。どんな怪獣が来てもベラは撃退するでしょう。たとえエドワードでも。もう用済みですから」また笑い声。「小さい生物はベラ自身と幼獣の食糧になります」彼女はアルデリアヌに顔を向けた。「寄生体のビデオを見せてあげてください」

「かなり不快な映像だよ」アルデリアヌは全員に警告し、別のビデオを流した。そこに映し出されたベラは彫像のようにじっとたたずんでいて、なにかの生物の群れがその体から這い出したり、その体へもぐり込んだりしていた。

「食事をしているところです」アパルナが言った。

「怪獣は原子力で動くのかと思ってた」わたしは思わず口走ってから、自分が雑用係としてそこにいることを思い出した。

「そのとおり。でも、生物学的要素もあるんです。怪獣は大きすぎて自力ではほとんどの生物を狩ることができないので、寄生体が代わりにその仕事をします。怪獣の体から分離して、狩りや死肉あさりで得た獲物を食べたあと、戻って来てふたたび結合し、ベラが卵を作るために使っている栄養素を共有します。寄生体は安全を手に入れ、ベラは幼獣のための食糧を手に入れる」アパルナはフォードに目を戻した。「だからベラが越境することはありません。必要なものはすべてここにある。ベラがじっとしているあいだは、ほかの怪獣が次元の障壁に近寄ることもありません」

フォードはそれほど簡単には引きさがらなかった。「でも爆発は――」

「こちら側で起きました」

「それは関係ない」

「そのとおり、関係ありません――あなたは人間の物理学者ですから。物理学者はふたつの世界を隔てる次元の障壁が薄くなることに注目します。でも、怪獣は障壁に引き寄せられるのではなく、爆風に引き寄せられるんです。爆風はエネルギーを意味します。つまり食糧です。だから怪獣は越境するんです。爆風を手に入れるために」アパルナはもう一度だけスクリーンを指差した。「ベラはすでにそれを手に入れています。ほかのだれにもそれを渡すつもりはないでしょう。それに幼獣たちを放置することもありません。幼獣たちが手がかからなくなるまで成長するころには、次元の障壁は修復されているはずです」

フォードは口をきゅっと結んでアパルナを見てから、アルデリアヌに目を向けた。「あなたもこの意見に同意するの？」

「ああ」アルデリアヌは言った。「わたしならもう少しやわらかい表現になったかもしれないが」

「なあ、お二人さん、アパルナはフォードを強烈にやり込めたんだぞ」その日の夜、コテージに戻ってから、わたしは会議での対決について語った。「実にすごかった」

「ほんと？」ニーアムがアパルナにたずねた。「そんなにすごかったの？」

「まあね」アパルナは言った。「きつい態度をとるつもりはなかったよ。でも、何度も〝あなたは新人〟って言われて、いまやめさせなかったら、ここにいるあいだずっと聞かされるんじゃないかと思って」

「これで宿敵ができたわけだ」カフランギが言った。「正直うらやましい。おれはずっと宿敵がほしかった」

「わたしがきみの宿敵になろう」わたしは志願した。

「ありがとう、ジェイミー、申し出には感謝する。だが、戦いの場で宿敵に勝たなけりゃだめなんだ」

「役に立つならパンチをお見舞いしてもいいけど」

「心そそられるが、やめておこう」

「申し出は有効だ」

「やめて、二人とも」ニーアムはそう言って、アパルナに顔を戻した。「でも、カフランギはまちがってない。おそらくフォードは、この遠征が終わるまでずっとあんたを憎むことになる。まあ、とにかく彼女の遠征が終わるまでは」

「大丈夫」アパルナは言った。「クッキーを焼いてあげるから。すべて許されるはず」

「よほどすばらしいクッキーでないと」わたしは言った。「あの場で聞いていたが、思いきり顔に泥を塗ってしまったからな」

「まえにも効き目があった」

「まえにもやったことがあるのか？」

「何度もやったからクッキーを焼くのがすごく上手になった」

「すごいね、アパルナ」ニーアムが感心したように言った。「今後はあんたをお手本にさせてもらうよ」

「もういいよ、わかってる」アパルナは穏やかに言った。

「クッキーが食べたくなってきたな」カフランギが言った。

「値段は知ってるだろう」わたしは言った。

「それだけの価値はある。いや、アパルナのクッキーを焼けばいいのか。会議のあとで、追加の〝あっちへ行け〟フェロモンを調合する必要はないと言われた。ベラがおれたちの代わりにその問題に対処してくれるからだ。ありがたいよ、あれはひどいにおいだからな」

「〝お誘い〟フェロモンよりひどい？」わたしはたずねた。

「想像もつかないと思う。しかしまあ、おれはあのフェロモンを、とにかく大量には作らなくてよくなったし、おまえは」――カフランギはわたしを指差し――「それをスプレーするために出かける必要がなくなった」

「どれほどがっかりしているか想像してくれ」わたしは言った。

「おまえならヘリコプターにはなにか別の用事で乗れるさ」カフランギは言った。

その点ではカフランギは正しかった。というのも、怪獣が爆発することで三つ目の影響があることが判明したからだ。

観光客だ。

13

「ごめん、なんだって？」わたしは言った。

「観光客」トムが言った。

「ここに観光客が来るのか？」

わたしたち二人は食堂に戻って昼食をとっていた。アパルナが会議でエンジェル・フォードをやりこめた翌日のことだ。実を言えば、アパルナもそのエンジェル・フォードといっしょに食堂にいて、奥のほうのテーブルで声をあげて笑っていた。二人ともクッキーを食べていた。アパルナはわたしの視線に気づくと、眉をちょっと曲げ、クッキーを振ってみせてからフォードに注意を戻した。あのクッキーの威力はたいしたものだ。

「〝観光客〟とはちがうかもしれない」トムは訂正した。「KPSがお世話になっている人びとや組織があって、そういう相手にさまざまなかたちで感謝の気持ちをしめさなければいけないことがある。そのひとつが彼らをこの世界に迎え入れることなんだ」

「それはまさに観光客の定義だぞ、トム」

トムはため息をついた。「まあな。たしかに観光客だ」

「どういう連中なんだ？」

「きみが考えているような人たちだよ。政治家、科学者、KPSに資金を提供している億万長者。各分野の著名人。その他いろいろ」

「〝その他いろいろ〟という表現で、なにか言いにくいことをごまかそうとしているみたいだな」

「聞き流してくれ」

「だめだ。吐け」

「去年は某大統領の〝でかい成人した息子〟たちが来た」

わたしは目をほそめてトムを見つめた。「そんな、ことは、あ、い、ありえない」

「来たんだよ。どうしようもなかったんだ」

「それで？」

「息子たちは怪獣狩りをしたがっていた」

「やらせればよかったのに」

「心そそられたよ。言っておくけど、そういう要求をされたのは初めてのことじゃない。統合参謀本部の一員がＭ１エイブラムスを持ち込んで狩りをしたいと言い出したこともあった」わたしがじっと見ていたので、トムは付け加えた。「戦車だよ」

「戦車なのは知ってる。その男がなぜそんなことができると考えたのかが謎だ」

「ここに来たら、なぜそれが良い考えではないかわかってくれた。それが彼らをここに連れてくる理由のひとつでもある。そうやって、ぼくたちがここでやっていることを理解してもらうわけだ」

「ここにはどれくらいの観光客が来るんだ？」

「世界全体で？　それとも北米で？」

「どっちも？」

「北米では年に数十人。ほかの大陸でも同じくらいだと思う」

「じゃあ、控えめに見ても、ＫＰＳではない人たちが毎年数百人は怪獣惑星を訪れているわけだ」

「そんなところかな。リピーターも多いけど、まあそうだ」

わたしは顔をしかめた。「どうやって……これだけのことを秘密にしているんだ？」

「訪問者のほぼ全員がセキュリティ・クリアランスを有している。なにをすべきかみんな心得ているんだよ」

わたしは無表情にトムを見つめた。「でかい。成人した。息子たちが」

「ほかの人たちもそうだけど、だって、彼らになにができる？　ゴジラサイズの生物が実在する別の次元に行ってきたと言うのか？　だれもそんなこと信じないよ」

「自撮りやビデオがあれば信じるかもしれない」

「スマートフォンは訪問者が越境するまえにあずかる。たとえなにか隠し持っていたとしても、ぼくたちが撮った写真やビデオを見ただろ。笑っちゃうほど作り込み感が薄い。高校生でもフォトショップとアフターエフェクツで加工できるような代物だ」

「ビデオの質の低さを頼りにしているのか、トム」

「いや、〝ありえなさ〟を頼りにしているんだ。そういう意味じゃエリア51みたいなものだな」

わたしはまばたきした。「ちょっと待った。エリア51は実在するのか？」

トムは困ったような顔をした。「ぼくは知らないよ。ここで言いたいのは、たとえ実在するとしても、そのアイデアはすでにぼくたちの文化に深く浸透しているから、リアリティがハリウッド版によって完全に打ち消されているということだ。面接を受けたとき、ＳＦについてどう思うか質問されたのをおぼえてる？」

「もちろん」

「その質問をするのは、ゴジラやジュラシック・パークの映画を見る人たちなら、ここの現実に対して基礎から準備ができているからだ。脳にモデルがあるから、こっちへ来てもヒューズが飛ぶようなことはない。でも、それは逆も同じだ。虚構バージョンに慣れきってしまうと、現実バージョンの存在を否定しやすくなる」

「凝りすぎた陰謀論みたいだぞ、トム」

トムはうなずいた。「たしかに。人間の脳はいいかげんだ。でも、そのおかげで、丸見えになっているこの場所を多少なりとも隠してこられた。もちろん、ほかにもやらなければいけないことはある。必要なものをすべてトゥーレ空軍基地経由で送ることはできない。グリーンランドの奥地にある閉鎖されたはずの基地への輸送量があまりにも多すぎたら、たとえ正式な認可や各国との条約があったとしても、いずれはバレてしまうからね。これはひとつの例だ。でも、全体として見れば、うまく隠すことができている。信じるにはあまりにもバカげているからだ」

「逆ランプシェードだな」

「まず〝ランプシェード〟の意味がわからない。ましてやその逆は」

「文学用語だよ。ありえないことに注意を向けさせ、文章の中でそのありえなさを認めておいて、そのまま話を進めてしまうことだ」

「効果があるのか？」

「きみが思うよりずっと」

「そうかもしれないな。それはさておき。観光客はたしかにいる。多くの面でいないほうがいいのもたしかだ。でも、現実にいるんだから、彼らをうまく利用するのは理にかなっている。だからきみに話しているんだよ、ジェイミー」

「おいおい、やめてくれ」

「この仕事にきみを誘おうかと考えていたとき、きみのビジネス用SNSをチェックしてみた。フード#ムードにいたときの公式の肩書きは、〝マーケティング・ディレクター〟とかそんな感じだったよね？」

「マーケティングおよび顧客維持を担当するアシスタント・ディレクターだ。ほとんどの場合、それは会議に出てほかの人たちの話を聞くことを意味していた。やっと自分のアイデアを提案したら首を切られたんだ」

「きみのせいじゃない。二人で話したあと、フード#ムードのCEOについて調べてみた。知っている人だった」

「ロブ・サンダースを知っているのか？」

「個人的な付き合いはほとんどなかったけどね。ダートマス大学でぼくの二学年先輩だった。当時でさえ、ごますりの腹黒いやつと評判だった。おぼっちゃんなんだよ。四代目だったかな。一族は主に国防関連の請負契約で財を成している。フード#ムードのエンジェル投資のほとんどは、あの一族のベンチャー投資資金から出たにちがいない」

「いい人生だろうな」

トムはうなずいた。「〝でかい成人した息子〟にはそれなりの利点がある。だから、きみは能力不足で解雇されたわけではないと思う。だとすれば、マーケティングと顧客維持というのはまさにぴったりなんだよ――」

「その先は言うな」わたしは警告した。

「――ここへ来る観光客の子守をしてもらうには」

「わたしは物を持ちあげるんだ」わたしは抗議した。

トムはなだめるように両手をあげた。「わかってる。聞くところによると、きみはその方面でとても優秀らしいな。ヴァルでさえきみのことを気に入ってる。彼女は基地内の賭けのオッズで、〝木の上からだれかをほうり出す可能性がもっとも高い〟の一位になっている人だからね」

「おいおい、ヴァルは最高だぞ」

「たしかに最高だ。仕事のじゃまをする相手を木の上からほうり出すだけで」

「最高な人ばっかりなのに、じゃまをしたら殺されかねないって、この場所にはなにかあるのかな？」

「ここでだけよく見かける性格というのはあるね」

「でも、ヴァルがわたしを気に入ってるんだとしたら、わたしはずっと物を持ちあげているべきだろう？　この件でほかに頼める人はいないのか？」

「いたけど、彼女はレッドチームだし、今年ＫＰＳをやめたんだ」

「シルヴィア・ブレイスウェイト？」

トムは怪しむような目でわたしを見た。「彼女を知ってるのか？」

「わたしのまえに部屋を使っていた人だ。とてもすてきな歓迎の手紙を残していった。鉢植えの世話をしてくれと頼まれたよ」

「ふつうはタナカ基地には観光客は来ない。ホンダ基地のほうが広いし、来客を迎えるのに向いている。たとえば、血を吸う蠅がだいぶ少ない。それでも、ときどきここに来る連中がいて、シルヴィアはその人たちの付き添いをしていた。あちこち忙しく案内して。彼らが食われたりしないよう気をつける。そんなところだ。きみにその仕事を引き継いでもらいたいんだよ」

「近いうちに観光客が来るということか」

「怪獣が爆発したばかりだからね。地球に知らせが届いて。依頼が殺到した。依頼というより要求だな。国防総省。エネルギー省。NASA。数人の上院議員。ほぼすべての億万長者。これはアメリカ国民だけの話だ」

「どうやって選ぶんだ?」

「ぼくたちが選ぶわけじゃない。故郷にいる人たちが選ぶ。少なくとも、その点については賢明な対応をしてくれたよ。二週間後から、週にひと組ずつ、三つの少人数のグループをここで受け入れることが可能だと伝えたんだ。そのあとは、ホンダ基地のゲートを保守作業のために二週間閉鎖しなければならないと」

「ふだんでもやってるのか? つまり、ゲートの閉鎖を」

「ああ。チームのローテーションがあるたびにやっている。ふだんはもう何週間かあとだけど、これくらいのずれはいままでにもあった。それに、二週間の閉鎖で依頼を減らす口実ができるという利点もある。三週連続でゲストを迎えるのは、ぼくたちの仕事にとってあまりいいことではない。そのために費やす時間や資源を、本来の仕事に使えないわけだからね。でも、NGOで公式に帳簿に載らないという立場ではしかたのないことなんだ」

わたしはため息をついた。「三週間、ツアーガイドをやれということか?」

「正確には、三週間のあいだ毎週二日ずつだ。毎回六人の観光客がショウビジン号でやってくるから、そのうちの三人をチョッパー2号で現場へ案内して残りの三人にはくつろいでもらうというのを交代でやって、翌日には、それぞれの研究室の紹介をしたあとで、きみが全員を遠足に連れていく。そしてお帰りいただく。それで思い出したけど、きみには地上訓練が必要だな」トムはスマートフォンを取り出した。

「なぜ？　地上訓練ってなんだ？」

「ジャングルの底で勤務につくために必要なんだよ。どのみちきみもほかの新人たちも訓練を受けることになるんだけど、それはまだ何週間か先の話だ。きみに早めに個人指導をするようリドゥに伝えておくよ」トムはなにかを入力し、手を止めて、ふたたび入力を始めた。「たぶん、武器訓練も必要だな」

「武器訓練はツアーガイドが受けるものじゃないだろう」

「大丈夫だよ。それで、引き受けてくれるか？」

「わたしに選択肢はあるのか？」

トムはスマートフォンをおろした。「実を言えば、ある、きみには選択肢があるんだよ、ジェイミー。こんな職務の範囲を超えた依頼をしているのは、きみがそういうのが得意だと思うからだ。ただ、正直なところ、ぼくがこの仕事のために選び出したほかの人たちは、いまは真の科学に取り組んでいる。彼らにやらせたら、知識が失われてしまう可能性がある。きみにやってもらえば、これから三週間のあいだ週に二日ずつ、ヴァルがいくつか余分に物を持ちあげるだけだ」

「きみだってできるだろ」

「できるけど、ぼくはクソ野郎だから」トムの言葉に、わたしは笑みを浮かべた。「それに、研究室の要望を聞いてもろもろを調整するだけで充分忙しい。心配しないで、ぼくが手を貸すから」

「わかった。引き受ける」

「ありがとう」

「いいよ。ただ、わたしのせいで仕事が増えるからといって、ヴァルがわたしを木の上からほうり出したりはしないと約束してくれ」

「ヴァルならわかってくれる」トムは言った。「もしもわかってもらえなかったときは、きみにこの仕事を断られたら次は彼女に頼むと言うよ」

「わたしの役割はきみが怪我をしないようにすること。信じるか？」リドゥ・タガクが言った。そこはジャングルの底へ通じるエレベーターがあるホールだった。ホールもエレベーターも吹きさらしだったが、ネットで覆われていた。このエレベーターと、その支持構造の一部でもある隣接するジグザグの階段が、基地そのものからジャングルの底へまっすぐ降りる唯一の手段だった。ほかの同じようなエレベーターは飛行場にあるだけだ。どちらのエレベーターも車両がそのまま乗り込めるほどの広さがあり、わたしには想像もつかない油圧装置によって作動していた。「信じるか？」

「えーと、はい？」わたしは言った。

タガクはうなずき、厚手のキルト地の養蜂家用スーツみたいなものを指差した。「じゃあそれを着て。服の上からでかまわない」

わたしはためらった。「すぐに暑くなってしまうのでは」

「長く着ていることはない」

「長くというのは？」

「必要なことを伝えるあいだだけだ」タガクは無言で待った。わたしは肩をすくめ、養蜂家の制服を身に着けた。

思ったとおり、すぐに汗が噴き出してきた。「このままでは死んでしまいます」

「その反対だよ」タガクは身ぶりでエレベーターに乗れとうながした。わたしは乗り込んだ。タガクもあとから乗り込み、下降ボタンを押した。

リドゥ・タガクのタナカ基地での地位は、基地施設とセキュリティの管理者だ。「わたしたちの基地が木の上にある理由は知ってるな」口調からすると質問ではなさそうだった。

「はい。ジャングルの底が危険だからです」

「たしかに危険だ。しかし、それを頭で知るのと心で知るのは別のことだ。いまのきみはこっちでそれを知っている」タガクはわたしの頭を指差した。それからわたしの心臓を指差した。「これからこっちでそれを知るんだ」

「なるほど、信じます」わたしは約束した。

タガクは首を横に振った。「まだわかっていない」

エレベーターが止まった。ジャングルの底に到着したのだ。

「これからなにを？」わたしはたずねた。

タガクは指差した。「外へ出て。散歩しろ」

「あなたもいっしょに来るんですか？」

「すぐに追いつくから。行け」

わたしはスーツの不透過性のプラスチック製バイザーをとおしてタガクに疑いの目を向けた。見つめ返すタガクの表情には、わたしが指示に従うのを山が風化して崩れるまででも待とうという覚悟があった。わたしはため息をついてエレベーターを降りた。

すぐにあらゆる種類の小さな虫が群がってきた。当然だ。そのまま歩き続けながら、自分のブーツを見おろした。一歩ごとに少し沈んでいる。ジャングルの底はじっとりと湿っていた。足を運ぶたびに地面から生き物がわき出し、驚いて飛び去るものもいれば、ブーツを跳び越えたりその上に乗ってきたりするものもいた。そのうちの何匹かは、よいエアロビクスになると判断してスーツを這いあがり、まっしぐらに——そう見えた——わたしの眼球に向かってきた。

「ちょっと、これはいくらなんでもひどいですよ」わたしは背後へ怒鳴ったが、タガクからの返事はなかった。プラスチック製のバイザーになにか大きなものが落ちてきて、視界がさえぎられた。悪態をついてそれを払いのけたら、あやうくころびそうになった。すぐそばの木に手を伸ばして体を支えようとした。

なにか大きくて青白いものが、カサカサと幹をまわり込んでわたしの手に向かってきた。

わたしは熱いものにふれてしまったように手を引っ込めた。

まわり込んできたものは止まり、何本もある触角を揺らし始めた。わたしはそれを見ながら、頭の片隅でそれがなにを思い出させるのか考えていた。そうだ、ヤシガニだ。太平洋諸島に棲息する、体長一メートルにもなる化け物で、ヤシの実を木から落として割ったりするほど賢い。

〝ただし、おまえはもっと醜い〟とわたしは思った。〝それもかなり〟

そいつは人の考えを聞き取ることができるかのように、すべての触角をさっとわたしに向けてきた。

「クソっ」わたしは声に出して言った。

そいつは鳩がクーと鳴いている最中に首を絞められたような音を立てた。

「クソっ」わたしはもう一度言った。

木の幹をまわり込んで、そいつの仲間たちがカサカサと視界に入ってきた。

「クソっ！」もうエレベーターに戻らなければ。きびすを返したとたん、最初の一匹が飛びかかってきて、わたしのスーツにしがみついた。

払いのけようとしたがうまくいかなかった。上を見あげると、ほとんどの木にそいつらが鈴なりになり、そのすべてがわたしを目指して走っていた――とにかく、そう見えた。

わたしは当然のごとくころんだ。すると当然のごとくそいつらが群がってきた。プラスチック製のバイザー越しに見あげると、一匹が口をひらき、そこからぎざぎざしてとがったものが突き出してきて、バイザーにぶつかった。ぶつかったところから、なにかの液体が飛び散った。毒だと考えるのが自然だった。その後の攻撃は耳では聞こえたが感じることはなかった。何本ものとがった舌がスーツの生地をこすってザリザリと音を立てていた。遅かれ早かれそのうちの一本が貫通するのは避けようがないように思えた。

立ちあがろうとしたが、どこへ逃げればいいのかわからなかった。いまや生物がまわりにびっしり群がっていて、体を支えるために手を置く場所を見つけるのさえむずかしかった。わたしは過呼吸になりかけていた。まちがいなく死にかけていた。

だれかが手を伸ばしてわたしをジャングルの底から引き起こし、体についた生き物をつかんでほうり投げ始めた。言うまでもなく、それはタガクだった。

「じっとして」タガクはなんでもないことであるかのように生き物をつかんでは投げ捨てた。ほとんどの生物はこの時点で逃げ出したが、何匹かは再度の攻撃を試み、わたしに向かってきた。タガクはそいつらを蹴り飛ばし、一匹には跳躍したところでパンチを叩き込んだ。もしもわたしがチビっていなかったら、そして彼女がわたしを攻撃されるところへ送り出した張本人でなかったら、とてもクールな立ち回りだと思っただろう。

数分後、わたしたちは二人きりでジャングルの底に立っていた。

「大丈夫だ」タガクがわたしに言った。

わたしは彼女に向かって叫んだ。

「大丈夫だ」タガクは繰り返し、わたしのスーツをつついた。「キルト風のカーボンファイバー。やつらが何年つつき回したところで破ることはできない」

「教えることはできただろう！」

「教えることはできた」タガクは認めた。「だが、きみにこれを心で感じてもらう必要があった。いまきみが感じていることを」

わたしはまた叫ぼうとしたが思いとどまった。「わかった、第一に、クソくらえ。これはめちゃくちゃ最低なやりかただ」タガクはなにも言わずに待っていた。「第二に、クソくらえ、あなたの言うとおりだ、よくわかったよ」

「けっこう。もうひとつ言っておくことがある。いまきみを襲ったヤシガニは、このジャングルの底で出くわすやつらの中ではもっとも危険性が低い。それよりやばいのは、ヤシガニを餌にしているやつらで、これがたくさんいる。それよりもっとやばいのは、そいつらを餌にしているやつら。最悪なのが怪獣の寄生体だ」

「怪獣ではなくて？」

タガクは首を横に振った。「怪獣は人間なんか相手にしない。しかし怪獣の寄生体は人間にとても興味を持っている」

わたしはさらに質問しかけてやめた。タガクを見てから、周囲を見まわした。「なぜわたしたちは攻撃されていないんです？」

タガクはジャンプスーツのポケットからなにか取り出して、わたしに見せた。「超音波だ。ヤシガニはこれを嫌う」

「ヤシガニを食べるやつは？　さらにそいつらを食べるやつは？」

「そいつらには別の対策がある。見せてやろう」タガクはあたりを見渡した。「きみが観光客の付き添いをしろと言われているのは知っている。彼らはいつもジャングルを間近で見たがる。ここでほんとうの世界を見たと実感したいんだ。もしもここでほんとうの世界を見せたら、みんな死んでしまう。なぜかわかるか？」

「彼らはそれを心で感じていないから」

「しかし、われわれには彼らにそれを感じさせる時間がない」タガクはわたしたちがいる場所を身ぶりでしめした。「だからここに連れてきて、これがこの世界のほんとうの姿だと嘘をつく。彼らは喜ぶべきなんだよ、われわれが嘘をついて、彼らにそう信じ込ませることを」タガクはわたしを指差した。「しかしきみは信じるな。絶対に。なぜなら、きみはこの世界の別の場所も歩くことになる。やられるときには悲鳴をあげる暇もない。わかったか？」

「はい」わたしは心から言った。

「気分は？」

「正直に言っても？　まちがいなく小便をチビってます」

タガクはうなずいた。「基地に戻って着替えてから、また始めよう」

わたしたちはエレベーターに戻るために歩き出した。

「あなたもこれをやったんですか？」わたしは歩きながらタガクにたずねた。「初めてジャングルの底に降りたとき」

「やったよ」

「どうでした？」

タガクはわたしを見た。「逃げながらクソを漏らした」

「それは……少し気が楽になりますね」

タガクはうなるように言った。「きみが心配しなければいけないのは、それができない連中だ」

14

「今日は母親怪獣の観察で興奮しっぱなし」研究室でのシフトを終えてコテージに入ってきたアパルナが、一同に向かって言った。仲間の中でその日の仕事を最後に終えたのがアパルナだった。わたしたちは夕食に行くために彼女を待っていた。

「興奮しすぎてみんなの食事を遅らせたのか？」わたしはリドゥ・タガクの地上訓練の二日目だったので、食べる気満々だった。

「さあね」アパルナはスリープモードになっていたノートパソコンをひらいた。起動すると、画面に最後に表示されていたものがあらわれた。現場上空に配置されているエアロスタットが撮影したベラの写真だ。わたしたちはいっせいにその写真をのぞき込んだ。

「ベラが糞をしてるね」ニーアムがしばらくして言った。

「ちがうよ」アパルナはむっとしたようだ。

「ほんとうか？」わたしはたずねた。「だって、ニーアムはまちがっていない。わたしにも糞に見える」

「それも鳥の糞だな」カフランギが言った。「かつて撮影された中で最大のカモメの糞」

「〝最大のカモメの糞《マイティ・シーガル・シッツ》〟って、いいバンド名だな」わたしは言った。

「ちがうってば」アパルナが言った。「糞じゃないよ。ベラは卵を産んだだけ」

「糞をしたついでにね」ニーアムが言った。「あたしならこうはしないけど、まあいいか」

アパルナはいらだったような声を出した。「これは糞じゃない、わかった？　これは怪獣の産卵ゼリー。受精卵を包む栄養がたっぷり詰まった媒体で、すばらしいものなの」かつて撮影された中で最大のカモメの糞ではないという、その飛び散ったものを指差す。「あのゼリーには卵の中で成長する胎児が生きのびるために必要なものがすべて含まれている。栄養素と老廃物の移動もある。ほとんど胎盤のようなもの。でもそれだけじゃない」

「デザートのトッピングにもなる」わたしはジョークを言った。

「それはまちがいじゃない。というか、実際にはすごく、すごくまちがっているから、あなたは自分を恥じるべき。それでもなお、あなたの言うとおり、これはここにいるほかの生物にとって食料として魅力的なものでもある。彼らを引き寄せるようにできているの」

カフランギは混乱したようだった。「なぜベラがそんなことを望む？　自分の卵が食べられてしまうのに」

「たしかに一部は食べられてしまう。でも、あの中には何千個も入っている。何万個も。どのみちぜんぶが生きのびることは期待されていない。ほかの生物がやってきて卵やその媒体を食べているあいだに、ベラの寄生体が降りてきてそいつらを食べる。ベラは寄生体から得た栄養を使ってさらに卵を作る」

「ベラはまたエドワードと交尾をするつもりなのか？」わたしはたずねた。前回のことを思い出すと、キューピッド役を繰り返すことを楽しみに待つ気にはなれなかった。

アパルナは首を横に振った。「ベラはエドワードの精子を自分の中にたくわえている」

ニーアムがこれを聞いて顔をしかめた。「グロいね」

「生物学的な観点からすれば、あなたが思うよりありふれたこと」

「生物学はグロいよ。なにもかも。でも、体に精子をたくわえるなんて、自分がスペルマ用の魔法瓶《サーモス》になったみたいだ」

「〝スペルマ・サーモス〟って、いいバンド名だな」カフランギが言った。わたしは彼の努力にハイタッチをした。

アパルナはわたしたち全員に向かってあきれた顔をした。「わたしが言いたいのは、ベラがこれからの数週間でまだ三、四回は産卵を繰り返すということ。彼女の種では以前にも同じことがあった」べとべとした卵塊を指差す。「でも、ベラの種の初期発生を間近で見るのは今回が初めて。わくわくする」アパルナはノートパソコンをぱたんと閉じた。「でも、ここにはそれを理解できる人がいないみたい。みんな最低だよ、大嫌い」

「たしかに最低だ」わたしは同意した。「もう夕食に行かないか？」

「待って、あたしが卵のべとべとを上回るやつを見せてあげる」ニーアムが自分のノートパソコンに手を伸ばした。

「夕食は？　だれか行かないか？」

「ちょっと、ジェイミー、餓死しかけているわけじゃないでしょ」

「近いものがある」

「カフランギでもかじってて」

「遠慮しとくよ」

「ありがたい」カフランギが言った。

「でも、すぐに食事ができなかったらそうするかも」

「手短にすませるから」ニーアムは音のない森の暗視ビデオを表示させた。そのあたりをゆっくりと旋回しているドローンかヘリコプターからの映像だ。特に注目すべき点はなかったが、やがて画面が小さく乱れた。「ほら！」

「これが？」わたしはたずねた。

「〝これが〟ってどういう意味？」

「木だ」

「木じゃないよ、この理屈屋のにぶちん」ニーアムはビデオをさっと戻した。「閃光だよ」

「どの閃光？」アパルナがたずねた。

「これだよ！」小さな乱れがふたたび起きて、ニーアムはそれを指差した。

「これが？」

ニーアムは目をほそめてアパルナを見つめた。

「みんなでニーアムをいたぶるようなかたちになってるのはわかるが、ほんとうに教えてほしいんだよ。その閃光のどこがそんなに気になるんだ？」カフランギがたずねた。

「どうも」ニーアムは言った。「このビデオは故郷でカナダのドローンが撮影したもの。飛んでいるのは、あたしたちの世界でベラがでかい尻を据えている場所に相当するところ。だからこの閃光は」

――乱れのところでビデオを一時停止して――「あたしたち」

カフランギがうなずいた。「よく似ている」

ニーアムはカフランギをこづいた。「あたしたち自身のことじゃなくて、あたしたちがいるこの惑星ということだよ」

わたしはアパルナに目を向けた。「ベラは障壁を越えないんじゃなかったのか？」

「ベラは越えない」アパルナはそう言って、ニーアムを見た。「でしょ？」

ニーアムは勝利の笑みを浮かべた。「ほら、卵のべとべとを上回るって言ったよね。そう、ベラは越えない。とはいっても」――ふたたび閃光を指差し――「ふたつの世界のつながりが閉じているわけじゃない。あの怪獣が爆発したことで、世界の障壁は薄くなった。そしてすぐに修復が始まった。障壁が薄くなるのは、核エネルギーの活発な発生と相関があるからね。ところが、そのときベラが障壁の薄くなったところにすわり込み――」

「そしてベラは自前の原子炉を持っている」わたしは言った。

「そういうこと」ニーアムはうなずいた。「ふつうなら怪獣は動きまわるから、それだけで障壁が薄くなることはない。障壁を薄くするには、爆弾かなにかで大きな爆発を起こすか、キャンプ・センチュリーみたいに一箇所で徐々に蓄積させる必要がある。すでに薄くなっていれば通過できるけど、障壁がふさがったら行き場がなくなる。過去に通過した怪獣たちがそうなったんだ。もとの世界に戻ることもできず、あたしたちの世界に適応することもできず、死んだ」

「でも、ベラは通過しない」アパルナは言った。「ただそこにすわっている」

「あんたが言ったように、ベラには通過する理由がないからね。必要なものはすべてここで手に入る。ただそこにすわって、核エネルギーを障壁に放射して、そこを薄っぺらなままにしている。そしてときどき」――画面の乱れを指差し――「こういうことになる」

「閃光の原因は？」カフランギがたずねた。

「見当もつかない。いままで見たことがないのは、いままで起きたことがないから――核爆発のあとに原子炉があらわれて、障壁を薄いまま維持するなんてことは。少なくとも、あたしたちは見たことがない。ある怪獣が産卵するのと別の怪獣が爆発するのが、同じ日に、おたがいから近い場所で起こる確率はかなり低いと思う」

「夕食の提供が終わるまでに食堂にたどり着く可能性と同じくらい低いのか?」わたしはたずねた。

ニーアムはわたしを見てから、カフランギにほほえみかけた。「あんたは? 今日はどんな驚くべき科学を実践したのかな、ドクター・ラウタガータ?」

わたしをさらに飢えさせんとするこの新たな試みに、カフランギはにやりと笑った。「残念ながら、お二人のような画期的なことはなにもしていない。怪獣になにかをさせたり、なにかをさせないようにしたりするときに使う、臭いものを作っているだけだ。さんざん作ったおかげで怪獣のフェロモンを嗅ぎ分けられるようになった。便利だけどぞっとする」

「〝便利だけどぞっとする《ユースフル・アンド・アボーリング》〟をわたしの次のバンド名にしよう」アパルナが言った。

全員がアパルナを見つめた。

「なに? わたしはバンド名ジョークには参加できないの?」

「もう行かないか?」わたしは言った。「早く食べないとほんとうに死ぬ」

「かわいそうなジェイミー」ニーアムがひやかした。「ジャングルの底を歩きまわるのはよっぽど疲れるんだね」

「きみだってそうなる」わたしは断言した。「いずれはみんなそうなる。いい知らせは、明日は武器の訓練だということだ。もう歩きまわらなくていい、ただ撃つだけだ」

「なんでそれがいい知らせなんだ?」カフランギが言った。「おまえが武器を手にするというのは客観的に見ておっかない」

「それくらいでおっかないと思うなら」わたしは言った。「低血糖のわたしに会ってみるんだな」

「武器を使ったことはあるか？」リドゥ・タガクがたずねた。

「ビデオゲームで」わたしはこたえた。「それじゃだめですか？」

「ビデオゲーム以外で、武器を使う理由ができたことは？」

「ありません」

「武器を使えば自分の人生がましになっていたと思うか？」

「いいえ」

「それならだめじゃない。一日中ずっと武装していないと世界が襲いかかってくるような気がするというタイプの人間がいるんだ。故郷では、そんなのはとてもまともな生き方とは言えない。しかしここでは、基地の外では、それが生き残るための唯一の方法だ」

わたしたちはタナカ基地の、ジャングルの底にあるネットに囲まれた射撃場で、テーブルのまえに立っていた。テーブルにはさまざまな武器が置かれ、そのかたわらにはそれぞれのマガジンやカートリッジなどが用意されていた。見てわかるものもあったが、ほとんどはどういうものなのかわからなかった。

わかるものの中から、わたしは一挺のハンドガンを指差した。「この中のどれかを使うんですか？」

「それなら役に立つと思うか？」

「使ったことがないので」

タガクはうなずき、そのハンドガンを手に取ると、ざっと点検し、マガジンを装塡した。「これはグロック19」そう言うなり、彼女は十メートル先にある人型の標的めがけて発砲した。わたしはその音に跳びあがり、たちまち耳鳴りに襲われた。

「いまはどんな気分だ？」しばらくして、タガクがたずねた。

「耳当てをするものじゃないんですか？」わたしは怒鳴った。

「ジャングルの中で耳当てなんかしたら、きみを食べようとやってくる相手の音が聞こえない。質問にこたえろ」

「それを使う準備ができているとは思えません」

「そのとおり」タガクはグロックのマガジンを抜き、テーブルに戻した。「それでいい。ハンドガンはこの惑星ではあまり良い武器ではない。この基地にやってくるほとんどの人たちにとってもそうだ。技術と精度を維持するためには訓練と絶え間ない練習が求められる。そもそも射程の短い武器で、ここでは大気が濃いからよけいに短くなる。銃弾の回転も速い。生き物の動きも速い。ほとんどの人は自分の近くで素早く動くものを狙うのが苦手なんだ」彼女はグロックを指差した。「この惑星でなにかがそばまで来て、使えるのがこの武器だったとしたら、きみはすでに死んでいるようなものだ」

「ここではそんなに役立たずの武器だというなら、なぜわたしに見せたんです？」

「きみが武器として考えているものがこれだから。きみだけじゃない。みんなだ。自分では武器を使わなくても、映画やテレビやビデオゲームで武器が使われているのはよく見るだろう。ほとんどがハンドガンやライフルだ」タガクはテーブルにあるアサルトライフルのようなものを指差した。「きみが期待しているのはこういうやつだ。よくわかっていなくても、こういうやつを望んでいる。きみはこういうのを最高の武器だと思うように仕込まれている。ここにはもっと適したものがあると信じてもらう必要がある」

わたしは首をかしげた。「あなたはよく言いますね。〝これを信じてもらう必要がある〟って」

「ただ話すこともできるが、その話が終わったとき、きみはやっぱりハンドガンやライフルをほしがるはずだ。きみだけじゃない。わたしはみんなの意識を変えなければいけないんだ。この世界はわれわれの世界とはちがう。それを信じてもらわないと」

「また頭と心というやつですか？」

「そう。信じなければ死ぬ」

「そんなことがあったんですか？　人が死ぬようなことが？」

「もちろんある。きついぞ。ここの人たちにとってもきついが、特にきついのは故郷にいる人たちだ」

「なぜです？」

「ふつうは送り返せるものがなにも残らないからな」

わたしは考え込んだ。「失礼なことを言うつもりはないんですが、あなたはパーティーではあまり楽しめないほうでは？」

「パーティーではめちゃくちゃ楽しむぞ。特にカラオケがあるときは。しかし、これはパーティーではない。いまは、きみの命を救い、ひょっとしたらきみがほかのだれかの命を救う手助けをしようとしているだけだ。さあ、わたしが使うべきだと考えている武器を見る心構えはできたか？」

「はい。お願いします」

「よし」タガクは手を伸ばし、テーブルにあるいくつかのものを一箇所にまとめた。ショットガンはわかった。それ以外は見たこともなかった。「武器の基本的な定義はふたつある。ひとつは、だれもが考えるように、痛みやダメージをあたえるもの。もうひとつは、ここではより重要なんだが、身を守ったり優位に立ったりするために使うもの。ここの生物についてわかっていることは？」

「とても恐ろしくて、出会う人間をみんな食べたがっている？」

タガクは首を横に振った。「ちがう。やつらは恐ろしくて、あらゆるものを食べたがっている。われわれだけではないし、われわれを真っ先に食べるわけでもない。われわれが手頃な獲物なら、われわれを殺して食べる。だが、ほかのがもっと手頃な獲物になれば、喜んでそれを食べる。だから、われわれはふたつのことをする。われわれ自身の襲いたくなる魅力を減らすことと、ほかのものに襲いたくなる価値をあたえること」

タガクはポケットからなにか取り出した。「これはおぼえているな」

「超音波のやつです」

「われわれは〝スクリーマー〟と呼んでいる。ヤシガニとそのほか数種類の生物に効果がある。いずれきみ専用のをもらえる」タガクは次にキャニスターを指差した。「これを使うと、怪獣のとりわけ厄介な寄生体と似たにおいになる」

「それでなにか効果が？」

「ほとんどの生物は、まちがいなく自分を生きたまま食べ始める相手のにおいだと思い込むから、効果がある。近づいてくるきみのにおいを嗅いだら、やつらは反対方向に逃げ出すということだ」

「それで、わたしと同じにおいがするとりわけ厄介な寄生体は、わたしのことをどう思うんでしょう？」

「ほうっておいてくれるかもしれない。交尾を望むかどうかたしかめるかもしれない。きみを食べようとするかもしれない」

「共食いをするんですか？」

「ここではみんなが共食いをする。怪獣も例外じゃない」

「安心できませんね」

タガクはうなずき、また別のものに手を伸ばした。「だからこれがある。アクチノイドと傷ついた生物のストレスフェロモンの模倣物が入ったキャニスターの発射装置《ランチャー》だ。容器は衝撃でひらく。もしも敵が近づいてくるのが見えたら、これを撃て」

「そいつに向けて?」

「そうしたいなら」

「任意《い》なんですか?」

「これは殺すためのものではなく、注意を引くためのものだ。ここのあらゆる在来生物の言葉で〝食べられるよ〟と告げる。敵はきみのことを忘れて、キャニスターがどこに着地しようがそれを追いかける。このエリアにいるほかのすべての生物がそうなる」

「そして、わたしの代わりにおたがいを食べようとする」

「きみやチームの仲間の代わりに」

「敵を狙って撃てば、まわりの生物すべてがそいつを追いかけるんですね?」

「きみはそんなに射撃がうまくなると思っているのか?」

「言いたいことはわかります」

「ありがとう」

「ということは」わたしは順に指差した。「スクリーマー、寄生体フェロモン、〝わたしを食べて〟ランチャー。どれもありがたいですが、それでも敵が迫ってきたら?」

タガクは棒を持ちあげた。

「棒で叩けということですか?」

タガクは棒のボタンを押した。「この棒には五万ボルトの電圧がかかっている」

「なるほど、そのほうがいい」

「充電は長くはもたない。棒で叩くだけですむならそのほうがいい。ここの生物もちゃんと痛みを感じるから。電撃は必要なときのためにとっておけ」

「棒でもだめなときはどうするんです？」

タガクは顔をしかめてショットガンを取りあげた。銃身が短い。「これは最後の手段。弾丸が大きく広がるから、狙いをつける能力が皆無でもおぎなうことができる。近距離ならほとんどなんでも殺せるし、それより遠い距離なら、ショットガン用の薬莢にフェロモン漬けの劣化ウラン弾が入ってるから、当たっても死なないやつはすべて、ほかの生物にとって食べ物のにおいがするようになる。血のにおいもあるな。銃口を人間から九十度以内の範囲に向けることは考えてもいけない。これからきみに一番厳しく仕込むのがそれだ」

「文句はないです。これでも効果がなかったら？」

「そのときはきみは死ぬ」

「ああ。ほかになにかあるかと期待していたんですが」

「いや。死ぬんだよ。ジャングルに引きずり込まれて。食われて、骨までしゃぶられて、それすらも食われる。きみの体はなにも残らない。なにひとつ」

「パーティーでは楽しめないのではと言ったのは、そういうところですよ」

「きみが訓練を終えて、ジャングルの底での最初のミッションを生きのびたら、カラオケで『トータル・エクリプス・オブ・ザ・ハート』をデュエットしよう。それまでは、とにかく学ぶことだ」タガクはショットガンをわたしに手渡した。「まずはこれから」

エレベーターの上昇が止まったとき、そこにアパルナとニーアムがいたので驚いた。

「なにか用か？」わたしはたずねた。

「そんなわけないだろ、この自己中モンスター」ニーアムが言った。二人はタガクを身ぶりでしめした。「彼女に会いに来たんだよ」

「ニーアムとわたしは地上訓練を受けるように言われたの」アパルナが言った。「来週、出産現場にカメラを設置するのを手伝うことになって」

「そうか」わたしは言った。振り返ると、タガクは二人を無表情で見つめていた。「わたしのときと同じように、この二人も徹底的に指導してやってくださいね」冗談めかした口調になったが、まったく冗談ではなかった。

「ああ」タガクはそう言って、アパルナとニーアムに目を向けた。「きみたちのスーツを用意しないとな」

15

「手筈はこうだ」ベラの巣に近づいたところで、マーティン・サティが言った。「おれはおまえたちを降ろし、おまえたちは十分で機材を設置してほかに必要なことをすませる。十分後に着陸地点に戻ってこい。降下してひろってやる」

「あなたは降りないんですか？」アパルナがたずねた。彼女とニーアムはイオン・アルデリアヌと共にヘリコプターの乗客エリアにいた。わたしは副操縦士席にいた。名目上は、アルデリアヌがこのミッションの責任者だが、実際には、彼とわたしが同行しているのはアパルナとニーアムがカメラと計器パックを設置するあいだ武装警護するためだった。アパルナたちも武装はしていた――リドゥ・タガクが二人に、わたしが数日まえに受けたのと同じ、ごく基本的な武器の訓練をおこなっていた――が、わたしとアルデリアヌほどの重武装ではなかった。アパルナたちには設置するカメラや計器もあるのだ。

「ドクター・チャウドリー、おれは可能なかぎりジャングルの底には降りないんだよ」サティがこたえた。「後部座席に生き物が乗り込んできかねないからな。いまから」――ヘッドセットをとんと叩き――「回線をひらいたままにして、緊急脱出のときはすぐに迎えに行けるようにしておく。頼むから緊急脱出は必要ないようにしてくれ。やつらは厄介で危険だ。ちゃんと着陸地点に戻るんだぞ。十分間、それだけだ」

「こういうのってふつうどうなるんです？」ニーアムがサティにたずねた。「緊急脱出は多いんですか？」

「乗客が賢いときはそんなことはない。毎回状況がちがうからな。核爆発の現場の近くに着陸するのは初めてだ。巣作りをする怪獣の近くに着陸するのも初めてだ。そんなことくらいではなにも変わらないかもしれない。すべてが変わるかもしれない。おれにはわからない、おまえにもわからない、ドクター・ヒーリーやドクター・チャウドリーやドクター・アルデリアヌにもわからない。そしてこいつでさえ」――サティはわたしを指差し――「なにもわからずにいる。帰ったら、みんなに知ってもらえるように記録しておかないと。だがそれまでは、賢く行動して緊急脱出はやめておこう」

「兄《メイト》さん、そんな演説で相手を安心させられると思っているなら、考えを改めないとだめですよ」ニーアムが言った。

「別に安心させるためじゃないからいいんだ」サティはうなずいた。「さあ着いたぞ」

全員がいっせいに外を見た。山のようなベラが水で満たされた爆発クレーターの縁で眠り込んでいるのが見えた。まわりには大量の産卵ゼリーがあり、そのまわりの緑のカーペットは、倒れた木々のあいだをずっと広がっていた。苔や藻類が焼け野原になっていた大地をびっしりと覆っていて、ここの生物が故郷とはずいぶんちがうかたちで放射線を受け入れていることがわかる。

ベラの南側と東側、距離にして約八十メートルのところに、ほぼ平坦な狭い空き地があった。サティがわたしたちを降ろすのにちょうどいい広さだ。ヘリがそこへ接近するあいだ、わたしはベラを見つめた。こちらには気づいていないようだ。

「眠っているんですか、エドワードみたいに？」わたしはサティにたずねた。

「専門家にきいてくれ」サティはこたえた。

「ベラは巣作り中で、より多くの卵を作るために体力を温存している」アルデリアヌが言った。「一箇所にとどまっていれば、寄生体が餌を食べに出かけたり、また戻ってきたりするのが容易になる。ほかの巣作り中の怪獣の行動からすると、われわれが直接じゃまをするとか、ベラ自身が体調を崩すとかしないかぎり、眠りから目覚めたり、われわれやヘリコプターにちょっかいを出したりすることはないだろう」

「そんなことになったら歩いて帰ることになる」サティが言った。

「大丈夫だ」アルデリアヌはきっぱりと言って、アパルナとニーアムへ目を向けた。「昨日練習したとおりにやればいい。突入して、脱出して、データを見ながら帰るんだ」

これを聞いて二人はうなずいた。前日の練習は、基地のすぐ下のジャングルの底で、エアロスタットの写真からカメラや計器を置くのに最適と判断された場所に相当する地点を設定しておこなわれた。ニーアムとアパルナは機材を取り付ける杭を打つのがうまくなり、そのあとでカメラや透明なドーム状の計器パックを設置するのもうまくなった。わたしはショットガンとキャニスターランチャーを持って動きまわるのがうまくなったが、どちらも文字どおり手いっぱいになる代物だった。そのうえに電撃棒と、ショットガンの薬包、フェロモン入りキャニスター、各種スプレーをおさめた弾帯もかけていた。ニーアムは、練習中にこの弾帯をひと目見るなり、チューバッカが服を返せと電話してきたと教えてくれた。

「降りるぞ」サティが言った。ヘリコプターは降下を開始した。

「忘れるな、最初に出るのはジェイミーとわたしだ」アルデリアヌが言った。「それからわたしが合図するから、きみたち二人は貨物室から計器パックを取り出してくれ。荷物をすべて運び出し、貨物室を閉じたら、ジェイミーがサティに離陸の合図をする」アパルナとニーアムはうなずいた。「大丈夫だ」アルデリアヌはもう一度言った。

大地がせりあがってわたしたちを迎え、サティが地上数十センチの高さで機体をホバリングさせた。

「いいぞ」彼はわたしにうなずきかけた。「足もとに気をつけろ」

わたしはうなずき、ヘッドセットをもっと小さなやつに付け替えてから、ドアを開けて外に飛び出し、思いきり足を滑らせて尻もちをついた。苔と藻類で地面が滑りやすくなっていたのだ。その拍子に膝がポキッと鳴り、痛みに思わず悪態をついた。新しいヘッドセットからサティの声がしているが、ローターの轟音でなにを言っているのか聞き取れない。それは無視することにして（慎重に）立ちあがり、キャニスターランチャーとショットガンを取り出し、安全装置を解除してから、よたよたと副操縦士席のドアに近づいた。強く叩くと、アルデリアヌがドアを開けて出てきた。彼はわたしがころんだのを見ていたので、より慎重に足をおろしてから自分の武器を手に取った。

二人でざっとあたりを見渡したが、こちらに向かってくるものは見当たらなかった。ヘリコプターのせいで半径百メートル以内の生物は腰を抜かしているのだろう。アルデリアヌが合図すると、アパルナとニーアムが――慎重に――降りてきて、乗客エリアのすぐうしろにある小さな貨物室から柔軟性のある大きな機材袋をふたつ取り出した。袋には二台の計器パックとそれを取り付ける杭、それと〝埋め込みツール〟という妙な呼び名がついたゴムハンマーが入っている。計器パックは食堂でケーキを入れるようなアクリル製のドームで、ケーキの代わりに数台のカメラやそのほかの科学機器が組み込まれていた。

ニーアムとアパルナが貨物室を閉めて、わたしに親指を立てたので、全員でヘリコプターから離れた。サティはわたしが親指を立てるのを待っていた。合図を確認すると、彼はヘリコプターを垂直に百メートル上昇させ、そこで待機に入った。

「気をつけて、滑りやすいよ」ヘッドセットを通じてニーアムが呼びかけてきた。

わたしはニーアムに目をやってから、アパルナに向き直った。「きみはわたしといっしょに行こう」

「安全第一だ」アルデリアヌがそう言って、肩にかけた弾帯の寄生体フェロモンが入っているボックスを開けた。「スクリーマーとスプレーを」

わたしはうなずき、自分のスプレーを取り出してアパルナに吹き付けた。アルデリアヌはニーアムにスプレーし、それが終わると、わたしとアルデリアヌがおたがいにスプレーし合った。

「クソな死臭がする」ニーアムが言った。

「まさにそれが重要なんだよ」アパルナが念を押した。

わたしはスプレーをボックスにおさめると、ポケットからスクリーマーを取り出してスイッチを入れ、またポケットに戻した。アパルナが同じことをするのを確認したあと、アルデリアヌに向かって親指を立てた。アルデリアヌも自分とニーアムのスクリーマーのスイッチを入れて、同じように親指を立てた。

アルデリアヌが腕時計に目をやった。「一分だったな。練習では六分かかっていた。五分四十五秒でここに戻るぞ」

ニーアムがこれを聞いて天を仰いだ。自己ベストを目指してがんばるつもりはなさそうだが、それでもとにかく、アルデリアヌと共に出発していった。

わたしはアパルナに目を向けた。「準備はいいか?」

「あなたさえよければ、わたしは急がないよ」アパルナは言った。

「それでいい」わたしは請け合った。「急いでもバカなことはしないようにしよう」

わたしたちはニーアムとアルデリアヌとは反対の方向へ歩き出し、およそ百メートル離れた最初の目的地を目指した。どこまで行っても藻類や苔のぬるりとした感触が消えないので、慎重に足を運んだ。

最初の目的地は一番遠く離れたところだった。そこから戻りながら作業を進めたかったのだ。歩いているあいだ、常に周囲に目をくばり続けた。わたしたちを食べようとするものが出てくるかもしれないすぐそばのあたりと、そびえ立つベラの姿の両方だ。ベラのまわりを歩いていると、まるで自由の女神のまわりを歩いているような気がした。自由の女神がすぐにでも翼を生やして空へ飛び立つことができるならの話だが。

アパルナがわたしの視線の先へ目をやった。「すごいと思わない？」

「すごいというのは控えめすぎる表現だな」

アパルナはうなずいた。「いまだに現実味がないよね？　このすべてに」

「さっきの尻もちには現実味があった」わたしはきっぱりと言った。

「ああ、そうだね。でも、それ以外のことはどうかな。わたしたちがいまいるのは二週間まえに核爆発が起きた場所。なのに地面は生命でぬるぬるになっている」アパルナが横のほうを指差すと、産卵ゼリーが分厚く地面を覆っていた。中にボーリングの球ほどの大きさの楕円形の卵が見える。卵からは血管のようなものが生えてゼリーの中に広がっていた。「その中にあるものが、これから成長していあれになる」彼女はベラを指差した。「わたしに言わせれば、物理的に存在しないはずのものが、こうして実在している。非現実的だよ」

「いまでも怪獣は物理的に存在できないと思っているのか？」わたしはたずねた。周囲でなにかがぶんぶん飛び交っている。スクリーマーと寄生体フェロモンが効いて、わたしたちを避けようとする生き物が船の舳先にできる波のようになっているのだ。現時点ではそのほとんどが昆虫や小さなトカゲのような生き物で、わたしたちにとって大きな脅威となることはなかった。おそらく、本格的な活動はほとんどが産卵ゼリーの中で起きていて、もっと大きな生き物が怪獣の卵を食べ、それがまた寄生体によって食べられているのだろう。かつて詩人のテニスンが語った、自然は牙と爪で赤く染まっているというやつだ。あるいは、『ライオン・キング』でムファサが語った、生命の輪《サークル・オブ・ライフ》か。

「概要は読んだよ」アパルナは言った。「科学的な裏付けはある。ただ、あまりにも複雑すぎる。怪獣が生きるためにしなければならないことはバカげている」

「たとえば生物原子炉とか」わたしは話をうながした。アパルナに話をさせたのは、ただおしゃべりをするためではなく、彼女がこの初めての基地外での任務にあたって、自分で認めている以上に緊張しているのがなんとなくわかったからだ。話をすれば気がまぎれるだろう。

「そう、でもそれは多くの中のひとつでしかない。もっとも奇妙なことというわけでもない。なにより奇妙なのは、怪獣にファンがついていること」

　わたしは口を開けた。

「自分自身を冷却するためにね。コミコンに参加するオタクたちのことじゃないよ、ジェイミー、言いたいことはわかるけど」

　わたしは口を閉じて、にやりと笑った。

「その件でなによりも奇妙なのは、ファンが怪獣の一部ではないということ。それは寄生体のコロニーで――」それからアパルナは本格的に語り始めた。寄生体が怪獣の体内へ空気を取り込み、原子炉を含めた内部機構を冷やしていること。それがぎりぎりの熱交換であること。常に空気を取り込むために怪獣のまわりにはいつも風が吹いていて、その絶え間ない空気交換のおかげで怪獣はこの惑星でもっとも重要な花粉媒介者となっていること。話は尽きることがなく、アパルナは緊張する暇もなく歩き続けた。

ただし、それは最初の計器パックを設置する予定になっている場所に着いて、ちょうどその場所に死骸をあさる大量のヤシガニがいるのを発見するまでだった。

「ああ、そんな」アパルナは立ち止まった。

「そのまま歩け」わたしは言った。「スクリーマーを起動している。近づいたら怯えて逃げ出すはずだ」

たしかに、ほとんどのヤシガニには効果があった。わたしたちが近づくと、そいつらはカサカサと去っていった。だが、五匹だけは残り、死骸のそばを離れずに、触角を振って威嚇してきた。

こういう状況はまえにもあった。だがそのときとはちがい、わたしはリドゥ・タガクの指導のもとで、このクソチビどもをどう扱えばいいか学んでいた。

つまり、まっすぐそいつらに近づいて、死角になる甲羅の真ん中をつかみ、勢いよく遠くへほうり投げるのだ。

最初に近づいたやつは、反応する隙もあたえずにそのままつかんでほうり投げた。投げられたヤシガニは、キーキーわめきながら飛んでいった。わたしのヤシガニ退治の腕前は申し分なかった。

ほかのヤシガニたちは、仲間が空中へ舞いあがってまた落ちていくのを触角を振って追いかけたあと、ふたたびわたしに注意を戻した。

「同じ目にあいたいやつは？」わたしは言った。

これが映画なら、仲間はいっせいにあたふたと逃げ出すところだ。現実には、このつかんで投げるをあと四回繰り返さなければならなかった。そのあと、腐った死骸を持ちあげて少し離れたところへほうり投げた。これで、もしもヤシガニたちが戻ってきても、わたしたちではなく死骸のほうへ行くだろう。ひととおり終わったときには、わたしはますますひどいにおいになっていて、それはなかなかすさまじいことだった。

わたしは計器パックを設置する予定になっている場所に立ち、ジャジャーンという身ぶりをしてみせた。「準備ができたらどうぞ、ドクター・チャウドリー」

アパルナは身震いして硬直状態から脱すると、機材袋のジッパーを開けて、杭とハンマーを取り出し、すみやかに設置作業にとりかかった。

そのあいだに、わたしはキャニスターランチャーを手にあたりを見まわした。たとえヤシガニより大きなものがいたとしても、そいつが姿を見せることはなかった。核爆発の現場を歩きまわることの利点は、それを利点と呼べるかどうかはともかく、垂直性がほとんどないことだ。上からはなにも襲いかかってこない。心配すべき次元がひとつ減ったのだ。

「完了」アパルナが立ちあがった。計器パックは地面から十数センチの高さに突き立っていた。内蔵のカメラはうつぶせになった人間とほぼ同じ高さにあった。

「もう送信しているのか？」わたしはたずねた。

アパルナはうなずいてパックの緑色のランプを指差した。「一番近いエアロスタットに送信し、受信もしているよ。タナカ基地にはもう信号が届いているはず」

わたしは手を振ってパックをしめしてから、スマートウォッチに目をやった。「四分かかった。さあ、もうひとつ片付けてヘリに戻ろう」

「ここまでは順調だね」

「おいおい、アパルナ」わたしは言った。「フラグを立てるなよ」

イオン・アルデリアヌは、思ったよりうまくいったと口にしたとたん、苔で足を滑らせてころんだ。同時にヒョウくらいの大きさのなにかが産卵ゼリーから飛び出してきた。

だれもそんなことは予期していなかった。アルデリアヌはゆるい坂を歩いてのぼっているところで、ニーアムはその坂で彼に先行していた。わたしとアパルナの注意がアルデリアヌではなくニーアムに向けられていたのはしかたのないことだろう。ニーアムはわたしたちの友人だし、アルデリアヌの役割は警護なので、心配はいらないだろうと思われていた。ほかの者とはちがい、アルデリアヌは初めて基地外のミッションに参加したわけでもなかった。みんな彼は自分の面倒を見られると考えていたのだ。まさか足を滑らせて、ころんで、ゼリーから飛び出してきた生き物に襲われるとは思ってもみなかった。

そのとき、わたしとアパルナはニーアムから二十メートルのところにいて、そのニーアムはアルデリアヌの十メートル先にいた。距離が近かったので、ニーアムはわたしたちの表情が変わったのに気づき、なにが起きたのかと振り返った。ニーアムはアパルナと同じように警棒を手にしていた。機材の設置が終わったあとは、自分の身を守るための準備をととのえていたのだ。

アルデリアヌにとってはありがたいことだった。ニーアムが時間をむだにせずにすんだからだ。ニーアムはアルデリアヌのいる場所へ、なんとか滑ることもころぶこともなく駆け寄り、アルデリアヌを怪獣の産卵ゼリーがある坂の下のほうへ引きずっていこうとしている生き物を、ばんばん叩き始めた。アパルナとわたしも応援に駆けつけた。

警棒で叩かれた生き物は、倒れた生物学者から離れると、明らかに激怒した様子で、ニーアムに向かって威嚇するように動き始めた。ニーアムが意に介すことなく、ふたたび警棒を振ると、今度はバチッという激しい音がして、生き物の顔らしき部分に電弧が走った。ニーアムが警棒の電撃機能をオンにしたのだ。その生き物は顔を振りながらあわてて退却したが、立ち去ろうとはしなかった。

アパルナがアルデリアヌのそばに行って傷を調べた。わたしはニーアムのところに行った。すっかり逆上しているらしく、その生き物とやりあう気満々だった。

「大丈夫か？」わたしはたずねた。

「こんな状況でなにをバカなことを」ニーアムは言った。つまり大丈夫だということだ。

生き物は数メートル離れたところに立ち、こちらの様子をうかがっていた。

わたしはアパルナに叫んだ。「そっちはどうだ？」

「左足が切れて出血している」アパルナがこたえた。

「わたしは大丈夫だ」アルデリアヌが立ちあがろうとした。

アパルナは彼が動かないように胸に手を当てた。「彼は少しも大丈夫じゃないよ」

わたしはうなずき、ヘッドセットをサティに切り替えた。「チョッパー2号、応答せよ」

「言われなくてもわかってる」サティが言った。「緊急脱出のためにそちらへ向かっているところだ」

「ありがとう」

生き物が音を立て始めた。

「伝えておくべきだと思うが、同じようなやつらがぞろぞろとそっちへ向かっているぞ」サティが言った。「ゼリーの中を接近しているのが見える」

「了解」わたしはキャニスターランチャーをかまえ、指示されたとおり、その生き物のむこうにある産卵ゼリーめがけてキャニスターを発射した。容器は派手なポンという音を立てて破裂し、金属の粉塵とフェロモンが立ちのぼった。

生き物はその煙を振り返ってから、ゆっくりとわたしたちに向き直った。

「うん、これはだめだな」わたしは自分のショットガンをニーアムに手渡した。「あいつが動いたら、撃て」

「クソが、あたりまえだ」ニーアムは言った。

わたしはアパルナとアルデリアヌのところに戻った。彼はまだ立ちあがろうとしていた。

「動けるよ」アルデリアヌは言った。

「いいから黙って」わたしはアルデリアヌのショットガンとキャニスターランチャーを手に取り、アパルナに「どっちか選べ」と言った。アパルナはランチャーを受け取った。わたしは自分のランチャーにキャニスターを再装塡し、ショットガンを取りあげた。「チョッパーが救出にやってくる」

「知ってる」アパルナは頭を動かして上空をしめした。サティのヘリコプターが降下地点へ移動しようとしていた。「アルデリアヌをヘリに乗せるのを手伝ってもらわないと」

「一人で乗れるさ」アルデリアヌが言った。

「黙って」わたしとアパルナは同時に言った。「サティが到着したら、ニーアムをこっちへよこすから」わたしはアパルナに言った。

アパルナはうなずき、わたしはニーアムのところへ戻った。

「クソ野郎は動いてない」ニーアムが言った。

「だろうな。応援を待っているんだ」わたしはゼリーの中を指差した。生き物の仲間がわたしたちのほうへ接近し始めていた。何匹かはおいしい香りのするキャニスターに気を取られていたが、それ以外はわたしたちを目指して着実に進んでいた。

「あの計器パックを設置しておいてよかった」ニーアムが言った。「いまなら基地はあたしたちが食われるのを高画質で観賞できる」

わたしはうなずいた。「アルデリアヌを乗せるからアパルナに手を貸してやってくれ」

ヘリコプターは会話をかき消すほど近くに迫っていた。ニーアムは引き返していき、これで生き物のまえに立っているのはわたし一人になった。仲間のうちの二匹はいまや二十メートルほどの距離にいて、ゆっくりとこちらに近づいていた。

あれこれ選択肢を考えて、わたしはショットガンをしまい、キャニスターランチャーを取り出した。生き物はわたしの行動を見守っているようだったが、それ以外はなにもせず、仲間が近づいてくるのを待っていた。

わたしは積極的に生き物に向かっていき、距離を縮め、威嚇するように叫んだ。そして分厚い苔と藻類の上でふらついた。

生き物はこのときを待っていた——わたしがバランスを崩し、それに気を取られて防御がおろそかになるのを。そいつは大きく口をひらき、ヘリコプターのローター音にまぎれて絶叫をあげ、体を丸めて飛びかかろうとした。

わたしはそれを待っていた。足はふらついたわけではない。この不気味なクソ野郎をだますためだ。

いま、そいつの口はひらいていた。

わたしはそこへまっすぐキャニスターを撃ち込んだ。

〝そんなに射撃がうまくなると思っているのか?〟生き物を狙ってキャニスターを撃ったらどうなるか質問したとき、リドゥ・タガクからそう言われたのを思い出した。

たしかに、わたしはいまでも射撃がうまいわけではない。

だが、このときはとてもとても近い距離から撃っていた。

キャニスターはひらいた口の中へ飛び込み、手榴弾のように爆発して、すでにバランスを崩していた生き物を、後方から迫ってくる仲間のほうへ突き倒した。そいつらは気絶したか死んだかした仲間のにおいを嗅ぐと、わたしのことなどすっかり忘れて、そちらのほうが簡単に食べ物になると判断した。

タガクの言うとおりだった。こいつらは人間が手頃な獲物なら人間を食べる。だから、ほかのなにかをもっと手頃な獲物にしてやればいいのだ。

ショットガンを使っても同じ効果はあったのだろう。だが、正直なところ、キャニスターランチャーにキャニスターを使うほうがはるかに満足感が大きかった。

さらに多くの生き物がゼリーから出て倒れた仲間に近づいてきた。わたしはそれを合図にその場を離れた。周囲に注意を払いながらゆっくりとヘリコプターに戻り、副操縦士席のドアまでたどり着いた。そしてドアを開けて乗り込んだ。サティが機体を上昇させたとき、わたしはまだシートベルトを締めようとしていた。

「緊急脱出はやめてくれと言ったよな」サティが言った。わたしはバックルを留めて、ヘッドセットを取り替えたところだった。

「すみません」わたしはこたえて、乗客エリアを振り返った。アルデリアヌは床に横たわり、アパルナがその上にかがみ込んでヘリコプターの救急キットに入っていた消毒液で傷口をふいていた。「具合はどうだ?」わたしは呼びかけた。

「かなり悪いみたい」ニーアムが言った。

「治療が必要だと基地に伝えてください」わたしはサティに言った。

「おまえたちを迎えに行くまえにすませたよ」サティが言った。

わたしはヘッドセットをつけていないアルデリアヌに目をやった。なにか言っているが機内の騒音がひどくて聞こえない。〝大丈夫〟と言っているようだ。アパルナはそれを無視してとにかく手当をしていた。彼女はここでは常識人だ。ニーアムに目をやると、こちらはまだ怒っているようだった。みんなが元気というわけではないが、みんなが生きていた。わたしはそれを成功とみなすつもりだった。前方へ顔を戻し、ヘリコプターの外を見て、長く震える息を吐いた。サティはそれに気づいたが、なにも言わなかった。

数分後、サティは好奇心を抑えきれなくなった。「なあ、よく見えなかったんだが、おまえほんとうにキャニスター銃であいつの顔面を撃ったのか？」

16

到着すると、アルデリアヌを医務室に運ぶためのストレッチャーに出迎えられた。タナカ基地には医師が二人と看護師が二人いて、医師の一人のアイリーナ・ガリンは外科医だった。アルデリアヌはすぐに彼女のところへ行くのだろう。てきぱきとヘリコプターから降ろされて、大急ぎで運ばれていくあいだ、アルデリアヌはずっと「大丈夫だ、嘘じゃない、ほんとうだ」と騒ぎ立てていた。

「いまはぶじでよかったと思うけど、元気になったら殴るかも」ニーアムがストレッチャーを見送りながら言った。

「むりもないな。きみたちのほうは？」わたしはアパルナを含めて言った。「二人とも大丈夫なのか？」

「一杯やりたい」アパルナが言った。

「一杯？」ニーアムが叫んだ。「あたしは何杯か必要だよ」

アパルナはにっこりした。「そう言いたかったんだけど、飲んだくれだと思われたくなかったから」

「そんなの知ったこっちゃない。あれだけの大冒険のあとなんだから、思いきり酔っぱらって、クソなランプシェードを帽子代わりにかぶってやる」

「最初の一杯はわたしがおごるよ」わたしは言った。「そのあとは、ランプシェードの調達は自己責任で」

わたしたちはサティに別れを告げ、仕事が終わったら一杯おごると約束してから、トンネルを抜けて基地へ向かった。着いてみると、ほぼ全員が拍手喝采と共にわたしたちを出迎えてくれた。

カフランギが人ごみの中から飛び出してきて、わたしたち一人一人をハグした。「よくぞ死なないでいてくれた」

「どうなってるんだ?」わたしはきょろきょろしながら言った。

「相棒《マイト》、おまえたち三人がアルデリアヌを助けたビデオをみんなが見たんだ」

「みんな?」

「まあ、ニュースの少ない日だったからな」

わたしは周囲を見まわした。「そのようだね」

カフランギは愛情を込めてわたしの肩を叩いた。「勝利を受け取れ、ジェイミー。今日だけは、おまえたち三人はヒーローだ」そしてわたしを待ち受ける群衆の中へ押しやった。アパルナとニーアムもあとに続いた。ハグと背中叩きがそのあとに続いた。

結局、ニーアムの言ったとおりだったのだ。計器パックのカメラが作動し、その設置された位置のおかげで、アルデリアヌへの攻撃とわたしたちが彼を守ろうとした様子が複数のアングルからとらえられていた。エアロスタットも同様で、こちらは上空からの様子をとらえていた。これらの映像はすべて、エアロスタットからタナカ基地にリアルタイムで送信され、サティのヘリコプターから転送された映像がそこに追加された。わたしたちが基地に戻ったころには、わたしたちは必見のテレビ番組になっていた。だれもが見ていたのだ。アパルナが倒れた同僚を助けに行き、ニーアムがその生き物の顔に電撃をくらわせ、わたしがそいつの口の中へ発砲するのを。

「別の惑星まで来てやっとバズったのか」アパルナが言った。

コテージに戻り、みんなでそのビデオを見ていたときのことだ。わたしたち三人は午後は休暇をとるよう言われていたが、カフランギはおそらくずる休みだろう。

「あんたは百五十人のあいだですごく有名なんだよ」ニーアムが言った。

「その程度の名声はほしくないなあ」

「あいつを叩き始めたとき、おまえなにを考えていたんだ？」カフランギがニーアムにたずねた。ビデオの中のニーアムは、生き物に殴りかかってはいたが、まだ電撃をくらわせてはいなかった。

「なにを考えていたように見える？　あたしは怒っていたんだよ」

「おまえの怒りの源泉はすごく深いんだな」

「あんたにはわからないよ」

「そっちはどうなんだ？」カフランギはわたしにたずねた。

「わたしがもっぱら考えていたのは、サティが怒るだろうなということだ。緊急脱出はなしにしてくれと言われてたのに、わたしたちはそれを守れなかった」

「おまえのせいじゃない。アルデリアヌのせいだ」カフランギは、生物学者が尻もちをつき、あの生き物がどこからともなく飛び出してきて襲いかかったところまで映像を戻した。

「わたしだって滑ってころんだ。ヘリコプターから降りて最初にしたのがそれだ。膝はまだ痛い。襲われたのはアルデリアヌだが、わたしたちのだれでもありえたんだ」

「あたしはないね」ニーアムが口をはさんだ。

「そうだな、きみには深い怒りの源泉があるから、ころんでも絶対に攻撃されることはないんだろう」わたしは言った。

「まったくもってそのとおり」

全員のスマートフォンがいっせいに通知音を発した。アパルナが最初に自分のスマートフォンを取りあげた。「アルデリアヌの最新情報。筋断裂はあるけど、靭帯の断裂や大血管の傷はなし。あらゆる抗生物質と松葉杖をあたえられて、この遠征のあいだはもうフィールドワークはしないようにと言われた。大丈夫だね」

「本人がずっと言っていたとおりに」わたしは指摘した。

ニーアムがすっと目をほそめた。「よけいなことは言わないで」

「ごめん」

「それと」アパルナが続けた。「今夜の夕食のあと、わたしたちの栄誉を称えて特別な式典とパーティーがひらかれる。わたしたち三人のことだね。ごめん、カフランギ」

カフランギはにやりと笑った。「パーティーのためにおまえたちがなにをしなけりゃいけなかったかを考えたら、仲間入りできなくてよかったよ」

「〝特別な式典〟ってなに？」ニーアムがたずねた。

アパルナは通知に目を戻した。「わたしたちは〝勲章を授与される〟らしいよ」

ニーアムは眉をひそめた。「で、それはいったいどういう意味なわけ？」

「ときとして、あちらこちらで、わたしたちの仲間の中に驚くべきタイミングで驚くべきことをする者があらわれます」ブリン・マクドナルドが食堂で語っていた。夕食をすませたばかりのテーブルで、立ちあがり、黙ってわたしに注意を払えと、みなに向かって文字どおり怒鳴っていた。もしもこれが〝特別な式典〟の一部であるとしたら、それはとてもとても非公式なものらしい。「そのようなことが起きたら、どうすればいいのでしょう?」

「勲章を授与しよう!」みなが返事をした。

「そう! そのとおり! そして今日がその日なのです」マクドナルドは続けた。「すでにみなさんも、イオン・アルデリアヌがあやうく昼食になりかけたとき、タナカ基地にやってきたばかりの三名の新人がその救出に駆けつけた映像を見たと思います。このできごとを祝して、授与式をおこないます。それでは、ブルーチームの指揮官にこの先の進行をゆだねましょう。みなさんの友人でありわたしの友人でもある、ジェネバ・ダンソです」

拍手の中でマクドナルドが着席し、ダンソが自分のテーブルから立ちあがった。

「今宵の最初の対象者となるのはイオン・アルデリアヌ」ダンソはすわっているイオン・アルデリアヌを指差して、起立をうながした。アルデリアヌは新品の松葉杖をついて立ちあがった。ダンソは手になにか持っていたが、よく見ると、リボンのついた安っぽいプラスチック製のメダルのようなものだった。「われわれの主任生物学者は、このタナカ基地で五度の勤務期間を過ごし、この惑星に棲息する何百もの種を発見し、同定し、分類してきた。しかし、今日わかったように、それだけの時間をかけても彼が発見できなかったことがひとつある。彼が同定し命名した生物のどれもが、喜んで彼を食べるということだ!」

いっせいに笑い声があがった。アルデリアヌは死んでいない。生きていればジョークを言うのもたやすい。

「文字どおり死の顎《あぎと》からのがれたことを祝すと同時に、次回はもっと慎重になるよう念を押すために、今宵、わたしは誇りをもってイオンに〝古来の聖なるおいしいスナック勲章〟を授与する」わきあがる拍手の中、ダンソはアルデリアヌに歩み寄り、メダルを彼の首にかけて、頰に軽く口づけをした。

「あれが古来の聖なる勲章なのか？」わたしは拍手をしながら、テーブルでとなりにすわっているカフランギに言った。

「古来の聖なる勲章というのは勝手に言ってるだけなんじゃないか」カフランギは言った。

「ありがとう、ジェネバ、そしてありがとう、タナカ基地」アルデリアヌは拍手がおさまってから口をひらいた。「自分が正式にスナックと認められたことを誇りに思います」――ここであがった不満の声は、父親が使うべきではないスラングを使ったときに発せられるたぐいのものだった――「そして、今回のできごとが、なにかに餌に見られる最後の機会になることを願っています」

さらに拍手が起こった。

「でも待って！　というのも、今度はわたしが勲章を授与する番なのです。ころんで食べられそうになり、とても粗暴な生き物がこの脚から取り除かれたあと、わたしはドクター・アパルナ・チャウドリーから親切な世話を受けました。彼女はわたしがさらにかじられるのを阻止し、その後は基地に戻るまでずっと付き添ってくれたのです。わたしは大丈夫だと言ったのですが、彼女の返事は、正確に引用すると『黙れ』でした」

さらに笑い声があがった。

「そしてアパルナは正しかったのです。わたしは大丈夫ではなかったし、彼女はそれがわかっていました。たとえモンスターのおいしいスナックになったせいだとしても、わたしは注目の的になるのが大嫌いなのです。しかし、アパルナはぶじに基地へ帰り着くまで、わたしを彼女の注目の的にしてくれました。わたしがずたずたの脚などたいしたことはないというふりをしていたにもかかわらず、ずっと世話をしてくれた功績を認め、ドクター・チャウドリーに〝古来の聖なる不屈のナイチンゲール勲章〟を授与します。アパルナ、ここまで取りに来てくれ、わたしはまだ足がよくないから」

拍手がわき起こり、アパルナはさっさと歩いていって、安っぽいプラスチック製のメダルとハグを受け取り、またさっさと席に戻ってきた。実際には百五十人のまえで有名になるのが限界だったようだ。

アルデリアヌがなんとか自分の席にすわると、マクドナルドがふたたび立ちあがった。「次はわたしが授与する番です。ドクター・ニーアム・ヒーリーは、驚いたことに、ここに来てまだ二週間しかたっていません。しかし、その二週間を共に過ごしてきた人たちはみな、デタラメをけっして許さないというドクター・ヒーリーの姿勢を知り――これは賭けてもいいですが――高く評価しているはずです。あの寄生体がイオンに飛びかかったときも、ドクター・ヒーリーはドクター・ヒーリーらしい行動をとりました。つまり、『こんなのデタラメだ』と言って、そのデタラメを正そうとしたのです。電撃棒で！」

ここで拍手が起きた。

「相手が人間でも不快な大型寄生体でも舐めたまねは絶対に許さない姿勢と、接近戦用の武器の扱いの巧みさを称え、わたしはおおいなる喜びと共に、ドクター・ヒーリーに〝古来の聖なる完全無欠のデタラメ勲章〟を授与します」

一段と拍手が高まる中、ニーアムが出ていってメダルとハグを受け取った。集まった人たちを振り返り、手で高々とメダルを掲げ、リボンを首にかけた。

「こんなのデタラメだ！」ニーアムはそう言って、歓声と叫び声に包まれながら席に戻った。

これを合図にして、トム・スティーヴンスが立ちあがった。

「ぼくがジェイミー・グレイをどんなふうにして勧誘したかについては、少なからぬ人たちに話したと思う」トムは言った。「料理のデリバリーと、この基地で物を運ぶ人が大急ぎで必要になったことがきっかけだった」笑い声があがった。「ぼくはラッキーだったけど、ジェイミーもラッキーだったと思う。ほかにこんな経験をした人はいるかな？　ここへ来た最初の二週間で、怪獣に追いかけられ、核爆発からぎりぎりでのがれ、あげくの果てには寄生体の顔面をキャニスターランチャーで撃つ。ぼくは今回でもう三度目の遠征になるのに、そんなのはひとつもやったことがない」わたしに目を向ける。「認めるよ、ジェイミー、ぼくはどうしようもなく嫉妬してる」

「当然だな」わたしは言った。これは笑いを誘った。

「リドゥ・タガクから武器の訓練を受けたことのある人なら——つまり、現時点でぼくたち全員だけど——武器に関する彼女の自説が〝それを使うと本気で思っているか〟だと知っている。でも、ここにいるジェイミーは、チームの仲間たちを喜んで食べようとする寄生体に出くわしたとき、そいつに近づいて、怒鳴りつけ、口にキャニスターを撃ち込んだ。まっすぐ口の中へだよ」

「その件に関してはジェイミーとよく話し合わないと」食堂のどこかでリドゥ・タガクが言った。これには大きな笑いが起こった。

「というわけで、プレッシャーの中で冷静さを失わなかったこと、チームの仲間がイオンをぶじにへリまで連れていく時間を稼いだこと、そしてリドゥ・タガクの言い付けにそむく図太さをそなえていたことを称え、ぼくは誇りと幸せをもって、ジェイミー・グレイに〝古来の聖なるなんてこったジェイミーはキャニスターランチャーで寄生体の口を撃ちやがった勲章〟を授与したい」

「やっぱりその場で勝手に言ってるんだな」カフランギがわたしに言った。

わたしはにやりと笑ってメダルとハグを受け取り、全員に感謝の言葉を述べた。そのあと、マクドナルドがここからパーティータイムだと宣言して、音楽が鳴り響き、人びとは飲み物を取りに行った。わたしはお祝いを言いに来てくれた人たちに礼を言い、それが一段落したところで、受け取ったメダルをよく見てみた。表面には〝世界一オッケーなパパ〟と書かれていて、いろいろな意味であまり正確とは言えなかったが、たいせつなのは気持ちだということはわかっていた。

だれかに肩を強く叩かれた。振り返ると、リドゥ・タガクの無表情な顔があった。

「説明できます」わたしは言った。これは嘘だ。説明などできない。

タガクは手をあげた。「説明はあとだ。今夜はほかにやることがある」

「やること？」

「ああ」タガクは急に歯を見せて満面の笑みを浮かべた。「カラオケだ！」


翌日になると、すべてがふだんどおりになった。アパルナとニーアムは仕事に戻り、自分たちが設置した計器パックから届く映像とデータを調べ始めた。計器を設置していて生き物に襲われたのだから、そこから得られるものについては優先的に調査をさせてもらえるということなのだろう。

同様に、わたしは〝古来の聖なるなにかの勲章〟を授与されたかもしれないが、人びとはやはり物を運んだり取り除いたり持ちあげたりしなければならなかったし、わたしもヴァルに栄光に浸っていると思われたくはなかった。パーティーの翌日は、まだいろいろな人が祝いの言葉をかけてきて、自分が勲章をもらったときの話をしてくれた。その翌日には、だれも気にしなくなった。

それは別にかまわなかった。〝世界一オッケーなパパ〟というのは重荷であり、四六時中そんなことを考えてはいられなかった。

そのまた翌日、昼食をすませて食堂を出ると、トムが近づいてくるのが見えた。タブレットを手にしている。

「最初に言っておくけど、これはぼくのせいじゃない」トムは言った。

「とんでもないあいさつだな」わたしは言った。

「二日後に最初の観光客がやってくる」

「ああ、知ってるよ」今後三週間分のＶＩＰリストはすでに入手していた。軍の幹部、政治がらみの観光客、わたしたちの仕事になにか役に立つかもしれない科学者と、どこから見てもごくふつうの組み合わせだった。

「直前になって今週の顔ぶれに変更があった。故郷から届いたばかりのリストが、たったいまホンダ基地から転送されてきたんだ」

「ほう、それで？」

「ドクター・プレイトが新しい出資者の一人と入れ替わった」

「なるほど、億万長者の子守をするわけか。そのタイプには慣れているよ」

「まあ、そこが問題で」

「おいおい、トム、あいまいな言い方はやめてくれ」

トムはわたしにタブレットを手渡した。「もう一度言っておくけど、ぼくはこの件とは無関係だ」

わたしはタブレットを受け取り、修正された訪問者リストに目をとおした。

「タチの悪い冗談だと言ってくれ」わたしは言った。

17

ショウビジン号がドックに滑り込むと、ただちにタナカ基地の飛行船クルーが作業にとりかかり、船体を係留して、ホンダ基地との、つまりは現実世界とのライフラインとして運ばれてきたさまざまな補給品を降ろすための準備を始めた。船内が空になると、代わりに科学サンプルや、ほかの基地から依頼されてここで作ったもの、たとえば各種怪獣フェロモンのキャニスターなどが少し積み込まれる——ほかの基地よりもタナカ基地のほうがそれらを作るための設備がととのっているのだ。

だが、ショウビジン号の大半を満たすことになるのは、ここでは処理もリサイクルも堆肥化もできないゴミだ。それらはホンダ基地に戻され、地球に運ばれて適切に廃棄されることになる。ゴミを空輸してから次元の扉のむこうへ送って処分するなんてずいぶん贅沢な話に聞こえるかもしれないが、それがKPSなのだ。わたしたちはこの世界にできるだけ痕跡を残さないということを真剣に考えていた。

だが、今回の飛行では少し流れが変わり、ショウビジン号のほうがゴミをタナカ基地に持ち込むことになった。

タナカ基地へのタラップが伸びて客室へ通じるドアがひらいた。今回は貨物輸送が中心だったので、客室は改装されていたが、基地を訪れる観光客用の席がいくつか残っていた。その観光客の一人目がドアのところにあらわれて通路をくだり始め、そのあとに二人目が、さらに三人目の、最後と思われる観光客が続いた。

ロブ・クソザル・サンダース。フード#ムードの元ＣＥＯ。

「なんであいつがここへ観光に来るんだ？」前日、サンダースがやってくるという知らせを聞いたとき、わたしはトムに詰め寄った。

「わからない」トムは言った。「ひとつだけ考えられるのは、彼がフード#ムードを売却して得たという数十億ドルの一部をＫＰＳに注ぎ込んで、その見返りに見学を許されたということだ」

「そういうものなのか？　ＫＰＳに数百万ドル渡せば、だれでもモンスターをなでさせてもらえるのか？」

「まあ、そうだね、実際は」トムは認めた。そしてわたしの目つきに気づいた。「これがゲームのやりかたなんだよ、ジェイミー。ＫＰＳがどんな組織でなにをしているかが公の記録に載るまでは、政府からの資金援助も限られている。超富裕層から金を得るのも――」

「ああ、そういうことか」

「――ひとつの手段なんだよ。ぼくたちが仕事を続けて、しかもそのほとんどを秘密にしておくための」

「資金を得るやりかたとしては怪しげだな」

「まずは、億万長者からの資金の少なくとも一部は、実際には政府の資金だということを理解してくれ。政府が入札なしの高額契約で億万長者の会社と請負契約を結び、その収益の一部がここに入ってくるわけだ」

「億万長者たちが政府の資金をロンダリングしているのか？」

「基本的には」

「これだけのことがいまだに秘密にされていることに、あらためて驚きをおぼえるな」

「わかるよ。きみに初めてこの話をしたときに言ったことを思い出してくれ。秘密だけど、それほど厳重な秘密ではない」トムはタブレットを指差した。「教えたくない相手に教える場合もあるということだ」

わたしはタラップを歩いてくるロブ・サンダースを見ながら、歓迎チームの一員としてブリン・マクドナルドと共にとなりに立っているトムのほうへ身を寄せた。「あいつをヤシガニの餌にしないとは約束できないぞ」

「誘惑に負けるな。資金提供者を動物たちの餌にするのはまずいだろう」

「一部だけならどうかな」

「ジェイミー」

「わかった。生かしておくよ。今日だけは」

三人の観光客がわたしたちの立っているところまで来ると、マクドナルドが先頭の女性にあいさつした。「ティプトン少将、タナカ基地におかえりなさい」それからサンダースともう一人の観光客に会釈をした。「いまは予定の半数のメンバーで行動しているとうかがっていますが」

「そうなんだよ」ティプトンがこたえた。「エネルギー省のドクター・ゲインズが、ホンダ基地に着いたあとでひどい喘息の発作を起こしてね。彼女がそこの医療施設で静養中だから、同じチームのほかの二人もいっしょに残ることになった」

「大丈夫だといいのですが」

「彼女は大丈夫だ。チームの二人も忙しくしているはずだよ」ティプトンはサンダースと彼のチームのもう一人を身ぶりでしめした。「紹介しよう、こちらはわたしの副官のデイヴィッド・ジョーンズ大佐。そしてこちらがロバート・サンダース、主要な請負業者のひとつであるテンソリアルの代表としてここへ来ている。父親からこの役割を引き継いだんだ」

わたしはこの言葉に驚いたが、そういえば、数週間まえにトムが、サンダースは国防関連の請負契約で財を成している一族の出身だと言っていた。ここ数週間のあいだに家業に復帰したということだろう。

「お目にかかれてうれしいです」マクドナルドは言った。「こちらはわたしの側近のトム・スティーヴンスと、みなさんの滞在中に案内役をつとめるジェイミー・グレイです」

サンダースがトムを指差した。「きみには見覚えがあるな」

「ダートマス大学で在籍期間が重なっていました」トムが言った。「ぼくはあなたの二年後輩です」

「ふむ、世間は狭いものだな。狭いと言えば――」サンダースはわたしに向き直った。「だれかと思ったら！」

「わたしです」わたしは言った。

「きみはロブを知っているのか？」ティプトンがたずねた。

「ジェイミーはフード#ムードでわたしの部下だったんだ」サンダースが言った。

「そうか！　ウーバーがきみの会社を買ったときは、株で儲けて大喜びだったわけだ」ティプトンがわたしに言った。

「残念ですが」わたしはサンダースに目を向けて言った。「そのときわたしはもう会社にいなかったし、株も持っていなかったので」

ティプトンは高らかに笑った。「いまは後悔しているんだろう」

「まあ、〈デュアン・リード〉で十五パーセントの割引を受けられたので、悪いことばかりではなかったです」

ティプトンはサンダースを指差した。「こいつはそれで億万長者になったばかりだ。わたしが彼ほど金を持っていたら、カンクンのビーチででっかいフルーティな飲み物を手に過ごしていただろうな。こいつは父親のところへ戻って働いているんだ」

「言っておくが、フード#ムードのCEOだったときもテンソリアルの役員を務めていたんだ」サンダースが言った。「いまもかかわりは続いている。だからここにいるわけだ」

「ああ、ぐっしょり汗をかいてな。このまえ来たときから少しも涼しくなっていないな、ここは」

「そうですね」マクドナルドがそう言って、わたしのほうを指差した。「こちらのジェイミーがみなさんの滞在中はお世話をしますので、必要なものがあればなんでも……」

「実を言うと――いや、話をさえぎってしまって申し訳ない、ドクター・マクドナルド」ティプトンのこの言葉を聞いて、わたしは初めてブリン・マクドナルドがなにかの博士号を持っていることを知った。「わたしはカッカスアック事件の全体像を把握するという任務を負っていて――」

「なに事件ですって？」

「むこう側では今回の怪獣の爆発をそう呼んでいるのだ。できるだけ早く事件の全貌を把握して、できるだけ早く戻ってこいと命じられている」ティプトンがうなずきかけると、ジョーンズが持っていたバッグに手を入れ、紙をはさんだクリップボードをマクドナルドに差し出した。「これが状況を把握しておきたい内容の一覧だ。今日、きみたちにその説明をしてもらわなければならない」

マクドナルドはクリップボードを受け取ると、中身を見ないでトムに渡した。「状況報告会は明日に予定されていまして――」

ティプトンは首を横に振った。「申し訳ない、ドクター・マクドナルド、われわれは明日の朝には戻らなければならないのだ」彼は反論を予期して手をあげた。「言っておくが、わたしがむちゃなことを言ったりスケジュールを乱したりしているわけではないぞ。これはわたしの上司たちと、その上司と、そのまた上司からの指示なんだ。ずっと上からの」

「わかりませんね」マクドナルドは言った。「これまでだって怪獣が爆発したことはあったのに」

「爆発はあった。だが、どれもカナダ空域からは見えなかった」

わたしはニーアムから見せられた、カナダのドローンが空から撮影したという閃光のことを思い出した。あれはベラがフェンスのこちら側ですわっている場所に対応していた。

「それは脅威ではありませんよ」マクドナルドは言った。

ティプトンはにっこりした。「おそらくそのとおりなんだろう。だが、いずれ目撃されるのは時間の問題だ。民間機か、観光客か――」

「ニューファンドランドに観光客がいるんですか？　十月に？　パンデミックなのに？」わたしは思わず口走った。

「――あるいは近隣住民か」ティプトンはむっとしたようにわたしを見た。口をはさまれたことよりも、口をはさむ者がいることに憤慨しているようだった。「ここの人びとを軽視するつもりはないがね、ドクター・マクドナルド、故郷ではふたつの世界のあいだの障壁にすわり込んでいる妊娠中の怪獣は脅威ではないとみなが確信しているわけではない。わたしはきみが正しいと信じているが、ほかの者を納得させるために情報がいるのだ。それも今日中に。なぜなら月曜の朝にわたしはホワイトハウスへ行く予定になっているからだ」

「ホワイトハウス」マクドナルドの声には疑いがこもっていた。

「わたしは首席補佐官に報告する。それから、彼が必要に応じて上司に伝える」

マクドナルドはうなずいた。「では、ここにいるトムに今日の会議を設定してもらいましょう」

「ありがとう。それで、いつ現場を見ることができるのかな？」

マクドナルドがわたしに目を向けた。

「マーティンは準備ができています」わたしは言った。「できるだけ早く最初のグループを連れていくつもりでした。いますぐでもかまいません」

「ジョーンズ大佐は、われわれの荷物の見張りと、こちらのミスター・スティーヴンスとの調整のために残る」ティプトンが言った。

「わかりました」マクドナルドはまたわたしに目を向けた。「お二人はあなたにおまかせします、ジェイミー。九十分後に会いましょう」彼女はトムとジョーンズ大佐といっしょに去っていった。ジョーンズはすでに予定表をあれこれ指差していた。

わたしは自分が引率する人たちに顔を戻した。「ヘリコプターに乗ったことは？」

「もちろんある」サンダースが言った。

「あなたは？」わたしはティプトンにたずねた。

ティプトンはわたしを見つめた。「わたしはアメリカ空軍の少将だ。どう思う？」


爆発現場までもう少しというあたりで、サティと副操縦士席のティプトンがひたすらヘリコプターの話を続けていたとき、サンダースがわたしの肩を叩いて、自分のヘッドセットをはずし、身を寄せろと合図してきた。わたしはヘッドセットをはずし、航空機用のヘッドホンがどれほどヘリコプターのエンジン音を遮断してくれるかを思い知らされながら、彼のほうへ身を寄せた。

サンダースがなにか言った。

「なんです?」わたしは言った。

サンダースはさらに顔を近づけてきて、わたしの耳元で怒鳴るように言った。「三月にきみを解雇したことを悪く思わないでほしいと言ったんだ」

〝おいおい、いまそんなことを?〟と思ったが、口には出さなかった。サンダースがこちらへ耳を向けたので、その中へ怒鳴った。「あの勤務評価でわたしが期待していたのは解雇ではないです」わたしたちの会話はこんなふうに進んだ。どうやらサンダースはほかの人に聞かれたくないようだ。

「わかるよ。だが、きみはうまい具合に着地したな」

「株の買い取りがあってもよかったんですが」

「買い取りはAクラスの株に限られていた。きみやほとんどの社員はBクラスの株だったから、ウーバーの株と交換されただけだ」

「どのみちわたしは億万長者になれなかったんですね」

「すでにそうでないかぎりはな。それで気分はましになるか?」

「そうでもないです」

「とにかくこっちのほうがいいな。正直に言えばきみがうらやましい。毎日ここにいられるんだから。おれはここに来るのは初めてなんだ」

「でも、以前から知っていたんですね?」

サンダースはうなずいた。「テンソリアルとその前身の企業は原子力エネルギー技術に投資している。ラジオアイソトープ熱電発電機というのを聞いたことがあるか?」

「ラジオなんですって?」

「原子力発電機の一種だ。うちで作っている。KPSはそれを使っているんだ」

「ここで？」

「きみの基地じゃない。よその場所だ。要するに、うちの会社は数十年にわたってＫＰＳと仕事をしてきたんだ。子供のころに親父から聞いたことがある」

「信じたんですか？」

サンダースは首を横に振った。「最初は信じなかった。あまりに荒唐無稽だろ？　だがほんとうだとわかった。それで見てみたいと言ったんだ」

「お父さんの返事は？」

「親父は言ったよ、『おまえが最初の十億を稼いだら』ってな。それでおれはフード＃ムードを立ちあげたんだ」

「フード＃ムードをやっていたのは、ここに来るためだった？」

「親父がチャンスをくれたんだ」

「フード＃ムードは失敗していたかもしれないのに」

サンダースはにやりと笑った。「あれは成功することを目的にしていなかった。売ることを目的にしていたんだ」

「意味がよくわかりません」

「会社を立ちあげるときには、その分野の支配を目指すこともできるし、ほかの会社をひどく苦しめてこっちを買収するよう仕向けることもできる。おれがフード＃ムードを作ったのはグラブハブとウーバーイーツを苦しめるためだ。そのうちの一社がうちを買収した。何十億ドルも払って」

わたしはこれがなにを意味するのか考えてみた。サンダースがどれほどシニカルに会社をデザインしていたのかを。そして、あのときの面談で自分がいくつか提案をしていたことを思い出した。サンダースがそれを利用したのは不愉快だが、彼の目的はだれかを苦しめて金で自分を追い払ってもらうためでもあった。わたしがビジネスの天才になろうとした唯一の試みは、よその会社が敵意をいだいて、本気で競争する気のないライバルを買収するという結果をもたらしただけなのだ。

「いやあ、とんでもないクズだな」わたしはヘリコプターの轟音の中で静かに言った。

「なんだって？」

「うまいやりかただ、と言ったんです」

「それが取引術というものだ、わが友よ」

わたしは頭に浮かんだ言葉は口にせず、話題を変えた。「それで、どうしてわたしを解雇したんです？　いまとなってはどうでもいいことですが」

「個人的なことじゃない。カニーシャ・ウィリアムズをおぼえているか？」サンダースの言葉に、わたしはうなずいた。「二人でパンデミックがどんなふうに経済を混乱させるかについて話していたときのことだ。カニーシャはあまりひどいことにならないでほしいと言った。おれは、いま良い仕事に就いている連中でさえ、次の週にはデリバレーターに登録するくらいきつくなるだろうと言った。カニーシャはそんなことはないと考えていた。だから彼女とデュークの賭けをした」

「なにを？」

「一ドル賭けたんだよ。ほら、『大逆転』のデューク兄弟みたいに」

わたしは頭を絞って考えた。「エディ・マーフィの古い映画」

「そうだ。カニーシャと賭けをしてから、従業員名簿を出させて、ランダムに十人の名前を選んだ。それから彼らをオフィスに呼び出して解雇した」

「わたしを含めて」

「すまないな。カニーシャがきみのために闘ったことは知っておいたほうがいい」

「わたしたちは友人でした」それは事実だった。

「カニーシャもそう言っていた。彼女がきみの身代わりになるなら、きみをリストからはずしてもいいと言ってやったんだがな。彼女はそうしなかった」

「そんなことはしてほしくないです」わたしは言った。カニーシャが給料で自分以外も養っていることは知っていた。

「そこで、カニーシャに秘密厳守を誓わせたうえでこう言った。もしも解雇した者の半分が一週間後にデリバレーターになっていたら、賭けはわたしの勝ちだと」

「それで？」

サンダースは得意顔だった。「十人中六人だ」

「誇らしかったでしょうね？」

「おれが人間というものを理解しているだけさ」

「そうなんですか？」

サンダースが返事をするまえに、ティプトンが身ぶりでわたしたちにヘッドセットをつけろとうながした。ヘリコプターは現場に近づいていた。

「パイロットはおれたちを地上に降ろして歩きまわらせてくれるかな？」ヘッドセットをつけるまえに、サンダースがわたしにたずねた。

「できるほうには賭けませんね」

「デュークの賭けをするか？」

「遠慮しておきます」

「とにかく試してみよう。見てろよ」サンダースはヘッドセットを装着し、すぐにまたはずして、ふたたび身を寄せてきた。「パイロットの名前はなんだったかな？」

「マーティン」

「よし」サンダースがあらためてヘッドセットをつけて、インターコムに接続したちょうどそのとき、巣の中にいるベラの姿がぼうっと見えてきた。

「おお、これはすごいな」ティプトンがベラを見て言った。「もう二週間もここでただすわっているのか」

「ただすわっているわけじゃない」サティが言った。「卵を産んでるんだ。来週には最初のやつが孵化する予定だ。小さな怪獣がたくさん生まれて、兄弟姉妹を食べてから、森の中へ姿を消す。そうしたらベラがまた卵を産む。それを何度か繰り返すんだ」

「そのあいだは筋肉ひとつ動かさずに」

「動かす必要がない。寄生体がベラのために働いてくれるから」

「どれくらい近づけるんだ？」

「それはあんたの度胸次第だよ、少将」

ティプトンはこれを聞いて苦笑した。

「外に出て見てまわるというのはどうかな？」サンダースが言った。

「それはお勧めできない」サティが言った。

「なぜだ？」

「ジェイミーが知っている」

「一週間ほどまえに数名の科学者たちとここに降りたんですが、そのうちの一人があやうく食われそうになったんです」わたしは言った。

「リスクは気にしないが」サンダースが言った。

「かじられていないときに言うのは簡単だ」サティが言った。

「五分間降ろしてくれたら一万ドル払おう」

「一万ドル持ってるのか？　現金で？」

「いや」

「じゃあだめだ。どのみち、ここで一万ドルもらってどうなる？　怪獣惑星は社会主義者の楽園なんだよ、ミスター・サンダース」

「十万ドルならどうだ、マーティン。帰ったらすぐに口座に振り込むぞ」

サティが振り返ってサンダースを見た。サンダースはうっすらと笑みを浮かべて見返した。彼はいくらでサティを買えるかわかったと確信していた。サティが計器に顔を戻した。サンダースは、ほらな、と言わんばかりの顔をわたしに向けた。

ヘリコプターが急激に落下した。シートベルトをしていなかったら、みんな天井にぶつかっていただろう。サティは機体をもう少しで地面に激突するところまで一気に降下させたあと、倒木と新緑のすぐ上でホバリングさせた。

サティがサンダースを振り向いた。「いいぞ、降りろ」

サンダースはあたりを見まわした。ベラまではまだ距離があった。「えっ、ここで？」

「ここはどこよりもいい場所だ」

「いや、十万ドル払うなら、あいつの近くへ行きたい」サンダースはベラのほうを指差した。

「あんたの金をもらうつもりはない。ただあんたを降ろそうとしているだけだ」

「意味がわからないな」

「わからないのはわかってる。出ていけ」

サンダースは副操縦士席にちらりと目をやった。「ティプトン少将——」

「あんたは少将と話しているんじゃない」サティが口をはさんだ。「おれと話しているんだ。少将はなにも言うことはない。彼はこのミッションやこの航空機の責任者ではない。おれが責任者だ。そのおれが出ていけと言ってるんだ」

サンダースは目に見えて混乱していた。「なにがいけないのかわからない」

「あんたはおれを侮辱したんだよ、ミスター・サンダース」

「金を払おうとするのが侮辱なのか？」

「あんたは金を払おうとしたことでおれを侮辱したわけじゃない。おれを買収できると考えたことでおれを侮辱したんだ」

サンダースは無言で目をしばたたいた。明らかにその区別を理解していなかった。

わたしは窓の外を見た。ローターが吹き付ける風から少し離れたところで、生き物たちが興味ありげにヘリコプターのほうを見て、これは食べられるのだろうかと考えていた。

「最初の申し出のときは、ジョークとして聞き流すつもりだった」サティが言った。「おれが億万長者を乗せたのはあんたが初めてじゃない。あんたたちが札束のチンコを振りまわして、だれがしゃぶってくれるか見物するのが好きなのは知っている。おれがチャンスをあたえたときにあきらめていたら、それは無視してやるつもりだった。だがあんたは無理強いせずにいられなかった。おれがいくらで自分を含めた乗員全員の安全を危うくするかを見極めることで、自分が支配者だと主張したかった。だから、これがおれの返事だ、ミスター・サンダース。タダで外へ出してやる。言っておくが、あんたがこの惑星や別の惑星でどれだけの金を払おうが、おれがあんたを機内に戻すことはない」

サンダースは呆然とした顔で、まずサティを、次いでティプトンを、さらにわたしを見つめたあと、窓の外へ目をやり、そこで初めて好奇心の強い生き物を目にしたようだった。

「さあ。出ていけ」サティがドアを指差した。

サンダースはサティに顔を戻した。「考えが変わった」

「まだわかってないんだな。ここで変えなけりゃいけないのはあんたの考えじゃない」

「マーティン――」

「ドクター・サティと呼んでくれ」

その言葉を聞いて、わたしはサティも博士号を持っているのだと気づいた。一瞬、この惑星上でなんの博士号も持っていないのはわたしだけなのだろうかと思った。

サンダースは気を取り直した。「ドクター・サティ、どうやらあなたを怒らせてしまったようだ。そのことを深くおわびする。おれがあなたに言ったことについて、全面的かつ無条件の謝罪を受け入れてほしい」

「この飛行が終わるまでのあいだ、あんたがその忌まわしい鳴き声をいっさい発しないというのが条件だ」サティは言った。「おれにも、ティプトン少将にも、ジェイミーにもだ。あんたはただそこにすわっているんだ、ミスター・サンダース。この条件を受け入れるか？　もしも受け入れるならうなずいてくれ」

サンダースはうなずいた。

「だったら取引は成立だ」サティはそう言って、サンダースから目をそむけた。「さあ、そろそろでかい生き物を見に行かないか？」

ヘリコプターは上空へ舞い戻り、あらためてベラのほうへ進み始めた。
サンダースに目をやると、真っ青になり、汗を流していた。
〝ちぇっ〟とわたしは思った。〝これなら一ドル獲得できたのに〟

18

爆発現場の見学が終わり、いろいろと説明をするときが来た。

「おれが混乱しているのはここなんだ」ロブ・サンダースが言った。彼とティプトン少将とジョーンズ大佐のために、KPSは科学者とスタッフを集めて最初の状況報告会をひらいていた。サンダースは、数時間まえにヘリコプターのパイロットに恥をかかされたことで心理的ダメージが残っていたのかもしれないが、そんなそぶりはいっさい見せていなかった。億万長者のエゴの回復力は実にたいしたものだ。「怪獣のでかいやつが生物原子炉を持っているのは知っている。しかし、今日ベラの上を飛んでいたとき、一面の卵を見てふと思ったんだ。怪獣の赤ん坊にも原子炉があるなんて話は聞いたことがない。どうなんだ？」

「イエスでもありノーでもあります」アパルナが言った。営巣地からのデータを集めているのはアパルナであり、この集まりの表向きの目的はそこにあったので、彼女が生物学研究室の代表として報告会を仕切っていた。参加者はアパルナと観光客のほかに、ブリン・マクドナルドとトム・スティーヴンスとわたし。会場は管理棟にあるとても小さな会議室。くつろいだ雰囲気の集まりだ。わたしは訪問者の案内役という役割に加え、またもや軽食の管理を担当していた。

「あいまいだな」サンダースが笑顔で言った。

アパルナは首を横に振った。「少しもあいまいではありません。イエスというのは、ごく初期段階でも――それこそ卵の中の胎芽でも――怪獣の体にはある種の前駆構造があり、それがのちに原子炉へと成長するから。ノーというのは、その前駆構造はまだ原子炉ではないから。それより先に起ることがあるのです」

「たとえば？」ティプトンがたずねた。

「まず、ホルモンの変化があります」

「怪獣も思春期を迎えなければならないのか」サンダースが言った。

「そう言いたければ」口ぶりからすると、アパルナはそう言いたくないようだ。「とはいえ、怪獣の成長は、哺乳類どころか地球上の脊椎動物の成長と比べても、まったく同じと考えることはできません。もっとずっと複雑なので」

サンダースはうなずいた。「どんなふうに複雑なのか教えてくれ」

「わかりました。これはほんの一例ですが、原子炉の成長はその生物の年齢に依存するだけではなく――そこが思春期の比喩が当てはまらないところですが――寄生体の量にも依存します。もしも怪獣に充分な寄生体がいなかったり、ある特定の寄生体が足りなかったりした場合、原子炉室の成長は起こりません」

ティプトンが顔をしかめた。「じゃあ、適切な種類のノミがいなければ、こいつらには原子炉ができないのか？」

「繰り返しますが、そう言いたければ。しかし、ほんとうはもっと複雑です」アパルナはマクドナルドを身ぶりでしめした。「最初にここに着いたとき、こちらのドクター・マクドナルドから、怪獣のことは動物と考えるのではなく、それ自体をひとつの生態系と考えるよう言われました。伝わりにくい表現ですが正確です。わたしたちが〝怪獣の寄生体〟と呼ぶものは、すべてが完全に寄生しているわけではありません。単純に寄生しているものもいますが、多くは怪獣と片利共生関係にあり、相互に利益を得る関係にあるものもいます。怪獣相手だけではなく、おたがい同士でもそうなのです。それどころか、怪獣とは片利共生関係でも、ほかの寄生体とは相互関係にあるものもいます。怪獣に依存して生きながら、ほかの生物と共存しているのです」

「すごいことだが、それがなにを意味しているんだ?」サンダースが言った。アパルナの説明が少なからず彼の理解を超えているのは明らかだった。

「要するに、もしも怪獣が環境から適切な寄生体を獲得できなければ、ある成長段階は起こらないのです」アパルナは言った。「原子炉室の場合、成長中の怪獣は、ほかのなによりもまず、内部冷却システムの役割を果たす寄生体を獲得しなければなりません。外部から取り込んだ空気を体内へ流して熱を奪うためです。こうした寄生体を手に入れることで、怪獣がより大きくなる条件がととのいます。体が大きくなれば、代謝機能だけで生存を続ける能力が急速に低下し、成長中の怪獣はストレスを感じるようになります。この種のストレスにより、怪獣の体から特定のホルモンが放出されてさまざまなプロセスが発動し、その中のひとつとして、原子炉室が発生して起動するのです」

「もしも適切な寄生体が見つからなかったら?」

「その場合は怪獣にはなりません。体が大きくなりすぎてしまい、二乗三乗の法則の犠牲となって死ぬか」――サンダースがここで顔をしかめたということは、おそらくその法則を聞いたことがないのだろう――「あるいは、単に成長が初期段階で止まるかのどちらかです。それ以前の成長段階でも一生を幸せに過ごすことができるのです。それがたとえば、ゾウやティラノサウルスと同程度の大きさでしかないとしても。唯一の生存可能な段階と考えるのは正しくありません。巨大な怪獣がその生物の唯一の生存可能な段階と考えるのは正しくありません。すべての怪獣のうち、わたしたちが真のモンスターサイズと考える大きさになるのはごく一部なのです」

「じゃあ、怪獣がほしければ寄生体が必要なんだな」ティプトンが言った。

アパルナはうなずいた。「それもただの寄生体ではなく、特定の種の怪獣には、特定の寄生体が必要です。ベラと、彼女を妊娠させたエドワードという怪獣について、なによりも興味深いのは、この二匹がまちがった場所にいるということです。本来はわたしたちがメキシコや中米と考える地域にのみ棲息する種です。彼らの成長に欠かせない寄生体がこの北の地域には存在しません。つまり、完全に成長した怪獣として南からやってきたということです。ここで成長することはできないので」

「そいつらの子供はどうなる？」サンダースが質問した。「ちゃんとフルサイズの怪獣に成長するのか？」

「それは場合によります。成長中の幼獣たちは、ベラがこの地域にとどまっていてくれるか、あるいは、エドワードのそばに──彼やその寄生体に食べられることなく──近づくことができれば、不可欠な寄生体を手に入れて大きな怪獣になれるかもしれません。もしもエドワードとベラが去ったら、幼獣の成長はもっと早い段階で止まるでしょう。言っておきますが、ほとんどの幼獣はその段階にすらたどり着けないんです」

「食べられてしまう、ということか」

「はい、もしくは餓死します。怪獣は成長のどの段階においても捕食者であり、大きくなればなるほど生態系の頂点に近づきます。ひとつの生態系が維持できる捕食者の数は限られています。その地域にフルサイズの怪獣がいると、状況はさらに悪化します」

「なぜだ？」ティプトンが言った。「怪獣は原子力で動く。食べる必要はないはずだ」

アパルナは首を横に振った。「たしかに核反応によってエネルギーを得てはいますが、生体システムにはやはり栄養素が必要です。そのために狩りをします。ほかの怪獣を、自分ほど成長していない怪獣を。しかし、生態学的な観点から見てより重要なのは、怪獣が多数の寄生体をかかえていて、その多くが狩りをし、そのすべてが物質代謝をおこなっていることです。怪獣は歩く大量の口なんです。怪獣とその寄生体はその地域の生物を食い尽くすことができます。反撃がなければ、実際にそうするでしょう」

「反撃があるのか?」サンダースが言った。

「あります。怪獣の寄生体以外の生物は怪獣の寄生体から身を守るように進化してきたので、ここではあらゆるものがとんでもない殺傷力をもっています。寄生体を直接捕食するものさえいます。絶え間ない戦争ですね。地域の生物が勝利をおさめて、寄生体を敗走させることもあります」

「そのあとはどうなるんだ?」

「そう、思い出してください——怪獣は動物ではなく、生態系なのです。生態系の重要な一部を破壊したらどうなります? ほかの部分も死に絶える可能性が高いのです」

「化学の観点から見ると、こういう激しい競争がこっちの地球をすごく興味深いものにしているんです」カフランギが言った。続いてひらかれた会議で、化学研究室からの最新情報をサンダースとティプトンに説明しているところだった。「あらゆるものがほかのものに対して信号を送っていて、そのほとんどが〝近寄るな、さもないと叩き切るぞ〟という内容なんです」

「われわれの地球とどこがちがうと?」ティプトンがたずねた。

カフランギはにやりとした。「主として、音量ですかね。ここではあらゆるものがわめいていますす」

「で、どうやってわめき返せばいい?」サンダースがたずねた。

「わめき返すのではなく、彼らがすでに言っていることをわめくんです。みなさんがジャングルの底でなにか作業をしたことがあるかどうかは知りませんが――」

「まだない」サンダースがひややかに言った。そう、彼はまちがいなくあのできごとから立ち直っていた。

「――うちでは怪獣の寄生体を模倣したにおいやフェロモンを使っているので、近寄ってくるものはいません」

「きみの同僚のドクター・チャウドリーの話では、ここには寄生体から逃げるどころか、寄生体を殺すやつがいるようだが」

「それは嘘じゃないですよ」カフランギは言った。「ただ、故郷でもそうですが、それができるだけの能力が必要です。そういう寄生体の餌食になる生物もいます。そいつらは逃げ出すでしょう。寄生体を捕食しようとしてやってくる生物もいます。しかし、どんな捕食者でも、まずは状況を見極めようとします。あまり面倒なら近寄ってはこないでしょう。おれたちはできるだけ面倒な存在になろうとしているんです。完璧ではありませんが」彼はわたしを身ぶりでしめした。「ここにいるジェイミーはつい最近のミッションで捕食者に狙われました」

「そんな話を聞いたな」ティプトンがわたしに顔を向けた。「どうだった？」

「ジェイミーはそいつの顔を撃ったんです」カフランギが、わたしがこたえるまえに、誇らしげに言った。

ティプトンはあらためてわたしを見た。「きみは顔を撃つタイプには見えないな」

「だれにでも隠れた一面があるんです」わたしは言った。

「すると、正しい化学物質があれば、そいつらを思いどおりにできるんだな」サンダースが話を本筋に戻した。

「思いどおりに？　ちがいます」カフランギがこたえた。「おれたちは思いどおりにするという考え方はしません」

「なぜだ？」

「やつらは人間ではないし、おれたちはやつらと会話をしているわけではありません。フェロモンやにおいを嗅ぐのは、命令を受けるのとはちがいます。提案を受けるんです。こちらに闘争・逃走反応を引き起こすフェロモンがあって、それを使ってやつらを追い払おうとした場合、やつらは九十パーセントの確率で逃げ出してくれるでしょう。しかし、残りの十パーセントの確率で、やつらは闘いたくなるんです」

「それを完璧なものにすることはできないのか」

「できません。たとえできたとしても、やつらがいつも思いどおり動いてくれるという保証はありません。やつらは生物であって機械ではないんです。つまり、人間はほかの人間と完璧に話すことができますよね？　化学物質やらなんやらを吹き付ける必要はありません。ただ話すだけで、相手はこちらの望むことを正確に理解してくれます。じゃあ、その人たちはいつでも思いどおりの行動をとってくれますか？」

「いつもではないな」サンダースは認めた。

「そういうことです」

「別の方向から考えてみよう。怪獣に薬を盛ることはできないのか？」

カフランギはにやりと笑った。「怪獣を酩酊させたいんですか、ミスター・サンダース？」

「怪獣をどうにかしたいわけじゃない。理論的に可能かどうか知りたいだけだ」

「理論上は可能ですが、おれの知るかぎりやったことはないですね」

「一度も？」

「まあ、おれは新人なんで、確認してみないと」カフランギは認めた。「ただ、ほぼ原子力で活動しているとしても、大きな意味では、怪獣はやはり生物なんです。特定の効果をおよぼす化合物を作ることはできるはずです」

「ここにいるほかの生物でも」

「もちろん、でも反応はそれぞれでしょう。大人の人間には効いても子供には効かない薬はありますし、その逆もあります。それに、怪獣どころか怪獣の寄生体が相手でも、調合した薬剤化合物を投与して効き目を確認するのは勇気がいりますね」

「フェロモンを吹き付けるときにすでにやっているだろう」ティプトンが指摘した。

カフランギはまたにやりと笑った。「ええ、でもふつうは死にものぐるいで逃げ出すことになります」

「手持ちのにおいやフェロモンで怪獣を一箇所にとどめておけるものはないのか？」サンダースが言った。「ベラは世界のあいだの不安定な障壁の上にすわり込んでいる。立ちあがるときに、うっかり障壁のまちがった側で立ちあがるかもしれない」

カフランギは首を横に振った。「ないですね。ただ、おれの理解するところでは、ベラは障壁を越えそうにないですし、ほかの怪獣を遠ざける行動をとっています」

「どうやって？」

「えー、フェロモンの話ですが、巣をかまえてから、ベラはそれを大量に発散していて、そのすべてが一帯にいるほかの怪獣に同じことを告げているんです」

「どんなことを？」ティプトンがたずねた。

「〝あっち へ行け〃」

「もしもベラが立ちあがったらどうなる？」ティプトンがニーアムにたずねた。この日三度目の状況報告会で、二人は現場の最新の物理的状況について説明を受けていた。

「つまり、ベラがあたしたちの地球へ出てくるかということですか？」

「ああ、それが心配だ」

「まあ、仮にそれが可能だとしても、当然ながら、なぜベラがそんなことをするのか、という問題がありますね」

「ベラは愚かな動物だから、立ちあがるときにまちがった方向に踏み出すかもしれないだろう？」サンダースは言った。

「まず第一に、ベラは愚かな動物ではありません。ここにいる生き物のどれも愚かではないです」

「彼らには知性がない」

「もちろんありますよ」ニーアムの口ぶりは、あまりにも明白なことを言わなければならないことに対する失望を表明していた。「あなたがベラに知性がないと思うのは、彼女が株取引をしていないとか、なにかまったく無関係な基準で考えているからでしょう。でも実際には、自分に必要なことをやっているという点で、完全に知的な生き物なんです。いまのベラに必要なのは一箇所にとどまって卵を産むこと。立ちあがる必要はないので、立ちあがるとすればなにかが気になったときだけでしょう。いずれにせよ、ベラが立ちあがるのは障壁のこちら側にあるものに反応するときです。たとえば、ほかの怪獣が自分のなわばりに踏み込んできたとか。そうなった瞬間、障壁の問題は解決に向かうことになります」

「そこだ」ティプトンが急に口をひらいて、ニーアムを指差した。「そこのところを知りたいんだ。説明してくれ」

「障壁は別の怪獣が爆発したときに破れました。それは大量の核エネルギーの放出にともなうできごとにすぎません。肝心なのは、次元の障壁にどれだけ大きな穴を空けても、それはすぐに回復し始めるということです」

「なぜそうなるんだ?」サンダースがたずねた。

「障壁を薄くしていた核エネルギーの放出が止まって、周囲の核活動がおさまり始めるからです。障壁は周囲の核活動に連動して予測可能なかたちで回復していきます。さらにエネルギーが追加されないかぎり、最終的には完全に閉じるのです」

「だが、これは閉じない」ティプトンが言った。

「はい。すぐそばに生きて呼吸をしている大きな原子炉があるからです」ニーアムは言った。「ベラは原子力で活動していて、そのエネルギーで障壁は薄くなっています。少なくとも、本来よりは薄く。でも、ベラが移動すると――」

「ベラのエネルギーもいっしょに移動する」

ニーアムはティプトンにうなずきかけた。「ベラが追加しているエネルギーの量は多くないので、現時点でも彼女が障壁を突破するのはむりです。最初の数日間、周囲の放射線レベルがまだ高かったころならいけたかもしれません。でもそれから数週間がたって、放射線レベルもかなり低下していま す。ベラはいまでも障壁を薄いまま維持していますが、彼女やほかの怪獣が自力で通過できるほどではないんです」

「しかし、あの閃光はどうなんだ?」サンダースがたずねた。

「そう、そこがおもしろいところです」ニーアムは意気込んで言った。「初めは、あの閃光はふたつの世界のあいだに一時的にできた裂け目で、そこをなにかが通過しているのかと思いました。でも、その後いくつかの機器を現場に設置してみました。その結果、ベラがそこにすわって障壁にエネルギーを供給しているあいだに、静電荷のようなものが蓄積されていることが判明しました。ある時点でなにかがそれを刺激し、すべての静電エネルギーがポンとはじけて、障壁の両側で放電が起きたんです」

サンダースは考え込んだ。「あれは静電気なのか？」

「いいえ、もっと奇妙なものです。これまで見たことがなかったのは、怪獣が核爆発の現場でそんなことが起こるまでじっとしていたことが一度もなかったからです。あたしが初めてその性質を解明したので、これを〝ヒーリー効果〟と呼んでいます。いつかきちんと論文を発表できたら、あたしはノーベル賞を受賞するので、トリニティにいるほかの物理学のポスドクたちはひれ伏すしかないでしょうね」

「えらく遠大な旅に連れ出してくれたもんだな」サンダースが薄ら笑いを浮かべて言った。

「どうかチャンスをください」ニーアムはこたえた。

「まちがいがないかどうか確認させてくれ」ティプトンが言った。「ふたつの世界の障壁がいまは薄くなっていて、この怪獣はそれにエネルギーを供給しているが、この怪獣やほかの怪獣が通過できるほど薄くはないし、もしもほかの怪獣が近づいてきたら、この怪獣はそいつと闘うために移動し、それによって障壁を薄くしているエネルギーが取り除かれる」

「そのとおりです」

「しかし、またひらく可能性はないのか？」サンダースがたずねた。「ベラが通過できるくらいに」

「ベラ自身が核爆発を起こさないかぎりは。その危険性があるという証拠はありません」

「つまり、障壁の通過には核爆発が必要ということだな」

ニーアムはしばらく考え込んだ。「どうでしょう？　障壁のこちら側では事実上イエスですね、こちらには濃縮された核分裂性物質はありませんから。でも、ベラがこちら側で爆発したら、問題はすべて解決します。ベラは死に、ほかの怪獣が通過できるのはむこう側で核爆発が起きたときだけになります」

「なんだか妙だな」ティプトンがひとりごとのようにつぶやいた。

「なにがです？」

「こっちにいるなにかが故郷のできごとを感じ取れるということ。別の地球があって、われわれがそれを発見する方法が核爆弾だということ」

ニーアムはにっこりした。「まあ、本気で頭を働かせたいのなら、このことを考えてみてください。人間が核エネルギーをもてあそぶたびに、この世界とのあいだだけでなく、存在する可能性のあるすべての地球とのあいだの次元の障壁が薄くなるんです」

ティプトンは眉をひそめた。「なんだって？」

「ひとつ残らずです」ニーアムは言った。「何百万も。何十億も。何兆も」

「どうしてそんなことがわかる？」

ニーアムは肩をすくめた。「ただの数学です」

「だったらなぜこのひとつしか見えない？」

ニーアムはさらに大きく笑みを広げた。「聞いたらびっくりしますよ。あたしの知るかぎり、核エネルギーで活動する生物が存在するのはこのふたつの地球だけだからです。怪獣は自然に進化しました。あたしたちは頭を使いました」

「それなら、われわれがこの世界の存在に気づくのに、どうして怪獣がやってくる必要があったんだ？」サンダースはたずねた。

「あたしたちが自分を賢いと思っているからです」

「なんだって？」

「あたしたちは自分を賢いと思っています」ニーアムは繰り返した。「そして自分を賢いと思っているから、自分の見たいものだけに目を向け、その先を見ようとはしなかった。核爆弾を作ることばかり考えて、核エネルギーが多元宇宙《マルチバース》を混乱させるかもしれないとは考えなかった。そもそも多元宇宙が実在するとは考えなかった。それはあたしたちのモデルに組み込まれていないから」

「怪獣はそれを考えたというのか」サンダースは疑いをあらわにした。

「もちろんちがいます」ニーアムは〝こんなことを言わなければならないなんて信じられない〟という口調で言った。「怪獣たちはそんなことは考えなかった。別の世界が存在するとかしないとかいう宇宙モデルを構築しようなんて考えもしなかった。自分たちの必要に応じて知的に行動しただけなんです。食べるものがあると感じたから、そちらへ向かって移動した。それが次元の障壁のむこうだとは考えなかった。怪獣があたしたちの世界へやって来たのは、それができないとは思いもしなかったからです」

19

「よろしければ、いくつか質問したいことがあります」ブリン・マクドナルドがティプトン少将に言った。ニーアムが発表を終えて立ち去り、わたしたちの会議の日程が終わりに近づいたときのことだった。

「どうぞ、ドクター・マクドナルド」ティプトンは言った。

「まず最初に、あなたがどのような収穫を得て、どのように報告をするつもりでいるのかが気になりました」

ティプトンはサンダースをちらりと見た。「きみの部下がやるべきことを心得ているのは明らかだと思う。そこに疑いの余地はなかった。KPSは常に優秀な人材を発掘しているからな。しかし、これは異常な事件であり、現実の世界にいるわれわれがなぜ心配するかはわかってもらえるだろう。怪獣がやってきてから数十年がたち、そのあいだに世界は変わった。怪獣を障壁の上にじっとすわらせておく？　それは安全保障上の問題だ。というか、初めはそう思えた」

「いまはそれほどでもないと思っているんですね」トム・スティーヴンスが言った。

「そうだ」ティプトンは指を立てた。「はっきり言っておくが、今回のきみたちの報告には故郷の科学者たちに渡せるデータの裏付けが必要だ。彼らがデータからことなる結論を出したときは、必ずきみに知らせるし、率直に言って、わたしがそれを快く思うことはないだろう。だが、きみはこれまでデータを捏造したことはない。いまになってそんなことをする理由も見当たらない」

「お褒めいただきありがとうございます、少将」

「どういたしまして、ドクター・マクドナルド。もちろん、きみがベラを移動させて破れ目を完全にふさぐ方法を見つけてくれたら、われわれにとってはたいへんありがたい。フェロモンかなにかを吹き付けるとか。きみたちがいつもやっていることだ」

「こちらでもそれは考えました」トムが言った。「しかし、ベラが障壁を越える危険がないので、必要ないと判断したんです。それに、抱卵中の怪獣は怒りっぽいので」

「怒りっぽい？」サンダースが言った。

「ベラは自分の卵に脅威をおよぼしていると感じたら、相手がどんな怪獣でもばらばらに引き裂くでしょう。ぼくたちがヘリコプターで突入してベラを移動させようとしたら、彼女はそれを脅威とみなして破壊しようとするはずです。確実に破壊するまで追いかけて、タナカ基地までついてくる危険すらあります」

「わたしたちはベラに踏みつぶされたくないのです」マクドナルドが淡々と言った。

「ですから、いまはそのままにしておいたほうがいいと思います」トムが続けた。「カメラと計器で監視し、ヘリコプターでじかに観測もおこなっています。なにか心配すべきことがあれば、すぐにわかるんです」

「ベラはいつまでそこにいるんだ？」サンダースがたずねた。

「卵を産まなくなるまでです。もうじきもっと産むはずですし、そのあともさらに追加があるかもしれません」

「じゃあ、数週間？　数カ月？」

「少なくともあと一ヵ月は」

「あなたはここの生き物に興味があるようですね、ミスター・サンダース」マクドナルドが言った。

「もちろんだ」サンダースは言った。

「うちのパイロットを買収してベラの近くに着陸させようとしたほどですから」マクドナルドは続けた。「あの飛行のすぐあとにドクター・サティが報告書を提出したことはわかっていますね。飛行中になにか異常事態が起きたらそうするのが義務なのです」

サンダースは落ち着かない様子だったが、ひどく動揺しているわけではなかった。彼は地上に戻って、慣れた戦いの場である会議室にいるのだ。「ドクター・マクドナルド、いま思うと、どうも熱意が空回りしたようで――」

「ええ、そうですね。理由を教えてください」

「初めてなんだよ、ここへ来たのが。これを見たのが。このすべてを見たのが。調子に乗ってしまったんだ。おれがまちがっていた。申し訳ない」

マクドナルドは平然とサンダースを見つめた。「あなたの一族にタナカ基地にまつわるあまりかんばしくない評判があることはわかっていますね」

サンダースは困惑したようだった。「それは……わかっていなかった」

「六〇年代、まだKPSが始まって間もないころ、あなたの祖父は、最初のタナカ基地を含めた各基地に電力を供給するための手段として、あなたの会社のRTG、すなわちラジオアイソトープ熱電発電機を強く売り込みました。ここの怪獣はそのバージョンのRTGに特に引き寄せられてしまうという報告があったのですが、その当時」――マクドナルドはティプトンを身ぶりでしめし――「彼の立場にいた人は、強引にそれを承認してしまいました。あなたの祖父が賄賂を渡したことが少なからず影響したのです。それでなにが起きたか想像してみませんか、ミスター・サンダース？」

「怪獣が大勢やって来たんだろうな」

「はい、その中に基地を破壊した欠陥原子炉を持つ怪獣がいたのです。旧タナカ基地は水辺にありました。そして欠陥原子炉を持つ怪獣は、臨界に達するまえに体を冷やすためか、しばしば水辺に行こうとします。このときの怪獣はまず水辺に行き、それから基地に行きました。臨界の最中ですら、食料と思われるものを探さずにはいられなかったのです。何十人もの人びとが亡くなったのですよ、ミスター・サンダース。皮肉なことに、そのＲＴＧはいまでも瓦礫の下にあります。もちろん稼働中ではありませんが」

「どう反応すればいいのかわからないな」サンダースがしばらくたってから言った。「ひとつだけ言えるのは、おれはティプトン少将に賄賂を渡していないということだ」

「それについてはわたしが保証しよう。わたしにはまだ住宅ローンと三人の子供の学費があるからな」ティプトンが言った。

「あなたは買収されるタイプには見えませんね」マクドナルドがティプトンに言った。

「ありがとう」ティプトンは皮肉たっぷりにこたえた。

マクドナルドはサンダースに視線を戻した。「しかし、あなたが賄賂を渡すタイプだということはわかっています。あなたの祖父と同じように。ですから、繰り返しますが、ミスター・サンダース、なぜパイロットを買収して着陸させようとしたのか教えてください」

「ドクター・マクドナルド、誓って言うが、あれはただの個人的な好奇心だ」サンダースはいらだったようにため息をついた。「実は、おれはときどきクソ野郎みたいな印象をあたえてしまうことがある。ジェイミーにきいてくれ」彼はわたしを指差した。みなの視線がわたしに集まった。

「はい、そうですね」わたしは認めた。「わたしの記憶が正しければ、彼に解雇された日にわたしは彼にクソ野郎と言いました」

「そうだ！　ありがとう」サンダースはそう言って、マクドナルドに目を戻した。「今日の朝、おれはひとりよがりのクソ野郎モードになっていた。それでアウトを宣告された。当然だろう。それで学んだんだ。ここでひとりよがりのクソ野郎は通用しない。特にあんたのヘリのパイロットが相手では。申し訳なかった。二度としないと約束する」

マクドナルドはサンダースを見つめ、それからティプトンに目を向けた。「少将？」

「ここ二日間いっしょに過ごしたので、この男がクソ野郎だということは保証する」ティプトンは言った。「彼の要求には、わたしもあなたのパイロットと同じくらい驚かされた。あれがただの急な思いつき以外のなにかだったと考える根拠はない」

「ジェイミー？」マクドナルドはわたしに顔を向けた。

「はあ？」わたしは言った。返事はいつでもよどみなく。

「マーティンはあなたとミスター・サンダースがヘリコプターで二人きりで話しているのを見たそうです。彼が買収を試みる直前のことです。なんの話をしていたのですか？」

ふと思いついたことがあったが、とりあえず胸の奥にしまっておいた。「『大逆転《トレーディング・プレイス》』の話です」

マクドナルドはとまどったようだった。「あなたがた二人が席を交換する《トレーディング・プレイス》話ですか？」

「いいえ。そういう題名の映画があったんです。八〇年代に」

「エディ・マーフィのやつか」トムが言った。

「それだ」わたしは言った。

「なぜその映画について話していたのですか？」マクドナルドがたずねた。

「ただのおしゃべりでした。ロブはエディ・マーフィの大ファンなので」

マクドナルドは確認のためにサンダースへ目を向けた。

「それはほんとうだ」サンダースは言った。「初期のエディだけで、もっとあとのエディはちがうぞ。『ルディ・レイ・ムーア』はなかなかよかったが」

「それ以外の話はしなかったのですね」マクドナルドがわたしに言った。

「そのまえにフード#ムードのことを話しました」わたしは言った。「ロブが立ちあげた会社で、彼にいきなり解雇されるまではわたしも勤めていました。ロブはあのときの解雇は個人的なことではなかったと言おうとしていました」

「それについてどう思った？」トムがたずねた。

「まあ、急に仕事も金もなくなって、それからの六カ月はパンデミックのまっただなかで料理のデリバリーをして過ごしました。たしかに個人的なことだと感じましたね」

「それを本人に言ったのか？」

わたしはサンダースに目を向けた。「わたしがクソ野郎だと思っていることを、ロブはとっくに知っているので」

マクドナルドがうなずいた。「わかりました」サンダースに顔を戻す。「おめでとう、これでワンストライクです、ミスター・サンダース。次はありませんので。ふたたび一線を越えて、KPSのスタッフに迷惑をかけるようなことがあったら、あなたの一族がどれだけお金を持っていようと、あなたにどんなコネがあろうと、わたしがあなたの人生をみじめなものにしてあげます。そしてあなたが二度とこちら側には戻ってこられないようにします。わかりましたか？」

「わかった」サンダースは言った。「ありがとう。すまなかった」

「けっこう」マクドナルドはスマートウォッチに目を落とした。「夕食まで二時間ほどありますので、ほかに用事がなければ、少将、ひとまず休憩にしませんか。よろしければ、あなたとミスター・サンダースに食事にお付き合いいただきたいのですが」

「それはすばらしい、ありがとう」ティプトンが言った。

マクドナルドはうなずいた。「では六時半に。ジェイミーにそちらの宿舎まで迎えに行かせます」

全員が立ちあがって部屋から出ていったが、わたしだけは、まだ軽食の後始末が残っていた。すべてをきれいに片付け、ダイニングカートに乗せて、食堂へと向かった。

途中で、ティプトンとサンダースが立ち話をしているのを見かけたので、そちらへ進路を転じた。ティプトンは身ぶりが大きく、サンダースの胸にきつい感じで指を突き付けていた。わたしが近づいてくるのを見ると、ティプトンはサンダースと話すのをやめて、わたしにうなずきかけ、さりげなく去っていった。

「どうかしましたか？」わたしは声をかけた。

「今日はみんなから叱られているんだ」サンダースは言った。

わたしはうなずいた。「少将はなんと？」

「おれが今日やったことは、少将がこれまでに見た中では、フェンスのこちら側で民間人がやったもっとも愚かな行為だったそうだ。ＫＰＳは、おれがだれの息子であろうが、おれがどれだけ金を持っていようが気にしないし、資金を提供してくれる億万長者ならほかにいくらでも見つけられる。なぜならここにはクソゴジラがいて、金持ちのオタクどもはそのためならドアのまえに行列を作るんだと。少将が言ったんだぞ、〝クソゴジラ〟というのは」

「そうでしょうね。たぶん〝金持ちのオタクども〟のほうも」

「そのとおりだ！」サンダースは悲しげに笑った。「だから、そう、おれにとって最高の日ではないな」

「謙虚になるというのは世界で最悪のことではないんですよ」

「それはどうかな」サンダースはそう言って、ふと思い出した。「さっきはおれのために嘘をついたな。おれがパイロットを買収しようとするまえに二人で話したことで」

「嘘はついていません。あのときの話題について選択的だっただけです」

「なぜそんなことをした？」

「なにかおかしいですか？」

「まあ、ひとつには、きみがおれをクソ野郎だと思っているから」

「あなたはクソ野郎です」わたしは念を押した。「ただ、ある段階までいけば、叱責の意味は伝わります。それ以上は、ただの追い討ちです。わかるでしょう」

「今日はたしかにいろいろと学んだ。ここはおれが思っていたような場所じゃない。とにかく、ありがとう」

わたしはまたうなずいた。「これからどうするんです？」

「それなんだよ。ここでやれることはあまり多くないようだからな。夕食までは部屋に戻って壁を見つめているかもしれない。なぜだ？」

「まあ、今日はあなたにとってがっかりな一日でしたよね？」

「ああ。それで？」

「埋め合わせをしてあげたいんです」

「どうやって？」

「まずはこれを片付けないと」わたしはカートを身ぶりでしめした。「それから散歩に出かけましょう」

「こんなことをして問題にならないのか？」サンダースが、わたしと共にジャングルの底への階段をくだりながらたずねた。エレベーターを使うこともできたが、わたしはこの数週間ずっと基地内で荷物を運び続け、そのまえの半年間はイーストヴィレッジのエレベーターのない共同住宅に料理をデリバリーしていたので、階段は少しも苦にならない。サンダースは少し息を切らしているようだが、いまはまだくだりでしかなかった。

「大丈夫ですよ」わたしは言った。「当初の予定どおりであれば、明日にでもあなたを連れて来るはずだったんです。あなたがたが予定を変更したので、これはなくなっていました。わたしはそれを元に戻しただけです」

「ティプトンにも話すべきだったんじゃないか」

「いいえ、少将はこちらに何度も来ていますよね。このあたりは見ていると思います」階段をくだりきり、かんぬきの掛かったドアのまえに立つ。「あなたにとっては、なにもかも新しい体験です。準備はいいですか？」

「いいぞ」サンダースはあえぎながら言った。

かんぬきをはずしてドアを開け、ポケットに入れてあるスクリーマーのスイッチを入れてから、二人でジャングルの底へ踏み出した。

「これはすごい」サンダースがあたりを見まわしながら言った。

「そうですね」わたしも同意した。

「安全なのか？」

「安全という言葉はあまり使わないんですが、ここはそれなりに安全です。ただし、わかりますよね。遠くへ行きすぎないようにしてください」

　サンダースはにやりと笑った。「じゃあ、きみがおれのボディーガードか」

「そんなようなものです」わたしはふたたび同意した。

　ドアから少し離れて、木々のほうへ歩き出した。近づいたところで、ポケットに手を入れてスクリーマーをオフにした。およそ十秒後、最初のヤシガニが木の裏側からひょいとあらわれ、触角をわたしたちに向けた。

「おっと」サンダースは声をあげ、愚かにもそちらへ手を伸ばした。わたしがスクリーマーをふたたびオンにすると、そいつはカサカサと去っていった。「見たか？」

「見ました」

「あれはなんだ？」

「わたしたちは〝ヤシガニ〟と呼んでいます。あまり独創的ではありませんが」

「危険なのか？」

「毒があります」

　最初の遭遇のあと、わたしはヤシガニの毒は人間にはほとんど無害だと知った。ひどく痛いし、量が多ければ一日は悲惨な状態になるが、おそらく死ぬことはない。リドゥ・タガクが新人を脅すのにヤシガニを使ったのもそれがひとつの理由だろう。だが、このときわたしはサンダースにそれを伝えなかった。

「じゃあ、さわるのはやめておくほうがいいな」サンダースは言った。

わたしはスクリーマーをオフにした。「お好きにどうぞ」わたしが身ぶりで木をしめすと、ヤシガニがカサカサと戻ってきた。今度は、サンダースはヤシガニからあとずさりし、わたしからも少し離れた。

わたしはサンダースと木から離れる方向へそっと一歩踏み出した。「気をつけて」

「なぜだ？」

「こいつらは群れで移動します」わたしが木を指差すと、さらに三匹のヤシガニがカサカサと視界にあらわれた。

「うん、もう充分に見た」サンダースはヤシガニから目をそらしていなかった。ヤシガニもサンダースから触角をそらしていなかった。

わたしはサンダースと木から静かにもう一歩離れた。「ロブ？」

「うん？」

「なぜあのとき爆発現場に着陸しようと思ったんです？　つまり、ほんとうの理由は？」

「理由はもう言っただろう」

このときさらに多くのヤシガニが出現し、おたがいに鳴き交わし始めた。

「いいえ。あなたは理由について嘘をつき、わたしはマクドナルドたちから質問されたとき、あなたの嘘が信じてもらえるように話をそらしたんです。でも、わたしはあなたが嘘をついていることを知っています」

「ほう？　どうしてわかるんだ？」サンダースがわたしに目を向けると、ヤシガニの一匹がその隙にカサカサと木からジャングルの底へ降りた。そいつは固さをたしかめるかのように片脚で地面をそっと叩いた。サンダースはその動きを目の端でとらえ、ヤシガニでいっぱいの木に注意を戻した。

「あなたがお得意の〝デュークの賭け〟をしたがったからです。あなたはマーティンを自分の思いどおりにできると確信していた。となると、あれは事前に考えていたことだったのでしょう。つまりなんらかの計画があったということです」

「仮定が多すぎるな」

「そうですか、ではお好きなように」わたしはきびすを返して立ち去ろうとした。背後でぽとんと音がした。一匹のヤシガニが木から地面に落ちたのだ。

「待った！」

わたしは振り返った。サンダースが一瞬だけあわてた表情を見せた。そのときには、三匹のヤシガニが地面に落ちていて、そのうちの一匹が、サンダースを目指してさりげないゆったりしたペースで歩き始めていた。

「ここだけの話だぞ」サンダースが言った。

自分が食べられそうになっている、というかそう思っているのに、なおも交渉しようとする姿勢には思わず感心させられた。「続けてください」

「サンプルを取りたかったんだ」

わたしは眉をひそめ、サンダースにもっとも近いヤシガニが彼に飛びつけるところまで近づいているのに気づいた。わたしはスクリーマーのオンオフを繰り返した。ヤシガニは混乱して止まり、後ろ脚で立ちあがった。

「どういう意味ですか、サンプルを取りたかったって？」

「注射器を持ってきた。インスリンのためだと言って」

「糖尿病なんですか？」わたしはふたたびスクリーマーをオンオフさせながら言った。

「いや、そう言っただけだ」

「その注射器はどこに？」

「ポケットの中だ」

わたしはスクリーマーをオンオフした。「見せてください」

サンダースはジャンプスーツのポケットを探り、注射器と針が入った密封パッケージを取り出した。とても小さい針だった。わたしは声をあげて笑った。

「なんだ？」サンダースが言った。

「ベラに刺すつもりじゃなかったんですか」

サンダースは困った顔を、というかパニックになりながらできるせいいっぱいの困った顔をしていた。「狙いはベラじゃない」

脳内で鍵が所定の位置にかちりとはまった。「ああ、なるほど」わたしはふたたびスクリーマーをオンオフさせた。気のせいかもしれないが、ヤシガニたちはいらいらし始めているようだった。「ベラの卵からサンプルを取りたかったんですね」

「そうだ」

「しかし、怪獣の遺伝物質はすでに記録済みですよ」

サンダースは首を横に振った。「むこう側にはない。遺伝子に関するデ﹅ー﹅タ﹅はある。だが遺伝子そのものはない」

「帰るときにあらゆる警備をかいくぐってサンプルを持ち出せると思ったんですか」

「おれにはインスリンのボトルがある」

前衛のヤシガニがついに待ちくたびれてサンダースに飛びかかった。サンダースが悲鳴をあげて体をひねると、ヤシガニは彼の横を飛び過ぎた。わたしはそいつが空中にいる間にスクリーマーをフル稼働させた。そのヤシガニは着地するなり逃げ出し、仲間たちも同じように逃げ出した。

わたしはサンダースに近づいた。「するとあなたは、怪獣がいる場所に降りて、ああいうのに似ている」──ヤシガニが去ったほうを身ぶりでしめし──「けれど、もっともっとやばい連中がうようよしている産卵ゼリーに歩いて近づき、ほかのだれにも気づかれずにサンプルを採取して、むこう側へ持ち帰るつもりだったんですね」

「ああ、基本的にはそうだ」

わたしはスクリーマーを止めた。ヤシガニたちがまた木の裏から顔をのぞかせた。

「そんなに自信を持てるというのはすごいことでしょうね」わたしは言った。

「いま考えると、この計画には穴があったようだ」サンダースはヤシガニから目をそらさなかった。

「いくつもね」わたしはスクリーマーをふたたび作動させた。ヤシガニたちはいっせいに逃げ出した。サンダースの顔に、やっとヤシガニたちの行動がシンクロしていることに気づいたような表情が浮かんだ。わたしはにっこり笑って、ポケットからスクリーマーを取り出した。「これがあればヤシガニは近づいてきません。わたしがスイッチを切らないかぎり」

「きみはわざとおれをここに連れてきたんだな」サンダースが目をつりあげて言った。

「そのとおりです」

「なぜだ？」

「わたしがほかの人たちよりもあなたをよく知っていて、好奇心がわいたから。それにあなたはわたしにとってクソ野郎でした。お返しをしたかったんですよ」

「ふん、きみはよくやったよ。まちがいなくやり遂げた」

「まだ終わっていません」わたしはスクリーマーを揺らし、サンダースがそれを奪おうと考えるまえにポケットに戻した。彼に奪えるはずはなかったが――わたしのほうが体は締まっていたし、物を持ちあげていた――そんな気を起こさせる理由もなかった。

「これ以上なにが望みだ？」

「あなたを罰するという問題があります」

サンダースは目を見ひらいた。「まさかそんな」

わたしはサンダースを見つめた。「おや、あなたをここに置き去りにしてヤシガニに食わせるとでも？　あまり巧妙ではないですね。いえ、やれるんですよ、そしてみんなに信じさせることもできる。あなたは怪獣がいるところに降りたがるほどの愚か者です。森の中へ駆け込んで骸骨になったと言えばだれも疑わないでしょう」もちろんそんなことはない。ヤシガニたちは、死体を喜んでしゃぶり尽くすことはあっても、彼を殺すことはない。だがそんなことを言うつもりはなかった。「しかし、それではあなたは死んでしまって、学ぶことができません」

サンダースは天を仰いだ。「後生だから、映画の悪役みたいなことはやめて教えてくれ」

「あなたは怪獣惑星という特権を失いました。これはあなたの一度きりの旅行です」

「そんなことができるものか。ここでルールを決めるのはマクドナルドだ」

「ここだけの話ですよ。マクドナルドに話してもいいというのなら別ですが」

「きみの言い分とおれの言い分との対決になるぞ」

「まあ、マクドナルドはすでにあなたの本性を見抜いているので、わたしの勝ちですね。でも念のため――」わたしはジャンプスーツの腰のポケットの、スクリーマーが入っていないほうに手を入れて、サンダースに自分のスマートフォンを見せた。音声録音アプリが作動していた。「これはすでにローカルクラウドのわたしのアカウントにアップロードされているので、力ずくで奪おうとはしないでください」

「つまり、二度とここに戻ってくるなということか」

「ええ、そのとおりです。あるいは、マクドナルドに音声ファイルを渡して、彼女から二度と戻ってくるなと言ってもらってもかまいません。その場合、あなたは密輸かなにかの罪で絞首刑になるでしょう――よくわかりませんが、興味深いことです。裁判には秘密法廷かなにかを使うんじゃないですか。だって、ねえ」わたしは身ぶりで世界全体をしめした。「決めるのはあなたです」

「きみはほんもののクソ野郎だな」

「なんというか、あなたがみごとなお手本でした。さあ、行きましょう、夕食までにあなたを連れ戻さないと」

「待て」サンダースが言った。だいぶ気持ちが落ち着いたようだ。「このラウンドはきみの勝ちだ。いいだろう。よくやった。しかし――きみがこれをやめてくれるなら、それだけの見返りを用意してやれるぞ」

「心そそられますね。でもお断りです！　それと、これから歩きますが、スクリーマーは切ってあります。ついてくるかどうか、お好きなように」わたしは歩き出した。しばらくして、サンダースがついてきた。わたしはずっとスクリーマーをつけていた。たとえ殺されることがなくても、ヤシガニは最悪だ。

ドアのところに帰り着くと、サンダースが階段を見あげた。「エレベーターはないのか？」

「ええ」わたしはこたえた。「ないんですよ」

20

最初の観光客のグループで大騒ぎになったあとだけに、次の二組のグループはうれしくなるほど平穏だった。科学者たちと政治家たち、そして一人だけ億万長者がいたが、ありがたいことに、とても行儀がよかったので、ヤシガニの餌にするふりは必要なかった。わたしは求められたとおりにツアーガイドの役割を果たし、彼らをめいっぱい楽しませ続けた。基本的な質問にこたえ、彼らが必要なときに必要な場所にいるように監視し、一度などは、内気なノーベル化学賞受賞者のために、志願して『アンダー・プレッシャー』をカラオケでデュエットした。ロケット科学者の子守をするのはロケ《むず》ット科学《かしいこと》ではなかった。

ツアーガイドをやっていないときは、なんとか〝物を持ちあげる〟ほうの仕事の埋め合わせをしようとした。わたしが観光客を案内していると、ヴァルが二人の仕事のほとんどを引き受けることになるからだ。ヴァルは、わたしがほかの仕事をして彼女に持ちあげをまかせっきりにしても文句を言わなかった。だからといって、わたしの申し訳ないという気持ちがなくなるわけではなかった。

そうした罪悪感や、物を持ちあげる作業に対するわたしのこだわりは、気づかれずにすむはずがなかった。

「これじゃ疲れ切ってしまうよ」トムがわたしに警告した。「まだ遠征に来て一カ月しかたっていない。このまま続けていたら、五カ月後のきみは小さな肉のかたまりしか残っていないぞ」

わたしは考え込んだ。「ほんとうに一カ月しかたってないのか?」

「一カ月と一週間だけど、まあそうだね」

「なんとまあ」

トムはこれを聞いてにやりと笑った。「長く感じる?」

「長くはないな。ずっとここにいるような気がする」

トムはうなずいた。「ここでは時間の流れがちがう。ほかの人類から切り離されて、彼らのしていることはほとんどなにもここには届かない。ニュースをおぼえているかい? たとえば、新型コロナについて最後に考えたのはいつだ? あるいは選挙とか?」

「まあ、投票はしたよ」

KPSはタナカ基地にいるアメリカ人のためにサンダースがやってきたときの船で不在者投票の用紙を届け、わたしたちはそれを一行が帰るときに送り返していた。

「だけど、もう選挙のことは考えていないだろう?」

「そうだな」わたしは認めた。「実は、まだ始まっていないことに漠然とした驚きをおぼえている」

トムはまたうなずいた。「そういうことなんだよ。ここでは時間はほとんど意味をなさない。三月にニューヨークに戻ったら、最初の二週間は、ニュースに追いついては〝彼らがなにをしたって?!〟と叫ぶのが基本になる」

「それが楽しみなのかどうかわからないな」

「ここ数年が特にひどいのはたしかだ。とはいえ、こっちでもやっぱり時間は流れるし、気楽にかまえるほうがいい。ぼくたちがこっちでしていることで、きみが身を削ってまでやらなければならないほど重要なことなんてほとんどないんだから」

わたしはショックを受けて、トムをまじまじと見た。「プロテスタントの労働倫理はどこへ行ったんだ、若者よ？　きみはビジネススクールに進んだんだろう！」

「ああ、わかってるよ。ぼくは資本主義の恥さらしだ。でも、これからはきみの仕事の予定を少し減らしてぼくの仕事の予定を少し増やすことで、おたがいに気持ちよく仕事ができるようになるんだ」

「わたしのためになにか持ちあげてくれるのか？」

「いや、まさか。きみを怪獣現場の計器パックを交換するミッションからはずして、ぼくが担当することにしたんだ」

「ほんとか？」三週間がたって、怪獣現場の計器パックのほとんどは、電力不足に陥ったり、不具合が頻発したり、なにかの生物に突き倒されるか粘液をかけられるかして映像が役に立たなくなったりしていた。科学者たちは最新版の計器パックを準備していた。最後の観光客が帰って、ホンダ基地が保守作業のために次元ゲートウェイ装置を停止したら、それを現場へ送り出すのだ。「なぜそんなことを？」

「ぼくがいいやつできみのことを心配しているからと言いたいところだけど、実はリドゥ・タガクから、地上訓練と武器訓練の再認定を受ける時期が来たと言われた。再認定後すぐにミッションに出ると、その再認定期間は延長されるんだ」

「だれにもそんなことは言われてないぞ」

「きみが認定を受けたのはミッションに出るためだったんだから、言わなくてもわかっただろ」

「そんなのわかるもんか」

「おめでとう、ジェイミー、きみはこれから二回の遠征をこなすまでは地上訓練と武器訓練の再認定は必要ない。そして、きみの代わりにミッションに出れば、ぼくも同じになる。きみがどうしても行きたいというなら別だけど」

「いや、きみが行ってくれ。ぜひ行ってほしい。きみがそれをやっているあいだ、わたしはここで物を持ちあげている」

「きみはぼくの忠告をわざと無視するんだな」

「いやいや、ちゃんと聞いて、しっかりと検討したよ。そのうえで拒否したんだ」

「役に立とうとするとこうなるんだよな」

「役に立ちたいなら、代わりに配達してほしいものがある。重いものだ」

「遠慮しておくよ」

「いくじなし」


「クソっ、またフィードが途絶えた」ニーアムが物理学研究室のモニタを腹立たしげに見つめながら言った。その怒りをかき立てているモニタは空白だった。

「なんのフィードだ？」わたしはたずねた。物理学研究室に来たのは倉庫に運ぶ機材を受け取るためだった。タナカ基地の研究室は狭いので、すぐに使わないものは、使うものの場所を確保するために運び出してしまうのだ。

「怪獣現場からのフィード」ニーアムは画面を指差した。

「いや、それは止まるだろう。むこうでちょうど計器の交換をしているところだ」

それはわたしたちが最後の観光客のグループを送り出した翌日の火曜日で、すなわち彼らが地球へ送り返された翌日であり、ホンダ基地が保守作業のために次元ゲートウェイを閉鎖した日でもあった。これから二週間、怪獣惑星は独力で活動することになる。

ニーアムはすぐにわたしの誤解を正した。「ちがう、止まらないよ。とにかく、止まるべきじゃない。個々の計器パックは交換のときに停止するけど、フィードは独自のカメラと計器を装備したエアロスタットを介して送られる。エアロスタットは交換中ではないのに、それが止まってる」

「よく起こることなのか？」

「だんだん増えてきた。エアロスタットもほかの機械と同じで扱いがむずかしいから、もっと整備のために呼び戻すべきだね」

わたしはそれを聞いてにやりとした。

「なに？」ニーアムが笑みを見てたずねた。

「きみがエアロスタットについて文句を言う様子を見ると、六週間まえにその存在を知りもしなかったとは思えないな」

「あのね、兄《メイト》さん、こっちでは時間の流れがおかしいんだよ」

「つい先日、トムが同じことを言っていた」

「しかも、あたしはまちがっていない。ベラがあそこにしゃがみ込んで以来、同じエアロスタットがその上空でずっと使われてきた。かなりの時間だよ。もしもエアロスタットからのフィードが失われたら、計器パックからデータを得ることができなくなる」

「データが失われるのか？」

「いや、接続できない場合はすべてローカルに記録される。でも、いずれはメモリがいっぱいになって、そのときはデータが失われる」ニーアムはいらついていた。自分たちでまえの計器を設置したので、そのデータフィードの独占権があるのだ。

わたしはうなずいた。「フィードはいつから止まっているんだ？」

「たったいま。上空からのフィードを見て、新しい計器の接続をチェックするために待機していたんだ。ヘリコプターがみんなを降ろしたところで、計器の交換が始まっていた。そこへあんたが来て注意がそれて、目を戻したときには、もう止まっていた」

「すまない」

「ほんとにね」ニーアムは画面に向かってつぶやいた。「いままではせいぜい数秒止まるくらいで、すぐに復活していた。今回はいつもよりずっと長い。腹が立つ。もっとデータがほしい。寄生体の粘液で汚れたりしていない計器パックのデータが」

「このあと管理棟のまえをとおるよ。エアロスタットのフィードが止まったと伝えておこうか？　彼らはチョッパー1号と無線で連絡をとれる。明らかな問題があるかどうかは確認できるだろう」

「それは助かるなあ。だって、管理部に文句を言いに行ってくれたら、彼らが腹を立てる相手はあたしじゃなくてあんたになる」

「わかった」

管理部に行くと、アパルナとカフランギがいた。

「エアロスタットのフィードが止まってる」アパルナがわたしに言った。

「知ってる。ニーアムから文句を言ってくれと頼まれた」

カフランギがブリン・マクドナルドのオフィスを指差した。「問題はそれだけじゃない。チョッパー1号も連絡が取れないんだ」

わたしは眉をひそめた。「いつから？」

「おれたちがエアロスタットのフィードが止まってると文句を言いに来てから」

「じゃあ、そんなに長くはないんだ」

「ああ、しかし、エアロスタットのフィードが止まるのとヘリコプターの交信が途絶えるのとが同時に起こるのは妙だな」

「特に怪獣の近くではね」アパルナが付け加えた。

わたしはうなずいた。わたし自身もそのふたつを関連づけることはできなかった。なにかが、あるいはだれかがベラにちょっかいを出して、ベラが抱卵の眠りから覚めたのかもしれない。だとしたら、それはエアロスタット、ヘリコプター、そしてミッションに参加する全員にとって非常に悪い知らせになる可能性がある。そこにはブルーチームでカフランギと同じ立場にいる人物も含まれる。ニーアムと同じ立場の人もだ。

それとトム・スティーヴンス、いま思い出した。

マクドナルドが機嫌の悪そうな顔でオフィスから出てきた。彼女はアパルナとカフランギになにか言おうとしたが、わたしを見て口をつぐんだ。

「フィードのこともヘリのことも知っていますよ」わたしはマクドナルドに言った。

「それなら飛行場へ行ってマーティン・サティと話をしてください。静かに、目立たないように。飛行場には独自の無線設備があるので、そこからチョッパー1号を呼び出せるかもしれません」

「呼び出せなかったら？」

「一度にひとつずつです」マクドナルドはアパルナとカフランギに顔を向けた。「このことはまだだれにも話さないでください」

「ニーアム・ヒーリーもなにか起きたと気づいています」わたしは言った。「ニーアムに頼まれてここへ来たので」

「おれたちからニーアムに話そうか」カフランギが言った。

「でも、そう長くは黙っていられないよ」アパルナが警告した。「エアロスタットからのフィードにアクセスできるのはわたしたちだけじゃない。イオンもじきに研究室に戻ってデータを見ようとするはず」

「わたしが心配しているのはエアロスタットのことではありません」マクドナルドが言った。「フィードはときどき止まるものですから。チョッパー1号が交信不能になったのが気がかりなのです」マクドナルドはわたしに目を向けた。「なぜまだここにいるのですか？　行きなさい」

大急ぎでドアを出て飛行場へ向かったため、あやうく帽子と手袋を忘れるところだった。

マーティン・サティはわたしを見ても驚いた様子はなかった。「管理部から来たのか？」

「はい」わたしはこたえた。

「そっちでもチョッパー1号と連絡がつかないのか」

「はい、エアロスタットのフィードも止まっています」

「いつから？」

「チョッパー1号との交信が途絶えたときからです」

「フィードが止まるまえになにか見えたか？」

「わたしは見ていません。止まるまえにそれを見ていたドクター・ヒーリーと話をしたんです。やはりなにも見ていないようです」

サティはうなずいた。「わかった。じゃあ、行こうか」

「はい？」

「ヘリとの交信が途絶えて、怪獣の近くのエアロスタットが停止した。おれたちには目が必要だ。おまえには目がある」

「あなたにもありますよ。わたしは戻って報告をしないと」

「そうか」サティはスマートフォンを取り出し、画面をひらいてなにか入力した。「これでよし」

「なんだったんです？」

「ドクター・マクドナルドにちょっとおまえを借りるとメールした」

「彼女はそれがどういう意味か知っているんですか？」

サティはわたしを見た。「ドクター・マクドナルドはメールを使わずにおまえをここに送り込んだ。あまり騒ぎ立てたくないんだ。そして答を求めている。おれがおまえを借りると伝えれば、おれが彼女に答を届けることになり、彼女がそのメールを受け取ったときに肩越しにのぞいているやつがいても問題が起きたと気づくことはない。おれはいつでもだれかを借りているからな」

「わかりました」

「わかってくれると思ったよ」

「なにが起きたんだと思います？」

「おれにはなにが起きたか見当もつかない。だから現場へ行く。だが、もしも怪獣が飛んでいるのが見えたら、なにをすべきかはわかっている」

「なにをすべきなんです？」

「死にものぐるいで逃げ出すまで怪獣に気づかれないことを祈る。あいつが起きて動きまわっているとしたら、なにかでものすごく怒っているんだ。見つかったら地面に叩き落とされるぞ」

「なにが見えるか教えてくれ」ヘリコプターで現場を旋回しながらサティが言った。

わたしが見たものはこうだ。

チョッパー1号、地上に墜落した残骸、湖の岸辺付近でまだ煙をあげて燃えている。怪獣現場と墜落現場の近くの地面、ジャングルの生き物がうようよしている。墜落したヘリコプターから脱出した人がいたとしても、すでにあの連中につかまっているだろう。

わたしたちの仲間は死んだ。

わたしはそのことをサティに伝えた。

サティはうなずいた。「今度は、なにが見えないか教えてくれ」

「エアロスタットが見えません」

「ほかには？」

「ベラが産んだ卵が見えません」

「ほかには？」

「ベラが見えません」

ベラは姿を消していた。ベラの卵もなくなっていた。ベラの寄生体と同伴生物もすべていなくなっていた。

なにもかも消えていた。

「おかしいな」わたしは言った。

「たしかに」サティが同意した。「じゃあ理由を教えてくれ」

なぜおかしいのか――ベラがいた場所へ目を向けても、ベラがそこにいて立ち去ったようには見えなかったからだ。

ベラがいた場所へ目を向けても、ベラは最初からそこにいなかったように見えた。

21

「それで、ベラはどこへ行ったのですか？」ブリン・マクドナルドが問いかけた。

わたしたちは管理棟の会議室に集まっていた。ブリン、ジェネバ・ダンソ、アパルナ、ニーアム、カフランギ、それにマーティン・サティとわたし。サティとわたしがいるのは、現場に出かけて報告をしたからだ。わたしの友人たちがいるのは、現場からのデータの担当者だからであり、ニーアムとカフランギについては、チョッパー1号の事故で同僚が死亡したために、名目上は彼らがそれぞれの研究室の責任者になっていたからだ。

だれもがまだショック状態にあると言ってよく、それは基地内のほかの同僚たちも同じだった。マクドナルドとダンソは、わたしとサティが戻るとすぐに、タナカ基地の全要員に対して事故が起きたと思われると伝えた。そのころには、わたしの友人たちが口を閉じていても、すでに噂が広がっていた。そのままにしておく理由はなかった。

だれもが悲嘆に暮れていた。ここは小さな基地なので、全員が全員と知り合いなのに、五人もの仲間を失ったのだ。いま会議室にいるわたしたちには、少なくとも忙しくしていられるだけの仕事があった。

「わかりません」アパルナがマクドナルドの問いかけにこたえた。彼女はノートパソコンから会議室の大型壁面モニタに一枚の画像を投じていた。それはラブラドル半島付近の数百キロメートルの範囲に広がる、〝地元〟の怪獣地図だった。「ベラにはタグが付いていますし、現場で墜落したと思われるエアロスタットがなくても、ほかのエアロスタットからの測定値は得られています。それでも、墜落したエアロスタットのデータ収集範囲がほかのエアロスタットのそれと重なっていない小さな死角はあります。ベラがそこにいる可能性はあるでしょう。ただ、それならマーティンとジェイミーはベラを見つけられたはずです」

「なにも見えなかった」サティが言い、わたしもうなずいた。上空から現場の調査をおこなったとき、わたしたちは記録を取りながら、ヘリでその周辺を大きく旋回して、ベラの居場所を突き止めようとしたのだ。「ベラはあそこにはいない。どこへ行ったかをしめすような痕跡もなかった」

「ベラは飛ぶ」ダンソが言った。「ほかの怪獣のように足跡を残したり道を切りひらいたりはしないはずだ」

アパルナがうなずいた。「足跡は残しませんが、どの方向に行ったとしても、地図上にはあらわれるはずです。たとえエアロスタットがもっとも少ない南西方向でも、少なくとも数分間は探知されたはずです」

「追跡装置が落っこちたのかもしれない」カフランギが言った。「おれたちが最初に基地に来たときに見た怪獣もそうだった」

「ケヴィンか」わたしは言った。

「それだ」カフランギはその名前を口にしても笑みを浮かべなかった。このときだけは、怪獣のありふれた名前があまりおもしろく感じられなかった。

「つまり、ベラが籠から飛び出して追跡装置が落ちたということか？」サティがカフランギに言った。

「わかりませんが、可能性はあるような気がします」カフランギはアパルナにうなずきかけた。「追跡できる範囲には死角があるという話でしたよね。そこで落ちたとすれば、多くのことに説明がつくのでは」

マクドナルドがサティに目を向けた。「別のエアロスタットをこのエリアに移動するまでどれくらいかかりますか?」

「すぐ南西のやつならいつでもいける」サティは、タナカ基地のパイロットと航空機の責任者として、基地の管理下にあるエアロスタットの管理も担当していた。「ただ、動きが遅いんだよ。一番近いやつでも一日近くかかる」

「もっと早く答が必要なんです」

「早く移動させるのはむりだ。しかし、それまでのあいだ、お望みならショウビジン号を一時的なエアロスタットとして使うことはできる。いまはほかになにもしていないからな。ほんものを配置につけるまでのあいだ、ショウビジン号にエアロスタットの中身を突っ込んで浮かべておくんだ」

マクドナルドはダンソに目をやって確認をとった。「では、それでいきましょう」

アパルナが手をあげた。「もうひとつ問題があります」

「なんでしょう、ドクター・チャウドリー?」

「ベラが追跡範囲の死角に隠れているか、あるいは追跡装置がそこに落ちたという可能性はあります。でも、それではベラの卵がどこへ行ったのかという問題の答にはなりません。卵は消えたんです。ひとつ残らず」

「ベラが去ったあとで、ほかの生物が食べたのでは」ダンソが指摘した。

「当然そうなります。でも、そこまで早くはないはずです」アパルナはわたしに顔を向けた。「卵も、産卵ゼリーも見なかったと言ったよね?」

「見なかった」わたしは言った。サティもうなずいた。「わたしたちはかなり上空にいたので、すべてを見たわけではないかもしれない。だが、ベラがいたはずの場所にはなにもなかった。ベラはいない。卵もない」

「よほどの緊急事態か差し迫った脅威がなければ、ベラが卵を置き去りにすることはありません」アパルナがマクドナルドとダンソに言った。「それがベラの種の抱卵中の基本的な行動だということはわかっています。たとえ抱卵中の行動からはずれたとしても、卵を持ち出すことはないし、そもそも持ち出せないでしょう」スクリーンを指差す。「ベラが行方不明なのはおかしなことです。でも、卵が完全になくなっているのは、ありえないことです」

ダンソがニーアムに目を向けて先をうながした。「ただし——」

「——ベラが次元の障壁をとおり抜けたとすれば話は別ですね」ニーアムがダンソの言わんとしたことを締めくくった。

「そんなことが可能なのか？」

「ありえないはずです」ニーアムはゆっくりと言った。「ベラの巣作りで次元の障壁は薄くなっていましたが、彼女が通過できるほど薄くはなかった。そしてベラの物理的状態は抱卵を始めてから変わっていません。手持ちのデータではなんの変化もないんです。仮に変化があったとしても」——アパルナを指差して——「彼女の言うとおり、卵はまだそこにあるはずです。卵がいっしょに通過することはありません」

「なぜだ？」カフランギがたずねた。

「簡単に言えば、卵にはまだ自前の小さな原子炉がないので」

「しかし、ベラの寄生体もいっしょに通過したはずです」マクドナルドが言った。「寄生体には生物原子炉がないのに」

「そのとき物理的にくっついていたのなら、そうなるでしょう」ニーアムは言った。「文字どおり同乗しているわけです。でも、ベラが産んだ卵はもう彼女にくっついてはいません。ベラがこちら側で飛んでもいっしょに運ばれたりはしないように、ベラといっしょにむこう側へ運ばれることはありません」

「すると、問題は〝ベラはどこにいる？〟ではなく、〝ベラの卵はどこにある？〟なのですね」マクドナルドが言った。

「そのとおりです」

「それで、ベラの卵はどこにあるのですか？」

「見当もつきません」ニーアムはそう言ってから、口をつぐんで考え直した。「いえ、それはちがいますね。ひとつ考えはありますが、自分でも気に入らないので」

「教えてください」

「あなたも気に入ることはないですよ」

「なんです？」

「ベラと卵が次元の障壁を通過したのかも」

「通過できないと言ったばかりじゃないか」ダンソが言った。

「ベラにはできませんよ」ニーアムはだめ押しをした。「ベラの卵にも絶対にできません。とにかく、独力ではむりです」

「はっきり言ってください、ドクター・ヒーリー」マクドナルドが言った。

「引き延ばしているわけではありません」ニーアムは言った。「まだ脳内でこのロジスティクスを理解しようとしているところなんです。でも、なにがどうであれ、次元の障壁のこちら側でベラと卵を通過させるほどの条件の変化がないのであれば、むこう側でなにか起きたと考えるのが道理でしょう。それがなんなのか見当もつかないだけです」

「核爆発ならありえるぞ」カフランギが言った。

「兄さん《メイト》、いまカナダの田舎で核爆発が起きていたとしたら、みんなたいへんなことになってるよ」

「核爆弾でないなら、なんだ？」わたしはたずねた。

「わからないね。次元の障壁を通過するには、莫大な核エネルギーを、いっぺんに投入するか、あるいは長い時間をかけて蓄積させる必要がある」ニーアムは壁面モニタに表示されたままの地図を指差した。「ベラがいるところ、というか、いたところは、むこう側だとなんにもない。あるのは森だけ。街も道路もない。人もいない。そしてまちがいなく、ベラとその卵をむこう側に吸い込むほどの核エネルギーを持つものはなにもない」

「では、ベラがわたしたちの世界にいるというのは意味をなさないのですね」マクドナルドが言った。

「そうです。でも、いま見ている状況にかなう唯一の説明でもあります」

「なにか見逃していれば話は別だな」カフランギがそう言って、アパルナのノートパソコンを指差した。「いいかな？」

アパルナはうなずいた。カフランギはパソコンを受け取り、いまやっている会議の制限付きフォルダにアクセスした。サティがそこにわたしたちの飛行ビデオを入れてあるのだ。カフランギはビデオを先へ飛ばして、ヘリコプターのカメラから現場とそのまわりに群がる生き物を一望できる場面を表示させた。

「なにを見ようとしているのかな、ドクター・ラウタガータ？」ダンソがたずねた。

「さっきこのビデオを見ていたとき、なにかが気になったんですが、よくわかりませんでした」カフランギが言った。「いまそれがわかりました。この生き物たちはまわりに群がるだけで、おたがいを攻撃していないんです」

「なるほど、それで？」

「まちがっていたら訂正してください。これらの生き物の少なくとも一部は、ほかの生き物にとっては獲物であるはず」カフランギはアパルナを見た。「そうだよな？」

アパルナはスクリーンに目をこらし、さまざまな種を見分けようとした。「そうだね」

カフランギはうなずき、ふたたびスクリーンを指差した。「この状況は、ワニが水辺で無力なガゼルの赤ちゃんを無視しているのと同じことです。ワニがもっといい獲物がいると思わないかぎり、こんなことは起きないんです」わたしに目を向ける。「キャニスター銃を撃ったことがあるよな。容器が破裂したときに生き物がどう反応するか知っているだろ。ほかのあらゆるものを無視してそれを追いかける」

「多かれ少なかれ」わたしは言った。「〝少なかれ〟でも軽視はできないが」

「厳密な効果ではない」カフランギは認めた。「だが原理はそういうことだ」

「ここにもフェロモンのようなものがあると？」マクドナルドが言った。「だとしても、それがドクター・ヒーリーの話とどう関係するんです？」

「フェロモンではありません」カフランギは言った。「フェロモンはキャニスターに入れるものの一部です。ほかにアクチノイドが入ってます。こっちの動物はアクチノイドに熱狂します。もちろん、ウランが一番好きなんですが」スクリーンを一時停止する。「こいつらがこういう行動をとるのは、そこにそういうものが大量にあるとき、少なくとも、大量にあると考えているときなんです」

「むこう側のこの場所に相当な量のウランがあるの？」ニーアムがたずねた。

「わからない、地図をチェックしてみないと」

「地質学者を自称しているくせに」

カフランギはこれを聞いてにっこり笑った。それはこの会議で初めて見られた心からの笑顔だったと思う。「ここはつい数週間まえに核爆発があったところです。だから、地元の生き物にとってはまだまだ魅力的な場所なんです。ベラがここで出産したのもそれが理由のひとつだったと考えられています。寄生体が自分たちとベラのために充分な食料を見つけられますから。しかし、これだけの大騒ぎとなると、じかに大量のアクチノイドを現地に持ち込んだか、少なくとも一時的にそういう印象をあたえる、なにか別のことが起きたんじゃないでしょうか」

「どんなことです？」マクドナルドがたずねた。

「よくわかりません。ただ、なんであれ、自然現象でないことはたしかです。これはおれたちがやったことです。人間が。核兵器のやりとりではないかもしれませんが」カフランギはニーアムにうなずきかけた。「それでも人間が関与しているのはたしかです」

「興味深いタイミングだな」サティが言った。

わたしはサティの言わんとすることを察し、マクドナルドとダンソに顔を向けた。「むこう側とはどれくらい連絡がとれないんですか？」

「ホンダ基地がゲートウェイを閉鎖するのは、ふつうは二週間くらいだ」ダンソが言った。

「もっと短くはできないんですか？」

「スイッチを入れるのとはわけがちがう。整備のために分解するんだ。それはもう始まっている。たとえ緊急事態であっても、すべてをもとどおりにして稼働させるまでには数日かかるだろう」

「これは緊急事態ですよ」ニーアムが言った。

「作業を早めさせるには、いまある材料では足りない」ダンソが言った。

ニーアムは信じられないという顔をした。「クソ怪獣がむこう側にいるというだけでは足りないんですか？」

ダンソはアパルナを指差した。「ドクター・チャウドリーが死角があるという話をしていた。まずはその死角をのぞけるようにするのが先決だ。こんな状況でオオカミ少年にはなりたくない」

「ちょっと待って」わたしは言った。「人びとがこちら側に入ってくる場所はキャンプ・センチュリーだけではないでしょう。ほかの大陸にもゲートウェイがありますよね」

「そうです」マクドナルドが言った。

「そちらにメッセージを送って中継してもらえないのですか？」

マクドナルドは首を横に振った。「ここのエアロスタットのネットワークはそれほど広くありません。カバーできるのは地元だけ――ここで言う地元とは、この北米大陸を意味します。ヨーロッパやアジアやオーストラリアにメッセージを送らなければいけないときは、ふつうはキャンプ・センチュリーを経由して、むこう側で中継しています」

「ほかになにかできることがあるはずです」

「ショウビジン号を使うことはできます。ヨーロッパにあるＫＰＳの基地に送ればいい。しかし、結局はそれでなにかが早まるわけではありませんし、わたしたちはここでショウビジン号を使いたい。どうしたって、むこう側へなにかを伝えたり送ったりできるまで、最低でも一週間は空白期間が生じるでしょう」

「もしもベラがむこう側にいるなら、そのころにはとっくに気づかれているでしょうね」アパルナが言った。たしかにそうだ。怪獣を見逃すのはなかなかむずかしい。

「それでも答は必要だ」ダンソは言った。「ほかのだれのためでもなく、まずはわれわれ自身のために。われわれの仲間になにが起きたのかを知る必要がある。それが起きた理由も、できるかぎり突き止めなければ」

「計器パックのことですが」わたしは言った。「どれも作動しているんですか？」

「おそらく」ニーアムが言った。「状況次第だね。古いやつは電力が低下して、地元の野生動物にも荒らされてるけど、まだ動く。現場に派遣されたチームが新しいものと交換したときに電源を落としていなければ。新しいやつは問題なく動くはずだけど、電源を入れる必要がある。それに古いやつは失われたかもしれない。もしもチョッパー1号に積まれていたのなら、あれが――」ニーアムはその先をうまく口にできず、言葉を切った。そしてしばらく間を置いてから続けた。「いずれにせよ、ショウビジン号が現場に着いて、計器パックからのデータを受信して、それをこっちへ送信してくるまでは、データを入手することはできない。まだ送信されていればの話だけど」

わたしはサティに目を向けた。「ショウビジン号の準備ができるまでどれくらいかかりますか？」

「少なくとも数時間だな」サティは言った。

わたしはうなずき、立ちあがった。「じゃあ、行こうか」

サティはにやりと笑った。この日初めて見た彼の笑顔だった。「それはおれの台詞だ」彼はそう言って立ちあがった。

「どういうことですか？」マクドナルドがたずねた。

「わたしたちには答が必要です」わたしはこたえ、ダンソにうなずきかけた。「まだ日没まで数時間あります。だから見に行くんです」

「知ってるだろうが、そこには人間を喜んで食べる生き物がうようよしてるんだぞ」カフランギが言った。

「はい」

「現場を」

「ああ」わたしは言った。「いっしょに行きたいか？」

「行きたいか？　とんでもない。でも行くよ」カフランギは言った。「おまえには背中を見張ってくれるやつが必要だからな。そのまえに研究室に寄らせてくれ。いくつか新しいフェロモンの処方に取り組んでいるんだ。おまえも試してみたくなるかもしれない」

「わたしといっしょに試すつもりなのか？」

「いや、おれは対照被験者にならないと」

わたしは目をしばたたいた。「本気か、おい？」

カフランギはまたにやりと笑い、くすくす笑いながら首を横に振った。「すまん。きつい一日だったからな。どうしてもおまえのその顔を見たかったんだよ」

22

「これが新作だ」カフランギがわたしに言った。

チョッパー2号は現場に近づいていた。カフランギは後方の乗客席から身を乗り出し、日焼け止めローションみたいなものが入ったスプレーボトルをわたしに手渡した。

わたしはそれを受け取った。「なんなんだ？」

「サプライズはいらないのか？」

「いや、それは本気で遠慮したい」

カフランギはうなずいた。「このフェロモンがあれば、だれもがおまえを怪獣だと思う」

わたしは眉をひそめた。「なにかいいことが？　怪獣には寄生体が寄ってくる。でかいやつだ。わたしと同じくらいの大きさのやつもいる」

「そのとおり。だが、ベラの寄生体はみんな彼女のところにいる。とにかく、そのほとんどが。ここに残っている生き物はおまえのことを山腹のようなものだと考えるだろう。おまえは風景の一部になるんだ。みんなおまえを無視してくれる」

「それはたしかなのか？」

「基地でヤシガニを相手に試してみた。みんなおれがそこにいないかのように振る舞った」

「ああ、でもヤシガニはきみを殺さない」

「やつらも殺せるなら殺すぞ」

「もしもこのエリアに寄生体がいたら？　たとえば、ベラがどこかへ去ったときに取り残されたやつとか」

「おそらくやつらは混乱するだろう。近づいてくるかもしれないが、おまえが怪獣じゃないから、そのまま無視してどこかにいるはずのほんものの怪獣を探すはずだ」

「おそらくか」

「近いうちに実地試験をする予定だったんだ。今回は急だったからな」

「聞けば聞くほど不安になる」

「ああ、だからこれも持ってきた」——もうひとつのボトルを掲げて——「おまえがすでに知っていて使っているやつだ。それと、これもある」カフランギはキャニスターランチャーを持ちあげた。

「二人とも準備はいいか？」サティがわたしにたずねた。

わたしは背後へ目をやった。カフランギがうなずいた。

「準備よし」わたしは言った。

「時間をむだにするな」サティは言った。「素早く探せ。見つけたものはすべてヘリに持ち帰り、ただちに帰途につく。今夜にはショウビジン号が来て、データ収集を引き継いでくれる。ここでなにが起きたにせよ、二度と同じことを繰り返させたくない」

「急ぎます」わたしは約束した。

サティはうなずき、機体を降下させた。ヘリコプターがホバリングしているあいだに、わたしとカフランギはスプレーボトルと武器を手に外へ出て、貨物室から計器パックを取り出した。ほかの計器パックがどうなったにせよ、地上に降りればなにか報告できることはあるはずだ。わたしが親指を立てると、サティはわたしたちがローターからの風で吹き飛ばされたりしないところまで高度をあげた。なにかあってもわたしたちが素早く脱出できるようにしておくつもりなのだ。

「よし、じっとしてろ」カフランギがわたしに怪獣カモフラージュを吹き付けた。

わたしはそのにおいで窒息しかけた。「うわ、これはひどいな」

「花の香りがしたらだいないしだろう」カフランギはわたしの頭からつま先へ、まえからうしろへとスプレーを吹き付け続けた。それがすむと、今度はわたしにスプレーを手渡した。「次はおれだ」

わたしは同じようにフェロモンを浴びせかけた。カフランギは同じように窒息しかけた。

「たとえ効果がなくても、やつらがわたしたちを食べるときに、まずい思いをさせてやることができるな」わたしはカフランギにスプレーを返した。

カフランギはそれをしまった。「どこへ行く？」

「アパルナが計器パックを設置した場所をおぼえている。そこから始めよう」わたしは最初のパックがあるはずの方向へ歩き出した。

ほんの数分でそのパックを見つけた。交換品もいっしょだった。

「おれが見ているものは気のせいではないと言ってくれ」カフランギがわたしに言った。

わたしは首を横に振った。「気のせいなんかじゃない」ふたつの計器パックは粉々になり、中身も壊れていた。もう少しじっくり見てから、わたしは言った。「記憶装置がなくなっている」

「そこらに散らばっているのかも。最近はいろんなものが動きまわるからな」

「これが地元の生き物にやられたように見えるか？」

「わからない」カフランギは認めた。「計器パックがこの惑星の環境に対応できるよう設計され、何年もかけて微調整されてきたことは知っている。それでも、ただ踏みつけられただけという可能性はある」

次の設置場所でもまったく同じことが両方の計器パックに起きていた。破壊され、データの記憶装置がなくなっていた。

「ああ、わかったよ、たしかに偶然ではないな」カフランギは言った。

「新しいパックはここに置いていこう」わたしは提案した。

カフランギはうなずいてパックの設置にとりかかり、わたしは見張りを続けた。いつもなら、そろそろ近くの生き物がこちらに関心をいだき、捕食者のフェロモンをいやがって逃げ出すか、それでも品定めを続けるかのどちらかになる。今回は、顔やそのほかの場所を刺す小さな虫を別にすれば、わたしたちを避けたり追いかけたりするものはいなかった。生き物たちはただ……わたしたちを無視していた。

「すごい」そのことに気づいて、わたしは言った。「きみのカクテルが効いている」

「まあ、いまのところはな」カフランギはパックと格闘しながら言った。「実は二番目のバージョンなんだ。最初のバージョンは悲惨だった」

「どういうこと?」

「すべてがこちらを無視するのではなく、すべてが本気で怒り始めた。怪獣が攻撃を受けているとかなにかそういう合図を送ってしまったんだと思う。ぎりぎりで階段までたどり着いたんだ。まるでヤシガニのゾンビの大群みたいだった」

「そのキャニスターと混ぜないでくれてありがとう」

「どういたしまして。おまえにそれをスプレーしたくなるようなことは絶対にしないでくれ」

わたしはにやりと笑い、それからベラのいた方向へ目をやった。そのとたん、なにかが大きな閃光を発した。

「おっと」わたしは言った。

カフランギが顔をあげた。「どうした？」

「わからない」わたしはヘッドセットでサティに連絡した。「いまなにか見えました？」

「おやつになりそうなくらいのろのろと動いている二人以外にか？　いや」

「ベラがいたエリアから目を離さないようにしてください」

「なにを探せばいいんだ？」

「見たらわかります」

「そっちの作業はだいたい終わったのか？」

「あと二箇所あります」

「おれと話して時間をむだにするな」サティはカチッと接続を切った。

「終わった」カフランギが言って、ベラのいた方向へ目を向けた。「なにを見ているんだ？」

「閃光が見えた気がした」

「昼間だぞ」

「わかってる。だから見たような気がするだけなんだ。気のせいかもしれない」

「歩きながら見張っていよう」

「きみが見張ってくれ。わたしはわたしたちを食べようとする連中を見張るから。きみの新しいフェロモンが効かなくなったときのために」

次のパックの設置場所には、古いほうがひとつだけ残っていた。もはや驚きではなかったが、それは粉々に壊れていた。

「もうひとつはどこだ？」カフランギが言った。

あたりを見まわすと、数メートル先になにかあるのが見えた。「来てくれ」

わたしたちはその物体に向かって歩いた。それは新しいほうの計器パックだった。ほかのと同じように、それも粉々に壊れていた。

だがほかのとはちがって、粉々になった計器パックには弾丸がめりこんでいた。

「おい」わたしは声をかけて、カフランギにそれを見せた。カフランギはひと目見たとたん、二人の気持ちを単語ひとつで要約した。

「クソっ」

「リドゥ・タガクがここで弾丸を発射するようなものをだれかに持たせると思うか？」

「いや。ショットガンならあるかも。ライフルはないな。彼女はおれたちの射撃能力をそこまで信用していない」

「きみが正しかったということだな。だれかが障壁を通過してきたんだ。だれかが障壁を通過してきてこれを撃ったんだ」

カフランギはうなずいた。「おそらくエアロスタットも撃ち落としたんだな。チョッパー1号も。クソっ」彼は嫌悪をあらわにして顔をそむけた。

わたしは向きを変え、粉々になった計器パックをほうり出した。そのとき、視界の端でかすかに光るものがあった。

「うおっ、いまおまえの言っていた閃光を見た気がする」カフランギが言った。

わたしはカフランギに向き直った。彼はわたしがかすかな光を見たのとは反対の方向へ目を向けていた。わたしは自分が見たと思うほうへ歩き出した。

「どこに行くんだ?」カフランギがたずねた。

「わかった、今度はおれにも見えたぞ」サティの声がヘッドセットから流れてきた。「なんだったんだ、あれは?」

わたしは二人を無視して倒木のそばにしゃがみ込んだ。苔と藻類に隠れるようにして、なにか物体があった。わたしはそれをひろいあげた。

スマートフォンだ。

どうやら意図的に置かれたものらしく、カメラがベラのいた方向を向いていた。

「おい」わたしはもう一度、今度はもっと静かに言った。

「ジェイミー?」カフランギが近づいてきた。

わたしは振り返って彼にスマートフォンを見せた。

「こんなものがなんでここに?」

「わざとここに置いたんだと思う」わたしは電源ボタンを押した。反応がない。充電が切れていた。ヘリコプターとの回線をひらき、呼びかけた。「マーティン」

「おれも閃光みたいなのを見たぞ」サティがまた言った。

「了解。それとは関係ない質問です。チョッパー2号にスマートフォンの充電器はありますか?」

「なにが?」

「スマートフォンの充電器です」

「電話でもかけるつもりか?」

わたしはスマートフォンの底を見た。「できればUSB-Cの端子があるやつで」

「チョッパー2号にはUSBポートがふたつあって、おれが持ってる複数の端子がついたケーブルにはUSB‐Cもついてる。なぜだ？」

「あと二分ほどです。回収の準備をしてください」わたしは回線を切ってカフランギを見た。「最後の設置場所でなにを見つけるかはもうわかってるけど、たしかめないと」

カフランギはうなずいた。「よし」

わたしたちは小走りに最後の設置場所へ向かい、そこでふたつの壊れた計器パックを見つけた。足を止めもせずに、それらが粉々に破壊されていることだけ確認すると、すぐにサティが待っている回収地点に戻った。わたしたちが飛び乗ると、ヘリコプターは上空へまっすぐ舞いあがった。

サティが自分の座席と副操縦士席とのあいだにあるコンソールを指差した。わたしはシートベルトを締めてコックピット用のヘッドセットを装着した。

「ケーブルと充電器はそこだ」サティはそう言って、わたしがスマートフォンを取り出して差し込むと、ちらりと目を向けてきた。「なぜそんなにあわてておまえのスマートフォンを充電する必要があるんだ？」

「わたしのスマートフォンではありません」

「だれのだ？」

わたしは首を横に振った。「わかりません。でも、持ち主がだれであれ、現場で起きていたことを記録するくらい賢い人だったんだと思います。あとは、その人がもうひとつ別のことをするくらい賢かったことを祈るだけです」

「なんだ？」

「画面ロックをオフにする」

「これは見るのも聞くのも容易ではありません」わたしは会議室にいる全員に警告した。

だれもがうなずいていた。前回のグループが再集結していて、みんなわたしがなにか見つけたことは承知していたが、内容の見当がついているのはカフランギとサティだけだった。わたしはノートパソコンを開けて、壁面モニタに接続し、最初のビデオファイルをひらいた。あらわれた静止画の中で、トム・スティーヴンスがすでに設置したカメラをのぞき込んでいた。そばの地面に計器パックが置かれていた。

わたしはビデオを再生した。

「あまり時間がないみたいだ」トムがビデオの中で言った。「ぼくたちが着陸して、計器パックの設置を始めたとき、バンという音がして、エアロスタットがなにかに撃たれたのが見えた。ほとんど間を置かずに、ヘリコプターも撃たれた。それから兵士みたいな連中が機材を手にベラのほうへ向かうのが見えた。ぼくたちを見つけると、何人かが発砲を始めた。ぼくたちはいっせいに逃げ出した。いまはやつらに追われている。ぼくたちを殺すつもりだと思う。やつらが何者で、どこから来たのかはわからない。このスマートフォンはベラのほうへ向けている。このまま動かしておくつもりだ。やつらに見つからないといいけど。タナカ基地のだれかが見つけてくれることを祈る。ほかになにを言えばいいのかわからない。ぼくはもうここを離れる」

トムは計器パックを手に取り、立ちあがると、わざとスマートフォンから離れるほうへ歩き出して画面から消えた。

数秒後、迷彩服を着て軍用ライフルのようなものをかまえたほかのだれかが画面にあらわれ、トムに止まれと叫んだ。そして叫びながら画面を横切って姿を消した。わたしはビデオを一時停止した。

「ここからは音が少し聞こえづらくなるので、音量をあげます」わたしが言うと、全員がうなずいた。

音量をあげてから、ふたたびビデオを再生した。

周囲の雑音はかなり大きくなったが、次に聞こえてきた声はかろうじて聞き取れた。

まず、トムが言った。「ぼくは武器を持っていない」兵士のほうのよく聞き取れない怒鳴り声がして、次にトムが言った。「ぼくはタナカ基地から来た。きみたちはだれだ、なぜここにいる？　どこから来たんだ？」

ふたたび聞き取れない声。

「ぼくたちは科学調査のためにここにいる。きみたちはなんのためにここにいるんだ？」トムが言った。

「わざとやってるんだ」ニーアムが言った。

「なにをですか？」マクドナルドがたずねた。

「はっきりと話している。聞き取りやすく。トムは自分の言っていることが確実に録音されるようにしているんです」

マクドナルドは返事をしかけたようだったが、そのときトムがまた口をひらいた。「どうやって通過した？　ここに来ることをどうやって知った？」

それに対して、さらに怒鳴り声。

「ぼくはここでなにが起きているのか理解しようとしているだけだ」

兵士のほうからひとりごとのようなつぶやき声が聞こえ、そのあと、より攻撃的なもごもごという声がした。

「計器パックを分解することはできない。基地で密閉して壊れにくくしてあるから、なにがあってもデータは取れる。なぜ分解させたいんだ？」

叫び声。今度は〝クソ〟という単語もはっきりと聞き取れた。

「反論するつもりはないよ。できることとできないことを説明しているだけだ」

またつぶやき声。

「わかった、パックをここに置いて、そばから離れるよ」

静寂のあと、ライフルを発砲した単調なパーンという音がした。

「それは頑丈だと言っただろう」トムが数秒後に言った。

ふたたびパーン。

「すぐにチームメイトのところに戻りたい」トムがしばらくして言った。「みんな怖がっている。ぼくも怖い。きみはぼくたちのデータを壊し、ぼくたちが基地と通話できないようにした。きみがここでなにをするつもりでも、ぼくたちはそれを止めることはできない。なんのじゃまにもならないだろう」

つぶやき声。数秒後、また兵士が画面にあらわれた。トムに武器を向けたままあとずさりし、ヘッドセットに必死に語りかけている。

「なあ、こいつをどうしろというんだ？」近づいたので、男の声は聞き取りやすくなっていた。「ここにはだれもいないと聞いていた。おれたちがいるあいだは、だれもここには来ないと言われたんだ。おれはこのクソ野郎をつかまえてるし、部隊のほかのやつらはこいつの仲間の子守をしてる」

男は立ちあがり、イヤホンに耳をすました。

「いや、だからそう言ってるだろ」兵士は話をしているだれかにこたえた。「おれたちはもうヘリコプターを落とした。この連中にはなにもする必要はないんだ。このバカどもをどうこうする必要はない。裸にしてジャングルにほうり込めばいいだけだ。仲間があらわれるまえに死んでるさ。弾丸をむだにすることはないだろう？」

ふたたび間。そしてため息。

「クソっ。わかったよ」兵士は言った。「おれたちはこの件で特別手当をもらってる。ヘリを落とした分はさらに追加でもらうからな」

会議室にいる全員の視線が、けわしい顔ですわっているサティに向けられた。彼はこの部分をすでに聞いていたのだ。

「ああ。そうだ。わかった。わかったよ」兵士はそう言うと、また画面の外へ姿を消した。

数秒後、トムが言った。「こんなことをする必要はないのに」

そしてまたもやライフルの単調な発砲音。さらにもう一度。

部屋は静まり返り、何人かの静かな嗚咽だけが響いた。だれもが画面の外でなにが起きたかを悟っていた。

ふいに兵士が画面に戻ってきて、あたりを見まわした。

「こいつ、見られたかどうか確認しているんだ」ニーアムが言った。

兵士はスマートフォンを見つけるまえに、別の問題をかかえていた。発砲音と突然の流血に引き寄せられて、ジャングルの生き物が集まってきたのだ。兵士はライフルを振りあげて威嚇し、足早に画面の反対方向へ姿を消した。数秒後、兵士を追う生き物の四肢が画面上を流れ過ぎていった。

「こいつらにつかまって食われたと思いたいな」ダンソが言った。

「現場に着いたとき、トムの姿はまったく見なかったのですね」マクドナルドがわたしとカフランギに言った。

わたしたちはうなずいた。

「基地の仲間にしても、正体不明の侵入者にしても、亡骸はいっさい見ていません」わたしはビデオを一時停止にして言った。「あの兵士が言ったとおりです。あそこの生き物は獲物をすべてジャングルの中へ運んでいくんです」

マクドナルドは悲しげにうなずいた。

「こいつらはいったいなにをしている？」ダンソが言った。「そもそもなぜあそこにいるんだ？」

「その答はこちらにあります」わたしはいま見ていたビデオファイルを閉じ、別のファイルをひらいた。「いまのビデオとこれから流すビデオとのあいだには複数のビデオがあります。スマートフォンはビデオを自動的に五分程度のファイルに切り分けます。メモリ節約のためです。これがありがたいのは、たとえ充電が切れてもビデオ全体を失わずにすむところです」わたしは見つけたビデオを再生した。

「いま見ているのは？」マクドナルドが流れ始めたビデオを見ながらたずねた。

わたしは、画面に見える樽くらいの大きさの物体を指差した。それぞれが数メートルずつの間隔でならんでいる。「これです」

「これは？」

「わかりません。でも、ベラと卵のまわりに境界を作るために使われているんだと思います」

「なるほど、しかしなぜだ？」ダンソが言った。

「これのためです」わたしはビデオを指差した。

ビデオの中で、樽のように見えたものが急に光り始めた。そのあと、カメラのセンサーをくじけさせるほどの閃光が走り、雷が落ちたような雷鳴がとどろいた。

センサーが復活したとき、ベラ、卵、樽、そしてすべての侵入者が姿を消していた。

「まいったね」ビデオが停止したあとで、ニーアムがつぶやいた。「いったいどうやってあんなことを？」

23

長く、消耗する一日で、言いようのない精神的ダメージがあった。夕食を少しだけ口にしたあと、わたしは早めにベッドに入ってなんとか眠る必要があると判断した。結局は、何時間も眠りにつくことができないまま、その日のできごとを頭の中で再生し、シルヴィア・ブレイスウェイトから贈られた鉢植えを見つめることになった。

「うまくいかないな」わたしは植物に語りかけた。植物は同情してくれたようだったが、なにも言わなかった。

部屋のドアがひらき、ニーアムがあらわれた。「やあ」

「ノックと呼ばれるものがあってね」

「なんと呼ばれているかは知ってるよ。しなかっただけ」

「わたしは眠っていたかもしれない」

「今夜はだれも眠ってない」

「あるいはマスをかいていたかも」

「今夜はまちがいなくだれもそんなことはしてない」

「一理あるな」

「リビングに来てくれないかな」

「どうした?」

「あることであんたの助けが必要なんだ」

「あることって?」

「ベッドから起きてリビングに来ればわかるよ」

ニーアムは戸口から姿を消したが、ドアは開けたままだったので、リビングからの光がまだあふれるほど差し込んでいた。わたしはニーアムは上司ではないということをしめすだけのために、さらに一分ほど横たわっていたあと、起きあがり、コテージの仲間たちの書類やノートパソコンで散らかったリビングルームに入った。

「当ててみようか。わたしが必要なのは後片付けをさせるためだろう」わたしは言った。

「たしかに、おまえは物を持ちあげる」カフランギが言った。「だが、用事はそれじゃない」

「あなたの助言が必要なの」アパルナが言った。

「助言というより、話を聞いたうえで、おまえたちは完全にイカれてはいないと言ってほしいんだよ」ニーアムが付け加えた。

「わかった」わたしは共用のテーブルについた。「どうしたんだ?」

アパルナも腰をおろした。「ベラをフェンスのこちら側に連れ戻さなければいけない。なんとかして。できれば今夜にでも」

「なぜ?」

「そうしないと、ベラが爆発すると思うから」

「原爆のように爆発するという意味か」

「そう」

「カ、カ、カナダで」

「そう」

「ベラをこっちに連れ戻すというのは……難題だな」わたしはひと呼吸おいてから言った。

「あたりまえだよ」ニーアムも腰をおろしながら言った。「でも、手立てはあるかもしれない。それなりの」

「ちょっと待った」わたしは手をあげて、アパルナに注意を戻した。「〝ベラが爆発する〟というところを説明してくれないか。彼女は大丈夫だと思ってたのに」

「大丈夫だった」アパルナは強調した。「こっちではね。でもいまはこっちにいない。ベラはむこうにいる。むこうの、わたしたちの地球では、環境が大きく変わってしまう。大気はここほど濃厚ではないし、酸素も豊富ではない。そしてずっとずっと寒い。ラブラドル半島は十月下旬。文字どおり凍りつくほど寒い」

「それが怪獣に影響するのか」

カフランギが首をかしげた。「ああ。だが寄生体にはもっと影響がある」

「寒さで寄生体はすでに死にかけている」アパルナはノートパソコンを手に取り、ファイルをひらいてわたしに見せた。全文を読むと思っているのだろうか。「具体的には、ベラの冷却と通気のシステムとして働く寄生体。この寄生体は多くの怪獣種に共通しているから、わかっていることもたくさんある。すごく寒さに弱いの。気温が摂氏十度以下になると次々と死に始める」

わたしはぽかんとアパルナを見た。

「華氏で言えば五十度」アパルナはかろうじていらだちを抑えつけた。

「なるほど」

「気温だけじゃない」カフランギが言った。「怪獣も寄生体もより濃厚な大気とより豊富な酸素に慣れている。連中がおれたちの地球へ行くというのは、人間が標高六千メートルの土地でマラソンをしようとするのと同じことだ」

「じゃあ、酸素不足でも寄生体は死ぬのか」

「すぐに死ぬことはないけど、活動の効率が大きく落ちる」ニーアムが言った。「そしてそれは怪獣に影響をあたえる。ベラが影響を受ける」

「ベラは飛行種の怪獣」アパルナが言った。「空飛ぶ怪獣というのは特に通気システムが複雑になってる。それがなければ飛ぶこともできない。そして通気システムは体内の原子炉の冷却と密接な関係がある。通気システムを制御している寄生体が弱まって死滅すれば――」

「ベラは爆発する」わたしはあとを引き取った。

アパルナはうなずいた。「そう」

「今夜」

「まちがいなく明日には」

「どうしてそれがわかったんだ?」

「ここからはあたしの出番だね」ニーアムが言った。「あんたも手伝ったんだよ」

「わたしが?」わたしは驚いて言った。

「ちょっとだけだから、うぬぼれないで」

「わかった。そのほうがいい」

ニーアムはにやりとした。「あんたとカフランギが現場にいたとき、二人ともあの閃光に気づいた。マーティン・サティも。まえに見たのと同じような閃光だけど、今度のはずっと強くて、昼間でも見えるくらいだったし、より頻繁に発生している。あんたが地上に戻してくれた計器パックからデータが届いているおかげで——」

「どういたしまして」

「ショウビジン号からも届いているけどね。あの閃光は、ベラの原子炉の活動によって生じた放電が、彼女を障壁の人間側に引っ張り込むときに使われたなんらかのエネルギーと反応したんだ」

「閃光はより強くなり、より頻繁に発生している」カフランギが言った。「ニーアムはベラの原子炉の温度があがって圧力が高まったことが関係していると考えている」

「ああ、そのことだけど」ニーアムが言った。「もうひとつあってね。閃光が起こる直前は、世界のあいだの次元の障壁がもっとも薄くなる。今度の閃光はすごく強いから、計算上、それが起こる直前には障壁がほとんど存在しないことになる」

「ほとんど」わたしは言った。

「まだそこにあるのはたしかだよ」ニーアムは強調した。「でもあたしは簡単に破壊できると考えている。もう少しエネルギーがあれば、とおり抜けることもできるはず」

「あるいは送り出すことも」わたしはベラのことを考えながら言った。

「ほら」ニーアムがカフランギに言った。「ジェイミーは完全に頭が腐ってるわけじゃないと言っただろ」

わたしはカフランギを見た。「わたしの頭が腐ってると言ったのか?」

「言ってないぞ」カフランギは抗議した。

「問題は」ニーアムは、わたしへの中傷について弱々しい弁解を続けるカフランギを無視して、話を続けた。「この現象がより強くなり、より頻繁に起こるとすれば、ベラの原子炉が過熱状態にあるということなんだよ。そのあとどうなるかは、まあね」

「閃光はランダムに出現したり強まったりするのか？」

「いい質問だね。またしても、あんたはカフランギの評価を凌駕している」

わたしはカフランギに目を向けた。

「ぜんぶ嘘だ」カフランギはつぶやいた。

「ランダムではないよ」ニーアムが言った。「閃光の間隔が短くなるにつれて強さは増している。それをグラフにしてきたんだけど、いまからおよそ十六時間後になにかが起こるのはまちがいない」

「なにが？」

「アパルナの話を聞いただろ」

わたしはうなずいた。「あの境界装置はどう関係してくるんだ？」

ニーアムは嫌悪をあらわにした。「ああ、あのクソな代物ね」

「こっちはおれの担当だ」カフランギが言った。「それについてはひとつ仮説がある」

「仮説だからね」ニーアムが吐き捨てた。「事実とはちがう」

「おれがおまえの比喩を拡大適用したことにいらついてるのか」

「あたしがいらついてるのはそれがクソな考えだからということと、物理学者として、あんたがとてもご立派な地質学者に見えるから」

「みんな仲良くして」わたしは言った。

「実際にはかろうじて地質学者といったところなのに」ニーアムは締めくくった。

わたしはカフランギに目をやった。「それで？」

「ニーアムはあの閃光を静電気の放電のようだと言っていた」ここでカフランギはニーアムをにらみ

つけ、あえて反論を求めたが、それはなかった。「正確には静電気のようなものではないが、比喩としてそう考えるのは適切だと思う。おれはあの境界装置が作動してベラと卵を連れ去るビデオを見て、電磁石が電流を発生させるのを連想した。それと似たようなことがここで起きていて、電流を発生させる代わりに、おれたちの世界とこの世界のあいだの障壁を崩壊させているんだろう。そのために核反応を使う必要もなく」

「ゴミみたいな仮説だね」ニーアムが言った。

「利用可能なデータに合致しているけどどな」カフランギが反論した。

「その利用可能なデータとやらは、たった十秒間のビデオだし」

「生き物があの現場に、そこにウランでもまぶしてあるかのように群がっているという事実もある」

「ベラの原子炉だけではありえないほど障壁が薄くなっていることを証拠がしめしているという事実もあるね」アパルナが付け加えた。

「なるほど」ニーアムが言った。「あんたはそいつの味方なんだ」

「彼の側にはデータがある」

ニーアムは息を詰まらせた。

「きみは……本気でカフランギに怒っているわけじゃないんだろう?」わたしは言った。

「当然だよ。こいつがあたしよりも先に合理的な仮説を思いついたことに腹を立てているだけ」ニーアムは目をほそめてカフランギを見た。「しみったれた化学者のくせに」

カフランギはそれを聞いてにやりと笑った。

「それでどうするんだ?」わたしはアパルナにうなずきかけた。「きみの話だと、こっちに連れて帰らなかったらベラは死んで、カナダの一部を道連れにする」それからニーアムに目を向ける。「きみの推定だとそうなるまでの時間は一日もない」最後にカフランギを指差した。「きみの話だと、ベラを連れ戻すためには、彼女をむこう側へ連れていったのと同じ境界装置を使うしかない」

カフランギは目をしばたたいた。「そんなことは言ってないぞ」

「明らかにそうほのめかしていた。いまはあの装置は作動していないだろうが、ベラの原子炉が障壁を薄いままにしている。でも、いまくらいの薄さでは充分ではない。ベラが戻るためには、装置をふたたび作動させる必要がある」

「そうだね」ニーアムは言った。「それがひとつの問題。ほかにも問題は山積みだけど」

「そもそも、わたしたちがむこう側へ行けないし」アパルナが言った。

「たとえ行けたとしても、歓迎委員会が出てくる」カフランギが付け加えた。

「ベラを盗んで、そのためにわたしたちの仲間を殺した連中のことか」わたしは言った。

「ああ、そいつらだ」

「たとえむこう側へ行けるとしても、マクドナルドとダンソはイエスとは言わないよ」アパルナが指摘した。

わたしはうなずいた。前回の会議のあと、あの二人は、ホンダ基地に緊急メッセージを送って、タナカ基地で起きた事件について伝え、ゲートウェイの再構築を優先してもらうということで合意した。たとえホンダ基地がそれに同意しても、それでなにかが変わるのは何日も先のことだ。それまでのあいだ、マクドナルドとダンソはベラのいた現場を立ち入り禁止にした。例外はショウビジン号の乗組員だが、彼らも新しいエアロスタットが再配置されたらその場を離れることになっていた。

「わたしたちは今日だけで六〇年代以降に失った以上の仲間を失いました」マクドナルドはそう言っていた。「あの兵士たちは殺すための訓練を受けていて、殺すことになんのためらいもありませんでした。わたしたちの仲間が現場にいるときにふたたび彼らがやってくるような危険をおかすことはできません」

もちろん、マクドナルドとダンソの言うことは正しい。たとえこちら側のだれかが障壁を通過できたとしても、その先では殺人者たちが待ちかまえているのだ。そんなことを試みるのは愚かであり、自殺行為になりかねない。

とはいえ、わたしたちがなにもしなかったら、ベラは死んで、ラブラドル半島のかなりの部分を道連れにするだろう。たしかに、そこはほとんど人が住んでいない場所だ。

ベラが移動しないかぎりは。

「むこう側でもベラは飛べるのか？」わたしはアパルナにたずねた。

「上手ではないね」アパルナは少し考えてから言った。

「つまりイエスなんだな」

「いまは飛びたがらないぞ」カフランギが言った。「卵があるからな」

「飛びたがらないけど、脅威が迫ったり危険を感じたりしたら飛ぶだろ？」わたしは言った。「たとえば、だんだん息苦しくなって体が熱くなったような気がするとか。ベラの体内で空気を動かしている寄生体が寒さと酸素不足で死に絶えたらそういうことになる」

「むこう側にはベラの行けるような場所があまりないんだよね？」アパルナが言った。

「タナカ基地はラブラドル半島のハッピーバレー・グースベイとほぼ同じ位置にある。人口一万人くらいかな。あとはカナダ軍の基地がある。そしてどちらも川と海の入り江に面している」

アパルナはうなずいた。「そしてベラは水を探すはず」

「探す？」ニーアムが言った。「いままさに水辺にいるのに」

「むこう側ではそうとは限らない」わたしは言った。「ベラがいまいる場所で苦しんでいるなら、どこかほかの場所へ行こうとするだろう。百キロメートルの範囲内で唯一の明かりがある、巨大な水域のすぐそばとか」

「カナダの軍事基地が怪獣に襲われるというのはあまり見た目がよろしくないな」カフランギが言った。

「そして爆発する」ニーアムは言った。「一万人のカナダ人を道連れに」

「ベラが移動する可能性は高いのか？」わたしはアパルナにたずねた。

「わからない」アパルナは言った。「こんなことはいままで起きたことがないから。でもカフランギの言うとおり。ベラが動くことはない。どうしてもそうしなければと思わないかぎりは。だから、もしも動いたとしたら、爆発するまであまり時間がないかもしれない」

「ベラを連れ戻したらどうなる？　それでも爆発するのか？」

「こっちへ戻れば、寄生体は死ななくなって、なにがあろうとベラの体内でより多くの空気を動かせるようになる。連れ戻すのが間に合えば、ベラは生きのびる。しばらくは幸せではないとしても、生きのびるはず。わたしはそう思う」

「それは気にするところ？」ニーアムが言った。「ベラが生きのびるかどうか」

「まあ」わたしは言った。「わたしたちは怪獣保護協会だからな」

全員が一瞬わたしを見つめた。

「そんなクソな名前を出すなんて、あんたらしいね、ジェイミー」ニーアムが言った。

「すまない」わたしは言ったが、本心ではなかった。「じゃあ、わたしたちでこれをやるということでいいんだな？　ベラを連れ戻すんだな？」

「むこう側へ行けないという小さな問題が残ってるが」カフランギが言った。

「そもそもこっちの現場までたどり着けないという問題も」アパルナが続けた。

「たとえむこう側へ行けても、喜んであたしたちを殺そうとする兵士たちがいるし」ニーアムが締めくくった。

「だからわたしをここに連れてきたんだな」わたしは言った。「きみたちはなにをしなければならないかわかっている。データがすべてを語っている。きみたちがわたしを必要としたのは、ここへ来てそれを口に出してもらうためだ。だから言わせてもらうよ。きみたちは正しい。イカれてなんかいない。ベラはこちら側へ戻らなければならない。それは今夜でなければならない。ベラは自分では戻れないから、わたしたちが手助けをする必要がある。しかもそれはわたしたちでなければならない。なぜなら、きみたちはほかの人にリスクを負わせたくないから。得られるはずのない許可を求めたくもないし。そうだろう?」

三人は顔を見合わせてから、またわたしに顔を戻した。

「正直なところ、怪獣を守るために今夜自分が死ぬかもしれないという覚悟があったのかどうかはわからない」カフランギは言った。「それでも、怪獣と一万人のカナダ人を救うためなら命をかけてもいいかもしれない」

「これできみを動かすものがわかった」わたしは言った。「一万人のカナダ人だな」

「参加するよ」アパルナがあっさりと言った。

わたしはうなずいた。

「あのね、あたしは参加しないとは言ってないの」ニーアムが言った。「参加はするよ。当然でしょ。でも、幸せなチーム結成の瞬間があろうと、むこう側へ行く方法どころか、あの忌まわしい現場へたどり着く方法さえわからないという事実は変わらないんだよ」

「ひとつ目についてはきみたち三人で検討してくれ」わたしは言った。「ふたつ目についてはわたしに考えがある」

マーティン・サティが航空隊のほかのメンバーと共有しているコテージの戸口にあらわれた。その顔つきや出てくる早さからすると、まったく眠っていなかったのだろう。

「待っていたぞ」サティが言った。

「待っていた？」わたしは言った。

サティはうなずいた。「参加する」

「わたしが……なにを頼もうとしているかわからないはずですが」

「いや、わかるさ。おまえが口にしようとしている正確な言葉まではわからない。だが、おれはおまえを知っている。おまえの友達も知っている。おまえがそれをほうっておけないことはわかっていた。そしておまえはほうっておかなかった。おまえには足が必要になる。だからおれが必要だ。おれは参加する」

「なんて言えばいいかわかりません」

「〝ごめんなさい〟と言えばいい」

「なぜわたしがあやまるんです？」

「おまえはもっと早く来ると思っていた」サティは言った。「起きておまえを待っていたんだぞ。これならひと眠りできたのに」

24

「あれを見て」アパルナの声がヘッドセットを通じて聞こえた。わたしたちは現場へ到着しようとしていた。

現場全体がかすかに金色に輝いていた。その光はだんだん強くなり、やがてわたしたちが予期していた閃光を放った。光はいったん消えたあと、次の閃光までゆっくりと強さを増していく。現場上空に浮かんでいるショウビジン号の底面が、その光をにぶく反射していた。

「やっぱりフラッシュライトはいらないみたいだな」カフランギが言った。

わたしたちは持参したリュックにフラッシュライトを入れていた。それ以外に、プルオーバー、各種フェロモンのキャニスター、救急キットに非常用品、プロテインバーと水、スクリーマー、電撃棒、キャニスターランチャー、ショットガンも入っていた。投射武器はだれがなにを得意としているかによって振り分けられた。わたしがキャニスターランチャーをまかされたのは、それで名をあげたせいだ。

「きっと必要になる」ニーアムが言った。「少なくとも、それなら梶棒代わりにして殴ることができる」

「緊張しているみたいだな」カフランギがニーアムに言った。

「もちろん緊張してるよ」ニーアムはぴしゃりと言い返した。「バカげた計画だし」

「おれの計画だからそう言っているだけだろ」

「あんたの計画だからというだけじゃないけど、まあ、それもある」

わたしは二人の言い争いをほうっておいて、サティに注意を戻した。「あなたの役割はわかってもらえましたか?」サティに念を押すためというより、自分を安心させるための言葉だった。

計器の明かりの中で、サティがうなずくのが見えた。「おれはおまえたちが通過できるかどうかを見極めるまで待機する。全員が通過できたら、おれはタナカ基地に戻る。一部だけが通過できたら、残りをひろってタナカ基地に戻る。一人も通過できなかったら、そちらからの連絡を待ったあと、全員をひろってタナカ基地に戻る。全員が通過したときは、おれがマクドナルドとダンソにおまえたちの計画を話す。一部だけが通過したときは、残ったやつが話す」

「あの二人はあなたを快く思わないでしょうね」

「とっくにそうなってる。基地への無線はずっと切ったままだ。おれたちが出発したときから呼びかけを続けているだろう。ショウビジン号のクルーはほぼまちがいなくおれたちを捜しているはずだ」

「ショウビジン号に退去しろと伝えるのを忘れないでください。もしもベラを連れ戻すことができたら、その場にいてほしくないんです。ベラが怖がるかもしれないので」

「伝えておくよ。やつらがおれの話を聞くかどうかは別の話だが」

「あなたに面倒をかけるのは残念です」

「おまえたちはもっと面倒なことになるぞ。おれは乗せてやっただけだ」

「とにかくありがとう」

「これはおれたちの仕事だ。というか、おれたちがやるべきことだ。おれもおまえと同じように友人を失った。ベラとおれたちの友人を奪ったやつらからベラを取り戻すこと、それをあいつらも望んでいるはずだ」

「わたしもそう思います」

「おまえがやつらを何人か撃ちたくなったとしても、おれは気にしないぞ」

わたしはにやりとした。「それはカフランギに言ってください。あいつはショットガンを持っていますから」

「たとえそうなっても、ショットガンを使うつもりはない」カフランギが言った。ヘッドセットの回線がチョッパー2号の乗客エリアでオープンになっていたので、話を聞いていたのだ。「ちゃんとほかのものを用意してある」

「充分だ」サティが言った。そこはほとんど現場の上空だった。「地上に降りるぞ」

ヘリコプターはショウビジン号を注意深く避けて降下した。そのとき飛行船に目をやると、クルーが必死に手を振っているのが見えたような気がした。わたしも手を振り返した。

地上に降りたヘリコプターが飛び去ったあと、わたしとカフランギは、まずアパルナとニーアムに、それからおたがいに向かって〝わたしは怪獣〟フェロモンを吹きかけ、自分たちとリュックにたっぷりと染み込ませた。

「兄さん《メイト》、このクソはひどいにおいだよ」ニーアムがカフランギに言った。

「おれを責めるな」カフランギが言った。「おれは怪獣の生態を決めたわけじゃない、利用しているだけだ」

「少し遺伝子操作をしたらどうかな。怪獣をいいにおいにするんだ。こっちの地球はどこもかしこも濡れた犬みたいなにおいがする」

「いいにおいの正体を知ってるか？　怪獣とその寄生体を殺人モードに駆り立てるフェロモンだ。もしもオレンジを思わせる香りがしたら、すぐに逃げろ」

「おぼえておくよ」

「忘れるんじゃないぞ」カフランギはスプレーをリュックに戻し、それを背中にかつぐと、周囲を見まわした。「これはすごいな」

そのとおりだった。地上で見ると、あの〝輝き〟は単一の光の絨毯ではなかった。何千、ひょっとしたら何百万という小さな光の粒が、空中に浮かんで、同時にゆっくりと明るくなっていくのだ。

「ホタルみたい」アパルナが言った。

「ホタルじゃない」ニーアムが言った。「よく見て」

わたしたちは目をこらした。点はそもそも点ではなく、一様ではないリングで、大きさも形も見ているうちに変化した。わたしが動くと、リングもいっしょに動いた。

わたしがそのことを伝えると、ニーアムはうなずいた。「あんたといっしょに動いているわけじゃないよ」

「三次元の存在だ」わたしは言った。

「それ以上のものだけど、あんたにはそれだけしか見えないんだ」

「学者ぶって」

「物理学者だよ」ニーアムは訂正し、指差した。「そしてベラがいるところに近づくほど大きくなる。ベラがいた場所、いるべき場所と言うべきかな」

わたしはニーアムの指が差すほうを見た。そのとおりだった。輝くリングは次第に多くの空間を占めていて、大きくなればなるほどそれに比例して光を拡散させていた。

「これらはすべて障壁が薄くなっている場所だ」カフランギがリングについて説明した。

ニーアムがうなずき、手をそのリングにとおしたが、なにも起こらなかった。「でも、まだ充分じゃない」

「まだだな」カフランギは同意した。

すべてのリングがいっせいに閃光を放ち、消えた。

「今度はフラッシュライトが必要だね」アパルナが言った。

輝きがふたたび始まった。いまはごくごく弱い。

「さてと」ニーアムが暗い顔でカフランギに言った。「あんたのバカげた仮説のバカげた試みはどこでやるの？」

カフランギはベラがいたはずの場所を身ぶりでしめした。「ベラがいた場所の近くは効果が強いみたいだ。そこでやってみよう」

わたしたちはかたまって歩き出した。まわりの生き物はわたしたちがそこにいないかのように振舞っていたが、いつでも休むことなくわたしたちの血を一滴残らず吸い取ろうとする虫たちだけは例外だった。

「ここらへんがよさそうだな」カフランギがある場所で言った。前腕とほぼ同じ長さになった光のリングがうっすらと見えている。「この先はもう大きくならないようだ。ここで試してみることに異論はないか？」

アパルナとわたしに異論はなかった。

「いくつかある」ニーアムが言った。

「さっさと吐き出して忘れてくれ」カフランギはリュックを背中からおろし、ジッパーを開けて中身をかきまわした。

「第一に、いや、もっと正確には繰り返しになるけど、これは仮説ですらない、ただの推測だよね」ニーアムは言った。「なんの根拠もないただの直感で、その直感自体がなんの根拠もないあんたの思いつきでしかない」

「そうだな」カフランギはリュックから小さなキャンバス地のバッグを取り出した。

「第二に、これは悪い科学。あたしたちがやろうとしているのは実験ではなく、降霊術に近い。ホメオパシー物理学のようなもので、あたしはそのために自分がここにいなければならないことが、そして、みんながなにかをしなければと感じたというだけの理由で自分がそれに賛同してしまったことが腹立たしくてならない」

「わかった」カフランギはバッグのジッパーを開け、中に手を入れた。

「第三に、そして先に述べた理由で、もしもこれがうまくいったりしたら、あたしはあんたを永遠に憎む」

「了解」カフランギは言った。「手を出して」

ニーアムはひと声うめいて言われたとおりにした。カフランギは小さな円筒形の物体を四つ、ニーアムの手のひらに落とした。

ウラン燃料のペレットだ。

「こんなのバカげてる」ニーアムはぶつぶつと言った。

「障壁が核反応によって薄くなったり消えたりすることはわかっている」カフランギはさらに四つの円筒をバッグから取り出した。「ベラを連れ去ったやつらは、核反応そのものではなく核物質を使ってベラに力をあたえる方法を見つけたんじゃないかと思う」彼はわたしに合図し、わたしは手を差し出した。「現時点の障壁はベラの力だけで本来よりも薄くなっている。つまり、なんらかの残留効果が持続しているわけだ」彼は円筒をわたしの手のひらに落とした。のっぺりした灰色でひんやりしていた。「となれば、精製された核燃料が障壁に著しい影響をあたえるという仮説も非現実的ではないはずだ。もしかしたら、おれたちが通過できるほどかもしれない」

ニーアムが顔をしかめた。「こんなのうんざり」

「そして、おまえはこれよりいいアイデアを思いつかなかった」

「そうだよ、まともな科学に縛られていると感じる自分が恥ずかしい」

「たとえうまくいかなくても、少なくともおれたちは挑戦した」カフランギはさらに四つの円筒を取り出し、アパルナに差し出した。

「それを受け取ってもわたしの手は落ちたりしないと保証して」アパルナが言った。

カフランギはにっこり笑った。「これは未使用の燃料ペレットだ。使用済みだったら死んでもおかしくない。これなら使うあいだだけ手にしているぶんには安全だ」

アパルナはニーアムに目を向けた。

「カフランギはとんでもないカス野郎だけど、この件については正しいよ」ニーアムはアパルナに保証した。

アパルナはうなずき、手を差し出して燃料ペレットを受け取った。カフランギは最後の四つのペレットを取り出し、いったん地面に置いてから、バッグをリュックに戻し、ジッパーを閉めて背中にかついだ。そして四つのペレットを回収し、立ちあがった。

「準備はいいか？」カフランギはたずねた。

「なんの準備？」ニーアムが言った。「燃料ペレットを手にぼさっと突っ立って、自分の手が故郷の惑星に滑り込むかどうかじっと待ってるということ？」

「基本的には、そうだ」

「うーわ、最悪」

「知ってる」

「ほんとに最悪だよ。このせいで博士号を取り消されるような気がする」

「わたしがあなたにこんなことを言うなんて思ってもみなかったんだけど」アパルナがニーアムに言った。「すごいね、あなたはほんとに泣き言ばかり言ってる」

「悪い科学のせいでこうなるんだよ！　これでわかっただろ！」

「よし、わかった、もう充分だ」わたしは言った。「これは大胆かつひょっとしたら悲惨なアイデアで、うまくいかないかもしれず、もしもそうなったら、わたしたちは基地に戻って激怒した上司と対面することになる。それまでは希望を持とう。希望だけだ。いいか？」

「おれはかまわない」カフランギは言った。

アパルナがまたうなずいた。ニーアムも天を仰いだがうなずいた。

「よし」わたしは手にのせた燃料ペレットを握り締めた。「さあ、グータッチだ」

カフランギがにやりと笑って身を乗り出した。

「愛してるよ、怪獣オタクのみんな」アパルナは映画『ピッチ・パーフェクト』の台詞を言い換えてこぶしを突き出した。わたしはその引用に気づいたことに満足した。

ニーアムがため息をついて身を乗り出した。ほんの数秒、全員のこぶしがふれ合った。

世界が花火大会のように明るくなった。

「うわっ、なにこれ」ニーアムが叫んだとき、落雷でセコイアがまっぷたつに折れるような、バリバリというすさまじい音がした。

アパルナが上を指差し、〝見て〟と言うように口を動かした。わたしたちはいっせいに上を見あげた。

どこからか巨大なまばゆい光の柱がまっすぐに立ちあがっていた。その根元らしきところに、ベラの口だったものの輪郭がかすかに見えていた。まわりにある次元の穴は明るさを増して大きくなり、その中心にもうひとつの世界が見えた。

障壁が破れていた。とおり抜けられる道ができていた。

激しい風が吹き始めて、怪獣地球の熱い空気が人間地球の冷たく薄い大気の中に吸い込まれた。ぶつかると、空気はすぐさま凝結し、もうもうと蒸気が立ち込めた。

近くを見まわすと、ほんの数メートル先に、走り抜けられるほどの大きさの蒸気の穴が空いていた。わたしは走り出した。

「行くぞ！」叫んだが、自分の声すらほとんど聞こえなかった。ほかの三人がついてきていればいいのだが、確認する余裕もなかった。

穴まであと少しというところで、ふっと光が消えた。目のまえの蒸気の穴がすぐに閉じ始めた。

わたしは目をつぶってその中へ飛び込んだ。

穴を抜けて地面の上にころがった。やわらかな地面が衝撃をやわらげてくれた。

すぐに、ニーアムが穴を突き抜けてきてわたしの頭を蹴飛ばし、そのあとにアパルナとカフランギが続いた。ありがたいことに、どちらも蹴りを入れてくることはなかった。

「ごめん」ニーアムが言った。

「平気だ」わたしはそう言ってニーアムを安心させた。それからいまとおり抜けてきたところを見あげた。

穴は消えていた。

「みんな大丈夫か？」わたしは呼びかけた。

「大丈夫？」カフランギが言った。「最高だよ。とおり抜けたぞ。うまくいったんだ！」彼はこぶしをひらいて燃料ペレットを見せた。

「うまくいったわけじゃない」ニーアムが言った。「とおり抜けられたのは、ベラの核エネルギーのゲップで障壁が崩壊したからだよ」

カフランギはうなずいた。「それと燃料ペレットのおかげだ」

「あたしたちがとおり抜けた場所は、あんたのちんけな燃料ペレットから何メートルも離れていたんだ、ありえないよ」

「それでも無視できない」

ニーアムが手をあげた。「もうこの話はやめよう」

「ねえ」アパルナが言った。「まわりを見て」

わたしたちは見た。すぐとなりにベラがいた。百メートル以上ある体がまっすぐに立ちあがっていた。全身の表面でなにかがうごめいている。寄生体とベラ専用の生態系だ。体内へ空気を吸い込んでいるせいではっきりと風が吹いていた。わたしたちのまわりはゴムのようなもので分厚く埋まっていた。産卵ゼリーだ。

「ベタベタの中に着地したんだ」ニーアムが下を見て言った。

わたしは立ちあがった。幸いゼリーはくっつかなかった。ポケットに手を入れてスマートフォンを取り出し、九月に怪獣惑星に出かけて以来初めて、電話モードに切り替えて電波状況をたしかめてみた。

電波はつかまらなかった。

さほど驚くことではなかった。ここはラブラドル半島の森の中で、それなりの大きさがある人間の居住地は一番近くても百キロ離れている。木々に携帯電話サービスは必要ない。残念なことだ。王立カナダ騎馬警察に出番があるとしたら、いまがそのときだろう。

時刻を見ると、午前二時二十分だった。

「寒い」アパルナがリュックをあさってプルオーバーを取り出した。みんなも同じように上着を取り出し、ついでにそれぞれの武器も取り出して、点検し、装填した。

「通過時刻は二時二十分」わたしはアパルナに告げた。

アパルナはうなずいた。わたしが時刻を伝えた理由は明らかだった。ベラのベントの間隔をたしかめなければならない。

「ちょっとふらふらしているのはおれだけか？」カフランギがたずねた。

「むこう側の大気に慣れていたせいだよ」アパルナが言った。「深呼吸をして」

「ああ、なるほど」

わたしはあたりを見まわした。ベラは西にある満月に近い月に照らされていた。近すぎてほかにはなにも見えなかったが、遠くでかすかな物音がしているのが聞こえた。

「ベラの反対側に着地したようだ」わたしは言った。「ベラを連れ去った連中とは離れている、と言う意味だ」

「ちょっとラッキーだね」ニーアムが言った。「不意打ちをくらわせようとしている相手の目のまえに飛び出したら面倒なことになっていた」

「それで、どうするの？」アパルナが言った。「あの境界装置のところへ行って、スイッチを入れてベラを戻す？」

わたしたちはいっせいにカフランギに目を向けた。

「なんでおれを見るんだ？」カフランギが言った。

「わたしたちをここに連れてきたのはきみだ」わたしは言った。

「彼が連れてきたわけじゃない」ニーアムが反論した。

カフランギは両手をあげた。「おれはみんなをここに連れてくることに集中していた」そしてわたしを指差した。「その後の計画はジェイミーの担当だと思っていたんだ」

わたしが返事をしようとしたそのとき、ベラをまわり込んできた何者かが、なにやら機材をかかえてわたしたちのまえに姿をあらわした。男はこちらに向かって数歩足を運んでから顔をあげ、目のまえに四人の人間がいることに気づいた。

全員がまるまる十秒ほど見つめ合った。

「おいおい」男が言った。「だれだ、おまえら？」

25

「身分証を見せるよ」ニーアムがそう言って、あっという間に男との距離を詰め、警棒で電撃をくらわせた。

男は体をこわばらせ、驚きにあえいでから、気を失って森の床に倒れた。

ほかの面々はショックを受けてそれを見つめた。

ニーアムが気づいた。「なにか?」

「おまえは怒りの問題をかかえている」カフランギがひと呼吸おいて言った。

「あたしが怒りの問題をかかえていたら、この男は死んでいたよ」

「ほんとに死んでないの?」アパルナがたずねた。

「息をするときにうめき声がしてる」

わたしたちはもうしばらく見つめていた。

ニーアムはため息をつき、かんべんしてよと言わんばかりに天を仰いでから、わたしたちに顔を戻した。「なにを言わせたいわけ? こいつはあたしたちのことを通報したかもしれないんだよ。クソみたいな次元の障壁を越えてきたのは、最初にあたしたちを見つけたやつに撃たれるためじゃない。あたしは電撃をくらわせた。そうする必要があったから。正直言って、そのことであんたたちに説教されるのはうんざりだよ」

「そういうことじゃない」わたしは言った。「これで気絶した男を心配しなければならなくなったんだ」

「どういう意味？」

「この男をここに置き去りにしたら、ベラの寄生体に冷製オードブルにされてしまう」

ニーアムは肩をすくめた。「知ったこっちゃないよ」

「ニーアム！」アパルナが言った。

「こいつだったらあたしたちを置き去りにするはず」

「これがおれの言った怒りの問題だよ」カフランギが言った。

「あんたの計画が成功したことに対するいらだちがまだ残っているのかも」ニーアムは認めた。「あれはまあ、成功と言えなくもない。だけど、あたしはこのクソ野郎についてはまちがっていない」

「そうかもしれない」わたしは言った。「でも、わたしたちは悪の組織の名もない下っ端よりはましな人間になれるよう努力すべきなんじゃないか」

ニーアムはふたたびため息をついた。「あんたはまちがっ、てはいない。でもね。この手のバカに出くわすたびにこんなことを繰り返してはいられない。ひと晩中ここで倒れた連中を片付けてまわることになる。ぜんぶ終わるころにはベラが爆発しているよ」

「さっさとこの男を片付けて、あとのことは先へ進みながら考えよう」

「進みながら考えようとするのがあたしたちの問題なんだよ」

「通過したあとのためにちゃんと計画を立てておくべきだったね」アパルナが同意した。

「急に非難されているような気がする」わたしは言った。

「ああ、少しな」カフランギが言った。

わたしは身ぶりで合図した。「さて。とりあえず、こいつを森へ引きずっていこう。そこに置いて、〝わたしは怪獣〟フェロモンを吹き付けるんだ。それでほうっておいてもらえるはずだ」

「いい考えだね」ニーアムが言った。「目覚めたらクソまみれになったにおいがすると」

「もっといい案があれば聞くよ」

「なにもないから、それでいこう」

「それは二人でやってくれ」カフランギが言った。「アパルナに手伝ってもらいたいことがある」

「どんなこと？」ニーアムがたずねた。

「代替プランの準備だ。それで全員の体を森へ引きずっていく必要がなくなる」

「わかった」ニーアムはわたしに向き直った。「腕と脚とどっちがいい？」

「きみが選んでくれ」わたしは言った。ニーアムは脚を選んだ。わたしは男の両腕を持ちあげた。物を持ちあげるのは得意だ。

「なにをやってるの？」男を森に投げ入れてスプレーをかけたあとで、ニーアムがたずねた。「このかわいそうな男から略奪する気？」

「略奪なんかしてない」わたしは男のポケットをさぐりながら言った。

「どうでもいいけど、半分はあたしのものだよ」

わたしは男のスマートフォンを取り出した。「あった」電源を入れたら指紋認証を要求された。わたしは男の手を取って指を押しつけた。男がもごもごとつぶやいたので、頰をなでてやった。男は眠たそうにほほえみ、そのとき彼の脳があるどこかへ戻っていった。

「ここは電波が入らないんじゃないの」ニーアムが言った。

「入らない」わたしは画面を見せた。「でも、Ｗｉ－Ｆｉ接続はできる。このおかしな場所には独自のイントラネットがあるんだ」

「メールでも送るの？」

「いや」わたしはアプリをざっとながめて、共有ファイル用のを見つけ出し、それを起動した。「秘密の計画を探している。いくつか見つかったようだ」

ニーアムがのぞき込んできた。「これが役に立つのは、あんたがこのスマートフォンを閉じて彼の指紋から離れるまでだよ」

わたしはニーアムにスマートフォンを渡した。「これを持って」そしてポケットから自分のを取り出した。「メールを送るつもりはない。でも、これらのファイルを転送するために近距離無線通信を利用させてもらう」

「あんたはコンピュータオタクなんだね」ニーアムは特に褒めているわけでもなかった。

「テクノロジー系の新興企業に勤めたことがある。少なくともふたつのことを学んだ」

「だったらさっさとすませて。さもないと、このかわいそうな人にまた電撃をくらわすことになる」

ファイルの転送がすべて完了すると、わたしは男のスマートフォンの電源を切り、森の奥深くへほうり投げた。「さあ、移動しよう。この男がだれであれ、いなくなったことはすぐにわかってしまうだろう。だれかがこいつを探しに来たとき、その場にいたくない」

二人で歩き始めたら、カフランギとアパルナがわたしたちに近づいてきた。

「人の声が聞こえたよ」アパルナが言った。「お仲間を探しているんじゃないかな」

ベラを見あげると、フラッシュライトがいくつか揺れているのが見えた。「そのようだな」わたしは言った。わたしたちは気絶した下っ端とその仲間たちのフラッシュライトから離れるほうへ歩き出した。

二百メートルほど離れたところで身をひそめ、ほかのみんながあたりを警戒しているあいだに、わたしはダウンロードしたファイルに目をとおした。「あった。例の境界装置についての注意事項を記した文書だ。彼らはあれを異次元ポータルと呼んでいる」

「相棒《マイト》、やつらは『ドゥーム・エターナル』をパクったんじゃないのか」カフランギが言った。

「残念ながらそうみたいだ」

「まちがいなく著作権の侵害だぞ」

「彼らがこれを売ろうとするとは思えないな」わたしはさらに読み進めた。「作動させるにはとんでもないエネルギーが必要らしい。だから起動には呼び水が必要なんだ。あの樽みたいなのは蓄電器だな。システムに充分なエネルギーが溜まったら、樽のてっぺんにある部品からそれを放出して、世界のあいだの障壁を消すことができる」

「具体的にはどうやって?」ニーアムがたずねた。

「それは書かれていない。回路図とかそういうものじゃないんだ。どこかのバカが近くで作業して死んだりしないように仕組みを説明してあるだけだ」わたしは画面を仲間たちのほうへ向けた。「〝蓄電器に近づくな、実は安全なものではなく、誤って十万ボルトをきみに向かって放出するかもしれない〟みたいな」

「それは……知っておいてよかったね」アパルナが言った。

「まじめな話、ほんとにひどい設計みたいだ」

「蓄電器が充電されているなら、なにかがそれを充電しているわけだ」カフランギが言った。「どこか近くに発電機があるはずだ。そこに放電のためのスイッチがあるかもしれない」

「それを見つけて、境界にならぶ蓄電器を放電させて、ベラを送り返す」アパルナが言った。

わたしはうなずいて書類のページを先へ進め、雑に描かれたイラストを見つけた。「発電機があるとすればこのあたりか。すぐに目につかなかったということは、ベラの反対側にあるんだろう。彼らが設置しているキャンプ全体といっしょに」

「だったら、スイッチを入れに行こう」ニーアムが言った。

「たぶん見張りがいる」

「なんで見張りが？　このバカどもが訪問者を予期していると本気で思ってる？」

「予期していなかったかもしれないけど、特に名を秘すだれかさんが電撃をくらわしたせいで、そのうちの一人が行方不明になったんだよ」わたしは指摘した。

「必要なことだったという点はゆずらないけど、あんたの言いたいことはわかる。ただ、それはつまり、なにをするにしても素早くやらなくちゃいけないということ」

「それについては同じ意見だ」

「彼らと話をしたらどうかな？」アパルナが言った。

「なにを？」

「悪人だという前提で話をしているのはわかってるけど――」

「やつらは実際に悪人だ」カフランギが言った。「おれたちの友人を殺したんだぞ」

「それはわかってる」アパルナは認めた。「忘れているわけじゃないよ。でも、ベラがやって来たときに、彼らが核爆発の可能性を考えていたとも思えない。ほかの人のことは気にしないとしても、自分たちにどんな危険があるか理解していないんだと思う。わたしたちが話をすれば、彼らはベラを送り返すかもしれない」

「本気でそう思ってるの？」ニーアムがたずねた。

「自分でもよくわからない」アパルナは認めた。「でも、行動を起こすまえに、少なくともだれか一人はこのことを口に出すべきだと思う。たとえ悪人でも、彼らは理性ある行動をとる人たちなんだという考えを捨てるべきではないよ」

「きみの楽観主義には敬服する」わたしは言った。

「ああ、感心はするけど、やつらはチャンスがあればすぐにあたしたちを殺すと思う」ニーアムが言った。「だから却下だね、発電機のところへ行こう」

カフランギがうなずいた。「おれもニーアムに賛成だ、この件については」

「わかった」アパルナは言った。「言ってみる価値はあった」

わたしたちはベラの巨体に対して反時計まわりに森の中を進んでいった。やがて、人が設置したキャンプが明かりの中に浮かびあがり、そこにいるクルーのなんらかの活動のために再活用されている一群の輸送用コンテナも見えてきた。少なくとも十人以上の人びとが野外に出て、産卵ゼリーやベラそのものから試料を集めていた。コンテナのあいだを行き来する人もいた。ひとつのコンテナはそもそもコンテナではなく、小型のトレーラーだった。この作戦を指揮しているのがだれであれ、そこにいるのだろうとわたしは思った。

カフランギが指差した。「発電機はあそこだと思う」

その指が差すほうへ目をやると、ほかのものから少し離れた場所に貯蔵コンテナがひとつ見えた。コンテナの扉は閉まっていて、そこからうねうねと数メートル伸びる太いケーブルが、ひらけた場所にある大きな箱につながり、その箱自体は境界にならぶ樽のひとつ目とつながっていた。

コンテナからほかのケーブルは出ていなかった。キャンプのほかの部分に電力を供給しているものはどこか別の場所にあるのだ。すべての事実が、わたしたちが探している発電機はこれだと指ししめしていた。

「近くに見張りかなにかの姿は見えるか？」わたしは問いかけた。自分にはなにも見えないが、ほかの人に確認しても害はないだろう。だれもなにも見ていなかった。一番近くの人影でさえ、発電機から数十メートル離れていて、しかも遠ざかろうとしていた。

引き続き森の中を移動しながら、わたしたちは発電機コンテナのすぐうしろへまわり込んだ。ベラの巨体が目のまえにそびえていた。

「準備はいいか？」わたしは呼びかけた。

「全員で行くの？」アパルナが言った。

ニーアムがアパルナを見た。「残りたい？」

「そうでもない」

「全員で行こう」わたしは言った。「ワン」

ベラがゆったりと身じろぎし、頭をあげて咆哮した。

「ツー」わたしはささやいたが、声は完全にかき消された。

ベラからふたたび、ほぼ真上に向けてひと筋のビームが放たれ、そのあとにバリバリという反響音が続いた。ビームはベラの頭上数十メートルのところでふいに途切れ、怪獣惑星へと突き抜けて、空に穴を穿った。

わたしたちのまわりで世界が輝き始めた。むこう側では顕著だった異次元ポータルの影響も、ここではベラが一度に大量の核エネルギーを放出したとき以外はほとんど感じられなかった。ベラ自身の姿は霧に包まれていた。怪獣惑星の湿った暖かい空気が、ベラの近くにあるはるかに大きな次元の穴をとおり抜けて、こちらの凍てつく濃密な空気とぶつかっているのだ。

その瞬間、ベラは映画で目にしてきた怪獣そのものに見えた。大きくて。怒っていて。恐ろしくて。原始的だ。

ベラの咆哮が止まると光のビームも途切れた。世界は輝くのをやめ、すべての穴が消え失せた。わたしは冷静にスマートウォッチに目をやり、ベラの噴火の間隔を心に留めた。

「三時《スリー》」わたしは目にした時刻を口にした。

ほかのみんなが走り出した。

〝そっちの意味じゃない〞と思いながら、わたしは追いつくために走り出した。

発電機コンテナの扉は少しひらいていて、中から光が漏れていた。わたしたちは中に入り、全員が入ったところでなるべく静かに扉を閉めた。

コンテナの壁の上部に沿ってストリップライトが設置されていた。中には細長いモダンな感じの物体が置かれていて、計器パネルにデータが表示され、ＵＳＢ‐Ｃケーブルで一台のノートパソコンが接続されていた。

「これが発電機？」アパルナがたずねた。

「そうだと思う」わたしは計器パネルを見ながら言った。電気出力量などの数値が表示されていた。

「発電機らしい見かけじゃないね。大きくなりすぎたｉＰｈｏｎｅみたい」

「発電機らしいにおいもしないな」ニーアムが言った。

「そのとおり」カフランギが同意した。「フィールドワークでディーゼル発電機を扱ったことがある。これはそういうのとはちがう。たとえば、音が聞こえるはずなんだ」

「いまは出力中だ」わたしは言った。「少なくともパネルにはそう出てる」

「パネルには蓄電器の放電についてなにか出てる？」ニーアムがたずねた。

「いや」わたしはノートパソコンに目をやった。「でも、こいつなら」ひとつのウィンドウに、数珠つなぎになった蓄電器の画像が表示されていた。何十台もある。カーソルを動かしてそれぞれのアイコンに合わせると、充電の進み具合が表示された。どれも九五パーセント以上だった。

ウィンドウの右下に〈蓄電器放電〉と記された大きな赤いボタンがあった。

「うん、これは好都合だ」わたしは仲間たちにそのボタンを見せた。

「なにを待ってるの？」ニーアムが言った。「押して」

「なにか見逃していないか確認するから少し待ってくれ」

「そのまんまに見えるけど」

「じゃあ、きみがボタンを押したいか？」

「これからの十年であんたが押さなければ、たぶん」

わたしは〈蓄電器放電〉のボタンを押した。

ダイアログウィンドウが表示された――〈放電を確定してください〉

「ああ、クソっ」わたしは確定した。

なにも起きなかった。

「どうだ？」カフランギがたずねた。

わたしは肩をすくめた。「作動しなかった」

「ボタンを押したか？」

「ボタンを押した。そしてダイアログウィンドウで確定した」

「ああ、ちくしょう」

コンテナのドアをノックする音がした。

わたしたちはいっせいに跳びあがり、ドアを見つめた。

もう一度ノックがあった。

「いまから考えると、だれか一人が見張り役をするべきだったかも」アパルナが言った。

またノックがあり、だれかの声が告げた。「催涙ガスのまえの最後のノックだ」

「いま行く」わたしはこたえた。

全員がわたしを見た。

「なんだよ？」わたしは言った。「催涙ガスを浴びたいのか？」

「コンテナの反対側から外へ出られる」カフランギが言った。

「コンテナの反対側も囲んでいるぞ」声が言った。

「大きな声で言うのはやめて」ニーアムがカフランギにささやいた。

「まじめな話、いますぐに出てこい、全員撃たれるまえに」声が言った。

「わたしたちはこういうのがほんとに苦手だね」アパルナが言った。だれも反論できなかった。

全員で両手をあげてコンテナを出た。軍用ライフルを手にした五人の男が待ちかまえていた。彼らはすぐにわたしたちから武器とリュックを奪い取り、両手を背中にまわして膝をつかせた。

「デイヴをテーザーで撃ったのはどいつだ？」わたしたちのすぐまえにいる男が言った。

「あたしだよ」ニーアムが言った。

「ひどいことをする。やつは新人だ。ほとんどインターンみたいなもんだ」

「悪かったね、あたしにはだれもかれも友人を殺したやつに見えるから」

男は笑みを浮かべた。「おれもあんたを殺したいところだが、いまのところ、そうするなと言われているからな」

「だれに？」わたしはたずねた。
「おれだ」わたしたちの背後から声がした。
わたしは振り返った。
そこにいたのはロブ・サンダースだった。当然のごとく。

26

「念のために言っておくが、きみたちは縛りあげて怪獣の寄生体の餌にすることになっている」サンダースがわたしたちに言った。わたしたちのリュックと武器は彼のまえにならべられていた。手下の一人が折りたたみ椅子を持ってきて、サンダースはそれに腰かけていた。そのあと、その手下とほかの連中は、あらためてわたしたちに向かって武器をかまえていた。「どう考えてもきみたちを生かしておくことはできない。だが、わたしの質問にこたえてくれたら、苦痛なく殺してやれるかもしれない。意識のあるまま寄生体に食わせるのではなく」

「それは練習した台詞かな？」ニーアムが言った。「練習したように聞こえるよ。何度も何度も。鏡に向かって」

「ドクター・ヒーリー」サンダースはニーアムを見据えた。「このまえ会ったとき、きみが無礼だったことをおぼえている。相変わらずの性格なのは驚くことではないな。いや、さっきのはすべて自然に口から出た台詞だ。真実でもある。さて、最初の質問だ。きみたちはどうやって通過した？」

「燃料ペレット」わたしは言った。

「なんだって？」

「ウラン燃料のペレットだ。リュックの中にある」

サンダースは顔をしかめてわたしのリュックを探り、最終的にふたつ見つけた。「いいかげんなことを言うな」彼は小さな灰色の円筒を見て言った。

「ドクター・ラウタガータにきいてくれ」わたしは言った。

「精製されたアクチノイドによって活性化するなんらかのフィールドがあるんじゃないかと考えた」カフランギが言った。「いくつか用意して、通過することができた」

「具体的にどんなふうに作用したんだ？」

「魔女の輪の中でみんなでかざしたんだよ」ニーアムが言った。

サンダースがわたしに目を向けて確認を求めた。わたしは肩をすくめた。「全員ですぐそばに立って、燃料ペレットを握った手を差しあげたら、通過できた」わたしたちがとおり抜けた穴は数メートル離れたところにあり、ベラが喉から核エネルギーを吐き出したせいで作動したということは、伝える必要性を感じなかった。それは無関係な情報に思えた。

サンダースはアパルナに目をやった。「ここにいる連中の中で、きみだけは生意気だったという記憶がない。これは正確な情報か？」

アパルナはうなずいた。「ジェイミーの言ったとおりです」

「きみたちの上司はこれに同意したのか？」

「許可は得ていない」わたしは言った。

「理由はわかる」サンダースは言った。「ものすごく漠然としているからな」

「どうしても通過したかったんです」アパルナが言った。

サンダースはアパルナを見た。「なぜだ？」

「あなたにベラを送り返してもらう必要があるからです。ベラはあなたにとっても彼女自身にとっても危険なんです」

サンダースは笑みを浮かべた。「ああ、核のゲップのことか」

アパルナはこの表現に顔をしかめた。「はい」

「そのことならよくわかっている。心配はしていない」

「怪獣が核爆発を起こすのが心配じゃないのか?」カフランギは信じられないという顔でたずねた。

「むしろそれを当てにしている」サンダースは言った。「いいか、われわれは怪獣をこっちの世界に連れてきたんだ。それがどれだけ非合法なことかわかってるのか? ベラが核爆発を起こせば、あいつ自身を含め、われわれがここでやっていたことの証拠をすべて消し去ってくれる。残るのはクレーターだけだ」

「それと大火事、それと放射性降下物」カフランギは指摘した。

サンダースは手をさっと振った。「どうせだれも来ない国立公園の中だ」

「ベラは移動するかもしれませんよ」アパルナが言った。「痛みがひどかったり、混乱していたりしたら、ここを離れるかもしれません。ベラがここを離れてグースベイに向かったら、一万人もの市民が死ぬ可能性があるんです」

サンダースはにんまりと笑った。「それはもっとありがたい。あそこにはカナダ軍の基地がある。カナダ軍への核攻撃? ラブラドルで? いやいや、そんなことになったらみんな大騒ぎだ。何カ月もかけて、だれがなぜそんなことをしたのか突き止めようとする。最終的には中国に落ち着くだろうな、やらない理由がないから。北米への核攻撃が、パンデミックの真っ最中、合衆国の選挙の直前に。すごいことになるぞ。第一に、アメリカに戒厳令が発令される。第二に、株価は暴落する。おれは空売りの用意をしているよ」

「戒厳令と株価の暴落はあなたにとって絶好のチャンスだ」わたしは皮肉った。

「おれに計画があるからといって怒らないでくれ、ジェイミー。明らかにきみたちよりたくさんあるけどな。おれのノートパソコンをいじればベラを送り返せると、本気で思っていたのか？」

「そうかもしれない」わたしはこたえた。

サンダースはシャツの内側に手を入れて、チェーンにつながった小さなものを取り出した。「USBのセキュリティキーだ。これを物理的にノートパソコンに差し込まないかぎり、蓄電器は放電しない。だから、まあ、こんなのはCEOレベルでは基本的なセキュリティだよ」

「だったら、なんであんたの境界装置がまだ作動しているの？」ニーアムがたずねた。

「境界装置？」サンダースはとまどったようだった。

「失礼、あんたの異次元ポータルだ」ニーアムは吐き捨てるように言った。

「いい呼び名だろう。おれが自分で考えたんだ」

「おい、それは『ドゥーム・エターナル』からだろう」カフランギが言った。

「あなたにはSFの古典から用語をパクった前科がある」わたしは指摘した。

「きみたち二人がなにを言ってるのかさっぱりわからないな」サンダースは言った。「ドクター・ヒーリーの質問の件だが、あれがまだ作動しているのは安全対策《フェイルセーフ》だ。ベラが核爆発の兆候をしめすまえに手に負えなくなった場合、彼女を送り返すことができる。いまは必要ない。実際、ここの仕事が片付いたら止めるつもりだ。ベラを永久にここに閉じ込める」

「あれはどんなふうに作用するわけ？」ニーアムがうながした。

この尋問はわたしたちから答を引き出すためのものだったが、サンダースはひどいうぬぼれ屋で、話をするのが大好きだった。わたしたち全員が事前の打ち合わせもなしに決定した作戦が、サンダースに一人語り《モノローグ》を続けさせることであるのは明白だった。

「気に入ったのか？」サンダースはニーアムにたずねた。

「理解したいんだよ」

サンダースはさりげなく腕時計を見た。「残された時間を考えると、そんなことをしてなんの役に立つのやら」

「あたしが知りたいのは、あんたがどうやってあれを思いつき、試作をして、これだけの準備したのかということ」ニーアムはすべてをしめすように頭を動かした。「それもたった二週間で。ここで言ってる〝あんた〟は、あんたが雇った科学者という意味だよ。あんたにそんな能力がないのは明白だからね」

「ひどいな」サンダースは言った。「おれだって工学の学位を持っているのに」

「その学士号は、卒業生の子息が優遇してもらえるカレッジで得たものだ」わたしは言った。「家族がたっぷり寄付をしているから、楽勝で卒業させてもらえただけだろう」

サンダースは目をすっとほそめた。「お望みなら、いますぐきみたち全員を寄生体の餌にしてやってもいいんだぞ」

「それでは質問の答は得られませんよ」アパルナが言った。

「いまだってなんの答も得られていないじゃないか！」サンダースは言った。「きみたちはおれに一人語りをさせているんだろう、少しでも長く生きのびるために。ああ、おれだって一人語りのことは知ってる。『ミスター・インクレディブル』を見たからな」

「異次元ポータル」ニーアムがうながした。「あれについて一人語りしてくださいよ」

「以前からあったのは明らかだ」

「いつから？」

「どうしても知りたいというなら教えてやるが、一九六〇年代からだ」サンダースはわたしに顔を向けた。「タナカ基地で起きたちょっとした事件をおぼえているか？　おまえのところの指揮官が、おれの一族が昔のタナカ基地の消滅に関与していたとか説教しただろう？　あの女は自分が思っている以上に的を射ていたんだ。怪獣はたまたま基地の近くにあらわれたんじゃない。われわれがおびき寄せたんだ」

「つまり、あなたたちは以前にもKPSの人間を殺しているわけだ」わたしは言った。

「あの怪獣の原子炉が欠陥品だとは知らなかった。それを非難されるいわれはないな」

「ああ、怪獣を何十人もの人間を殺す可能性のある場所に置いただけだ」

「そう思いたければ勝手にしろ」その点はあまり気にしていないのか、サンダースはあっさり譲歩した。「われわれはポータルの初期バージョンに怪獣を呼び寄せようとした。それはここのポータルと同じように、うちの会社のRTGを動力源としていた」サンダースは背後の発電機コンテナを親指でしめした。「あれはポロニウム210RTGのプロトタイプだ。とんでもない量のエネルギーを素早く出力する。この用途にはぴったりだ。ただ、燃料はあまり長持ちしない」

「以前にも試したことがあるんですか？」アパルナが言った。

「うまくいかなかった。次元の障壁に裂け目を作ることはできたが、なにかを通過させられるほどではなかった。もっと薄くしなければならなかったのに、それができなかった。いままでは。最初の怪獣が核爆発を起こして障壁を薄くし、そのあとクレーターの端にすわり込んだベラの原子炉がその状態を維持してくれた」サンダースは両手でOKサインを作ってみせた。「完璧だ。おれの一族はこの瞬間を何世代ものあいだ待っていた」ぐるりと周囲をしめす。「何年もまえからこのための準備をととのえていたんだ。もちろん、ときどき部品の更新はしている。だが準備はできていた」

「ああ、わかったよ、しかしなぜだ？」カフランギがたずねた。「怪獣を連れてきてどうする？　コントロールはできない。エネルギーを利用することもできない。しかも数日しか生きられない。なんの意味があるんだ？」

サンダースは笑みを浮かべた。「ドクター・ラウタガータ、ほかの人はともかく、きみなら理解してくれると思うんだが」

「理解できない」

「では手助けをしよう。きみのリュックはどれだ？」カフランギが自分のリュックを指差すと、サンダースは中身をあさってスプレーボトルを取り出した。「これはなんだ？」

「怪獣フェロモン」

「これを使えば寄生体を防げるのか？」

「ほぼ」

サンダースは手を振ってわたしたちをしめした。「だからきみたち四人は発酵した体操着みたいなにおいがするのか」

「そうだ」

「すると、きみたちは怪獣そのものより怪獣からなにを得られるかに興味があるわけだ」サンダースはスプレーボトルのノズルを嗅ぎ、顔をしかめると、それを地面に置いて、カフランギのリュックの物色を続けた。「きみたちにとって、怪獣は怪獣ではない。それは化合物やにおいやフェロモンのかたまりで、きみたちが望むものを手に入れるためにいじくりまわすことができる」リュックからリモコンのようなものを取り出し、なんだこれはという顔をして、地面に置いた。「おれも同じだ。ただし、においやフェロモンは関係ない」

「あなたは原子炉がほしいんですね」アパルナがふいに言った。

サンダースはにやりとした。「ドクター・チャウドリー、きみが四人の中で一番賢いのは明らかだな。そのとおり。おれの一族は第二次世界大戦が終わった直後から原子力や原子力由来の発電にたずさわってきた。もしも原子炉を建設する代わりに原子炉を育てることができたら、どれほどの競争上の強みが生まれるか想像してみてくれ。安全で。効率がよく。オーガニック。風力や太陽光では限界があるんだよ。怪獣のことはどうでもいい。やつらの肉体がどうやって原子炉を作るのかを知りたいんだ」

サンダースはわたしに目を向けた。「もっとも、きみはもう気づいていただろうな。おれが怪獣の遺伝子情報を密輸しようとしたのを見つけたんだから」

「こんな代替案があるとは気づかなかったよ」わたしは言った。

「気づかずにいてくれてよかった。だが、そうなるとわれわれがここにいることをきみがどうやって知ったのかという問題が出てくる。おれの部下が現場に入ったとき、最初にやったのはエアロスタットの破壊だった」

「それとヘリコプターも」わたしは付け加えた。

「ヘリコプターは想定外だった」サンダースは認めた。「エアロスタットと計器パックを壊せば充分だと思っていた。たとえヘリコプターが落ちても、われわれではなくベラの攻撃とみなされるはずだった。なにが起きた?」

「あんたがうかつだったんだよ」ニーアムは言った。

「そのようだが、知りたいのはどうしてわかったのかということだ」

「トム・スティーヴンスをおぼえているか」わたしは言った。

「おれと同じダートマス大学にいたという男か」

「そうだ。あなたの部下に殺された」

「同窓会誌に載ったら気まずいことになるが、続けてくれ」

「殺されるまえに、トムはカメラを隠していた。わたしたちはあなたの部下の姿を見たんだ。あの境界装置も」

「異次元ポータル」サンダースは訂正した。

わたしは無視した。「それで事故や怪獣の攻撃ではないとわかった。わたしたちは知っているんだ。協会のみんなも知っている。ホンダ基地のゲートウェイが復旧すれば、こちら側の人びとも知ることになる」

サンダースは、わたしたちに武器を向けている男たちの一人を見あげた。デイヴをテーザーで撃ったのはだれだと質問した男だ。「現場にはなにも残さなかったと言ったな」

「そうだと思ったんです」男がこたえた。

これでわたしは確信した。トムのビデオで聞いた声と同じだ。

「ふん、明らかにそうではなかったわけだ」サンダースはぴしゃりと言った。「これで話がややこしくなった」

「あなたやあなたの会社と結びつくものはなにもありません」男が言った。「われわれは身元がわかる服は着ていません。ポータルにもブランドのロゴはついてません。ばれるはずがないんです」

「前科があるということを別にすればな」わたしは言った。「一族の会社のことだよ。いずれはKPSも気づくだろう」

「いや、それはないな」サンダースは心ここにあらずという様子で言った。「KPSはわれわれがなにをやっているか知らされていない。これはわれわれとエネルギー省とのあいだのことだ」

「だったら、そっちが気づくだろう」

サンダースは薄ら笑いを浮かべていた。「いまアメリカを動かしているのがだれか知っているだろう？　彼らが気にすると思うか？　なにしろ、彼らに戒厳令を発令して選挙を延期する口実を提供してやるんだからな。この騒ぎのおかげで、おれはきっと大統領自由勲章をもらえるぞ」

わたしは歯を食いしばった。「あなたの言うとおりだということが腹立たしい」

「そうだろうな」サンダースはなだめるように言った。「だが、おれはそこまで行くとは思っていない。証拠があろうがなかろうが、自分たちに火の粉がかからないようにすることはできるんだ」彼はアパルナに顔を戻した。「この数時間で、ベラの卵から遺伝物質を抽出した。制御された環境で育てられるように、卵そのものもいくつか採取した。幼い怪獣の発育を観察できるというわけだ」

「でも、それでは役に立ちませんよ」アパルナは言った。

「わかっている。発育には寄生体が必要だということをきみが教えてくれたし、うちの会社の独自の調査でもそれは明らかだ。だからベラを連れてきたんだ。ここではベラの寄生体も採取している。遺伝物質も個体そのものも」

「やつらはあんたたちを食べていないの？」ニーアムがたずねた。

「食べようとしたやつもいたが、寒さと空気の薄さのせいかあまり活発ではない。たいていはベラにくっついて暖をとっている」

「あたしたちを寄生体に食わせるというあんたの脅しが、さほど恐ろしくなくなったね」

「まあ、きみたちは寄生体のところへじかに届けるから、なんとかなるだろう」サンダースはまた腕時計に目をやった。「それもすぐにだ。われわれの予想ではベラが爆発するまで二時間しかない」

「カナダ人はもうおまえたちがここにいるのを知っているはずだ」カフランギが言った。

「もちろん知っているさ。彼らが許可を出したんだから。われわれがここに電波干渉計を設置していると思ってる。一週間まえに、今夜はうちの作業の一環としてここから強い光が出るかもしれないと伝えておいたから、それは想定内のことなんだ」

「バカでかい怪獣のことは？」ニーアムがたずねた。

「敷地に恒久的な変更を加えないという条件で、構造物を建てる許可は得ている。彼らの知るかぎり、ベラは構造物だ」

「だれもそんなことは認めませんよ」アパルナが言った。

「これをモントリオールの真ん中でやっていたら認められないかもしれない。しかし、われわれはもっとも近い町から六十マイル離れたラブラドル半島で、パンデミックのまっただなかにいるんだ。どの飛行ルートにもひっかかっていないんだぞ。きみたちはこの立地がどれほど完璧か理解していないようだな」

「でも、あなたはこの場所に恒久的な変更を加える予定でいる」わたしは言った。「核爆発が起これぱそうなる」

「まあ、それはそうだ」サンダースは認めた。「しかし、彼らはわれわれもいっしょに爆発したと思うだろう。実際には、貨物輸送用のヘリが、研究室のコンテナとおれとおれのクルーを連れ出すためにこっちへ向かっている。まもなく着くだろう。きみたちはちょうどわれわれが荷物をまとめていたときに来たんだ」サンダースは太ももをぴしゃりと叩いて立ちあがった。「さて、ここらで話は切りあげるとしようか」

「もう質問はしないのか？」わたしはたずねた。

「まあ、そうだな」サンダースは言った。「しようと思ってはいたんだ。しかし、きみたちがどうやってここへ来たかはわかったし、きみたちがここにいるのをだれも知らないこともわかったし、おれやおれの家族の会社がこの件の背後にいるのをだれも知らないこともわかった。きみたちは死んで蒸発する。ほかになにを知る必要があるんだ？」

「わたしたちにはまだ質問があります」アパルナが言った。

「そうだろうが、ものごとはそういうふうには進まないんだよ。それでも、おれの一人語りも楽しんでもらえたならいいんだが」

「楽しませてもらったよ」カフランギが言った。「きっとKPSの本部も楽しむだろう」

サンダースが動きを止めた。「なんだと？」

カフランギは地面に置かれたリモコンのようなものを顎でしめした。「それがずっと録音をしていて、おまえが言ったことをベラに隠した装置に残らず送っている。いまはそこに保存されている。そしてデッドマンスイッチにつながっている。おれがそのボタンを」――リモコンの赤いボタンをしめし――「少なくとも一時間に一度押さなかったら、すべてが送信される」

「携帯電話サービスがないところではかわいい脅威だな」サンダースは言った。

「ここにはWi‐Fiネットワークがある」わたしは指摘した。

「ローカル専用だ。ところで、なぜそれを知っている？」

「デイヴのスマートフォンでここの共有ファイルをダウンロードし、同じ装置にアップロードしたからだ」

「それはどこにもつながっていない」サンダースは念を押した。「はったりだ」

「なにを言ってるんだか」ニーアムが言った。「衛星というものがあるんだよ、おバカさん。あんたの友達のイーロンが何千個も打ちあげたばかりだろ」

「別に友達じゃないぞ」サンダースが弁解するように言った。

「実際にはイリジウム社の衛星とつながっている」カフランギが言った。「古くて遅いが信頼性は高い。そしてすべてを」——腕時計に目をやり——「五分以内に受信できる」

サンダースは手を伸ばしてリモコンを取りあげた。「このボタンか？」リモコンの赤い円盤を指差し、それを押す。「まずい一人語りだな」彼はカフランギに言った。「秘密を明かすのは手遅れになったあとでないと」

カフランギはにやりとした。「おれの指紋じゃなくても使えると思ってるのか？」

サンダースは顔をしかめてリモコンを見た。「なんだと？」

「だからさ、こんなのは基本的なセキュリティだよ」

サンダースはカフランギにリモコンを差し出した。「押せ」

「押さなかったらどうする？」ニーアムが言った。「彼を殺すとか？　兄さん《メイト》、あんたはもうそのカードを使ってしまったんだよ」

サンダースはニーアムに顔を向けた。「きみの腹を撃つというのはどうだ？　彼がボタンを押すまできみの苦悶の叫びを聞かせてやれるぞ」

「うわ、陰険だね」ニーアムは言った。「それと、くたばっちまえ」

「好きにしろ」サンダースは手下のリーダーを見あげた。「やってくれ」

「おいおい」カフランギが言った。「腹なんか撃つな。リモコンをよこせ」彼は手を差し出した。サンダースがその手にリモコンを置いた。

カフランギはわたしたち全員を見た。「さて、これまでのようだな」

「そのようだな」わたしは応じた。

「どうなろうと、おまえたちに会えてよかったと言っておきたい」カフランギはそう言って、サンダースを見あげた。「おまえじゃないぞ」彼は範囲を明確にした。「おまえは炎の中で死ねばいい。でも、ジェイミー、アパルナ、ニーアム。おれたちの友情に感謝する」

「わたしも感謝してる」アパルナが言った。

「わたしもだ」わたしは同意した。

「こんなに湿っぽくするつもりじゃなかったのに」ニーアムは言った。「でもそうだね。あんたたちは最高だ」サンダースを見あげる。「もう一度言うけど、あんたじゃないよ。あんたは最悪」

「まさに最悪」アパルナも同意した。

「歴史上最悪のモンスターだ」わたしは言った。

「まだ腹を撃ってやってもいいんだぞ」サンダースが言った。「たとえば、全員の」

「ああ、そうだな」カフランギはボタンを押して、リモコンをサンダースに投げ返した。「ところで、おれは嘘をついた」

「なにをした？」

「彼は嘘をついた」わたしは言った。「わたしもだ」

「わたしたちはみんな嘘をついた」アパルナが言った。

「おたがいを好きだというところじゃないよ」ニーアムがサンダースに言った。「それはほんと。あんたがバカだというところでもない。それもほんと」

「おれはリモコンの機能について嘘をついた」カフランギが言った。「ひとつ、それはなにも記録しない。ただのリモコンだ」

「ふたつ、それは衛星にデータを送る箱を制御するものではない」アパルナが言った。

「ああ、それも嘘だ」カフランギは認めた。

「三つ、それはデッドマンズスイッチではない」わたしは言った。「あなたはボタンを押して、それを起動した」

「なにを起動したんだ？」サンダースがたずねた。

ベラがいるほうから叫び声が聞こえてきた。

「寄生体はここでは動きがにぶく、ベラにくっついていると言ってたな」カフランギが言った。「おれが仕掛けたフェロモン爆弾で、みんなすぐに目を覚ますはずだ」

わたしたちのまわりで、オレンジと柑橘類のかすかな香りがマツと土のにおいの中を流れていた。

「目を覚ますってどういうことだ？」サンダースがたずねた。

「まえにフェロモンは完全な言語ではないと言っただろ」カフランギが言った。「それはほんとうだ。しかし、このフェロモンは、ひとつのことをすごく大きな声で叫ぶのに近い。それがなにかというと、〝われわれは攻撃されている。動くものはすべて殺せ〟だ。おまえはたったいまそれを起動した。おれたちはやつらがここに来る時間を稼いでいただけだ」

「やばい」サンダースの部下が言った。

わたしが振り向くと、ベラから寄生体がなだれのように降りてきて、少なくとも何匹かがこちらに向かって疾走していた。

わたしはサンダースを見あげた。口をぽかんと開けて、寄生体の襲来を見つめている。

わたしはさっと立ちあがり、サンダースにつかみかかって、首からぶらさがっているＵＳＢキーを引きちぎった。

そして友人たちに向き直った。

「走れ」

27

寄生体の群れが襲いかかり、全員が散り散りになった。

武器をかまえていた男たちはわたしたちの存在を忘れた。わたしたちは全速力で駆け寄ってくる恐ろしい異質な生き物ではなく、ただの人間で、丸腰で、だれに危害を加えることもないからだ。男たちは身をひるがえして寄生体をライフルで撃ち始めた。リドゥ・タガクの言ったとおりだった。素早く動く寄生体にちっぽけな弾丸を当てるのはむずかしい。

叫びながら戦っていた二人は、あっという間に倒された。ほかの男たちはわたしたちと同じように逃げ出した。

振り返ると、ロブ・サンダースがたじろぎ、あたりへ視線を走らせるのが見えた。

〝なにを探しているんだ？〟わたしは不思議に思った。

サンダースはわたしを見た。そしてわたしを追って走り出し、一瞬だけ足を止めてカフランギが持ってきたショットガンをつかみあげた。

〝そうか、わたしはあいつのキーを持ってるんだった〟

わたしはふたたびベラに向かって走った。まわりのみんなが逃げ出そうとしているものに突っ込んでいった。

走っていると、寄生体たちはわたしを避けるようにしてすれちがっていった。〝わたしは怪獣〟フェロモンが、わたしにも、そして願わくは友人たちにも、まだ付着しているのだろう。

周囲では、寄生体の大群に追い詰められたサンダースの部下たちが、走り、身をかわし、叫んでいた。視界の端のほうで、一匹の寄生体がだれかに組み付き、地面に押し倒すのが見えた。すぐにほかの寄生体がその男にわらわらと襲いかかった。わたしはそれから彼がどうなったかに注意を払うのをやめた。

わたしはベラを見あげた。その瞬間、ベラは予想外の行動に出た。

動いたのだ。

核の悲鳴を吐き出す以外、身じろぎひとつしなかったその巨体が、震え、揺れた。まだ降りてきていなかった寄生体が、ベラの動きによってその住みかを乱され、次から次へと飛び去っていく。

今回のことはカフランギから説明を受けていた。いっしょに発電機に向かって歩いていたときのことだ。〝おれとアパルナはフェロモン爆弾をベラが空気を取り入れる場所に仕掛けたんだ。フェロモンは彼女の体内に吸い込まれ、全身のあらゆる場所に行き渡る。ベラの寄生体がまずそれに反応するが、やがて彼女もそれを感じるだろう〟

〝それからどうなる？〟わたしはたずねた。

〝ベラのそばに近づくな〟カフランギはそうこたえた。

わたしはベラに向かって走り続けた。

ショットガンの発砲音が届くより先に、背中と頭に散弾が命中するのを感じた。

サンダースはだいぶ離れたところにいたので、怪我をすることはなかったが、衝撃がすごかったので走るリズムが崩れた。わたしはよろめき、地面に倒れ込んで、サンダースに距離を詰める時間をあたえてしまった。

「おれのキーを返せ――」なんとかそれだけ言ってから、サンダースはわたしが彼の顔に投げつけた土くれを吐き出し始めた。近くに小さな石があったので、わたしはそれもつかんで投げつけた。石が顎に当たると、サンダースは悪態をつきながら、ごくささやかな傷に手をやった。

「マジかよ?」サンダースが信じられないという声で言うのが聞こえたが、わたしはまた走り出していたのでその先は聞き逃した。

走っているうちに、ころんだときに左足首を痛めたことに気づいた。熱くて、ずきずきして、一歩進むごとに悪化していく。

顔をあげると、ベラが真正面にその姿をあらわしていて、彼女とのあいだにもはやなにもないことに気づいた。そして別のことにも気づいた。

ベラがわたしをまっすぐ見つめていた。

その大きな、光り輝く、この世のものとは思えぬ目が、ベラの頭の上でぐるりと回転して、わたしがいるところを熱心に見おろしていた。

わたしは凍りついた。自分が獲物になったときはそうなってしまうことがあるのだ。

「もう一発あるんだぞ、ジェイミー」サンダースがうしろから追いついてきた。「おれにそれを使わせるな」

わたしは振り返った。「ロブ、あなたに言っておくことがある。いまわたしのかかえる問題の中で、あなたは一番些細なものなんだ」そして上を指差した。サンダースはわたしの指の先へ目を向け、ベラがわたしたち二人を見おろしているのに気づいた。

「ああ、クソっ」サンダースが言った。

わたしは腕をあげて警告した。「逃げるな」

「なぜだ？」

「どうせむだだ」

わたしたちは立ちすくんだままベラを見あげた。

そのベラは、わたしたちをもっとよく見たいと思ったようだった。

身長百メートルを超える生き物がどうやってわたしたちの高さまで頭をさげたのか、その幾何学的な構造をどう説明したらいいのかはわからない。だが、現実にそれは起きた。ベラの頭は郊外の大きめの家くらいのサイズがあり、その目が滑るように動いてわたしたちを見つけた。頭の中でもそのまわりでも、いろいろなものが動いていた。まだ逃げ出していない寄生体や、攻撃しようと移動している寄生体だ。

「ああ、クソっ」サンダースが言った。

「しゃべるな」わたしは言った。

ベラの目が分裂し、わたしたち二人を別々に凝視した。

そうやって見つめられていると、ベラの体内から吹き付けてくる熱を感じた。寄生体がベラのために作りあげたネットワークをとおして外へ排出された熱だ。まるでオーバーヒート寸前の炉のまえに立っているようで、とても耐えがたかった。

それだけではなかった。わたしたちを凝視する姿にはなにかがあった。ベラはなんだか……消耗しているように見えた。疲れ果てて。場違いで。

悲しんでいた。

わたしはベラが自分の居場所ではないところに連れてこられたのを知っていたので、より多くを読み取っていたのかもしれない。家ほどのサイズの頭を持つ恐るべき生き物に食われたり踏みつぶされたりしたくないと願うあまり、脳が感傷的な誤った推論を練りあげたという可能性もある。さもなければ、単純にわたしの精神が崩壊していたのか。そのときは、そのうちのいくつか、あるいはすべてが当てはまっていたのかもしれない。

だからといってこの事実が変わることはない――そのときわたしがなによりもやりたかったのは、ベラに手を置いて大丈夫だよと言ってあげることだった。

「かわいそうに」わたしはベラにささやきかけた。

「なにをバカなことを言ってるんだ?」サンダースがわたしの背後で言った。わたしの声を聞いていたのだ。

わたしはサンダースを振り返った。「黙っててくれ、ロブ。あなたがベラをここに連れてきたんだ。あなたはベラを、死ぬ以外にできることがない場所へ連れてきた。あなたはベラに死んでほしいんだ。なんのために? そうすれば、あなたとあなたの一族の家業で独占できるバイオ産業プロセスを確保できるからだ」

「世界は無限のバイオ原子力を必要と――」

「なあ、世界のためにやっているふりをするのもやめてくれ。ほんとは世界のことなんてどうでもいいんだろ。この世界であれ、ベラの世界であれ」わたしはベラのほうを指差した。「トム・スティーヴンスから言われたことがある。KPSの仕事は怪獣を人間から守ることでもあると。どちらがほんとうのモンスターなのかとジョークを飛ばしたものだ。でも、それはやっぱりジョークではないということだな?」

サンダースは、相変わらずわたしたちを凝視しているベラに、そわそわと視線を送っていた。「キーを返してくれ、ジェイミー、そうしたらベラを送り返してやる。もう必要なもの、ほしいものはすべて手に入れた。きみがキーを渡したら、おれはポータルの出力を増加させる。ベラは帰れる。きみも帰れる。きみたちみんなが帰れるんだ」

「わたしたちを寄生体の餌にしようとしていたことは？」

「それについては変更可能だ」

「たったいまわたしにショットガンをぶっ放したことは」

「まちがいがあった」

「それなのにわたしたちを生かしておくと言うのか。わたしたちが秘密を知っていることを知りながら。わたしたちがいずれそれについて質問されることを知りながら」

「きみたち四人が双方にメリットのある説明をする気になれるよう、おれが充分な動機をあたえることはできると思う」

「ここでわたしたちに金の提供を申し出るわけだ」

「金だけじゃない。だが、金もたしかにその一部だ」

わたしは笑みを浮かべた。「心そそられるね。でも、たったいま、あなたは自分を相手にデュークの賭けをしたはずだ——わたしがあなたの申し出を受け入れるほど愚かであるかどうか」

サンダースも笑みを返した。「あれをおぼえていたのか」

「ああ」

「おれがまだショットガンを持っているのはおぼえていたか？」

ベラから噴きだした超高温の空気が、わたしたち二人をなぎ倒した。ベラの頭が消え、空へ向かって、高く、高く、高くのぼっていく。

サンダースが立ちあがり、ショットガンをわたしに向けた。「ジェイミー・グレイ。お別れだ」

ベラが絶叫し、ひと筋のビームが発射され、世界が金色に輝いた。

わたしが目をあげると、サンダースの背後で次元の穴がひらいていた。立ち込める霧が彼の姿を隠していく。

体をころがして逃げた瞬間、引き金がひかれた。散弾の広がる範囲が狭かったので、わたしに当たることはなかった。

ころがりながら振り返ると、なにかがわたしの顔に向かって突進してくるのが見えた。

寄生体だ。

〝フェロモンの効果が切れたのか〟

寄生体はわたしを飛び越え、サンダースの胸にぶつかった。

サンダースは驚きと恐怖で叫び声をあげ、寄生体によって穴の中に叩き込まれた。霧にのまれてその姿が見えなくなった。

霧のむこう側のどこかで、サンダースが怒鳴るのをやめて悲鳴をあげ始めた。

足首の具合をたしかめながら立ちあがり、顔をあげると、ちょうどそのときベラのビームが止まった。ビームのまわりの穴が閉じ始め、そこからなにかが霧をかき乱して飛び込んできた。

ヘリコプターだ。チョッパー2号だ。

「マーティン・サティの野郎」わたしは彼に向かって手を振りながら、ぴょんぴょん飛び跳ねた。

ベラがチョッパー2号を見つけて、叩き落とそうとした。サティはそれをかわし、ベラと距離をとった。

ベラはゆっくりと立ちあがり、体をいっぱいに伸ばした。

翼を広げた。

そして移動を始めた。わたしがいるほうへ。

足首の痛みを心配するのはあとまわしにした。わたしはベラが進むと思われる方向から九十度の角度で走り出した。

ベラは最初の一歩で蓄電器が作る境界から踏み出した。

二歩目でサンダースたちが研究室として使っていたコンテナの大半を押しつぶした。

三歩目には、ベラからジェットエンジンのような音が響き始めた。

ベラが羽ばたいた。巨大な翼がわたしたちの惑星の薄い空気をなんとかとらえようとした。

やがて、翼はそれをとらえた。

ベラは舞いあがった。

地上に目を戻すと、三つの人影がわたしに向かって走ってくるのが見えた。アパルナ、ニーアム、そしてカフランギだ。

「相棒《マイト》、大丈夫か？」カフランギが最初にたどり着いて呼びかけてきた。

「足首を痛めたが、大丈夫だ」わたしは言った。アパルナとニーアムもやってきた。わたしは彼らにサンダースのＵＳＢキーを見せた。「これで境界装置を起動できる」

「それはすばらしいことだけど、ちょっとした問題があるよ」ニーアムが言った。「あたしたちの鳥は籠から飛び出した」

「外にいる時間が長くなれば、それだけ送り返すのがむずかしくなる」アパルナが言った。

「ひとつ考えがある」わたしはそう言って、アパルナに顔を向けた。「ベラのベントの間隔はいまどれくらいだ？」

「二十分強だね」

「ベラが飛んだことはその間隔にどう影響するのかな？」

「飛ぶためにたくさんの力を使って、たくさんのエネルギーを消費しているから。だいぶ短くなるはず」

「どれくらい短くなる？」

「わからない」

「推測でいい」

「最長でも十分」

ニーアムが上空を見あげた。「あれはクソチョッパー2号かな？」

サティはわたしたちがいる場所にヘリコプターを降下させようとしていた。

わたしはカフランギにUSBキーを渡した。「きみとニーアムは発電機のところへ行って準備をしてくれ」

カフランギはキーを受け取った。「なんの準備だ？」彼は叫ぶように言った。チョッパー2号の轟音が周囲に響き渡っていた。

「ベラを送り返す準備だ」わたしも叫んだ。「わたしたちはそのためにベラを迎えに行く」

カフランギがにやりと笑った。「おまえはイカれてる。愛してるぜ」

彼はニーアムの体をつかみ、USBキーを見せて、発電機のほうを身ぶりでしめした。二人は移動を始めた。

サティがわたしたちのために低空でヘリコプターをホバリングさせ、アパルナが乗客エリアに、わたしは副操縦士席に乗り込んだ。

「あなたは帰還するという話になっていましたよね」シートベルトを締めてヘッドセットをつけるとすぐに、わたしはサティに言った。

「トラブルが起きるまで待とうと決めたんだ」サティは言った。「そうしているうちに、おれたちのベラがゲップをするとき、でかい穴が空くのに気づいた。大きさをたしかめたくなったんだよ。これでわかった」

「わたしたちがいまなにをしてるかわかりますか？」

「おまえは頼まないだろうと思っていた」

「まだ頼んでませんよ」

「たしかに頼んだ、言い方が悪かっただけだ。さあ、お嬢さんを追いかけよう。ドクター・チャウドリー、あと十分くらいか？」

「もうそれより短いです」アパルナが言った。

サティは機体を早朝の空へ急激に上昇させて、ベラを追った。


「あまり速くはないな」サティが言った。ヘリコプターは北西方向へよたよたと飛んでいるベラに接近していた。予想どおり、ベラはグースベイのほうへ向かっていた。

「こっちの空気ではベラを支えきれないんです」アパルナが言った。「通気システムでおぎなってはいるようですが、それも限界にきているんでしょう。そもそも飛んでいるのが驚きなんです」

「すぐに空中から落ちてもおかしくないということか」わたしはアパルナに言った。

「そうなっても不思議はない」

「まずいな」サティが言った。「ベラが装置のある場所まで歩いて戻るのはむりだろう」

「どうするつもりです？」

「まずは礼儀正しくいってみよう」サティはベラを追い抜いて先に出ると、充分な距離をとってから反転し、ベラの進路上でホバリングに入った。

「チキンレースが礼儀正しいんですか？」アパルナが不安げな顔で言った。

「時間があるかぎりは礼儀正しく」サティが言った。

ベラはまっすぐチョッパー2号めがけて飛んできたが、ぎりぎりのところで進路を変えてそれをかわした。わたしたちはベラの翼と通気システムが起こす乱流で激しく揺さぶられた。サティは機体を安定させると、ふたたび北西へ向かい始めたベラを追った。

「礼儀正しくするのはここまでだ」サティが言った。

「わたしが思っていることをするつもりはないですよね」わたしは言った。

「おれがなにをすると思っているのか知らんが、ああ、たぶんやる」

わたしはアパルナを振り返った。「シートベルトはちゃんと締めてるね？」

「そのつもりだったけど、自信がなくなってきた」アパルナは言った。

わたしはうなずいた。「その態度は正しい」そしてサティに目を戻した。「わかりました、やりましょう」

計器の明かりの中で、サティがにやりと笑うのが見えた。彼はチョッパー2号を上昇させると、ベラの頭をめがけて急降下させた。

「ああ、こんなのいやだ。こんなのいやだ」アパルナが言った。

「うんうんうん」わたしは同意しながら、必死になってチビるまいとしていた。

チョッパー2号はベラの頭に激しくぶつかり、着陸用スキッドでその表面を滑った。途中でスキッドの片方が引っかかったらしく、機体が前方にかしいで死ぬかと思ったが、すぐに引っかかっていたものがはずれた。ベラが咆哮した。

「いまのでベラの注意を引けたみたいですよ」わたしは言った。

「まだ足りない」サティはチョッパー2号をベラの顔のすぐまえに降下させた。テールローターがいまにも接触しそうだ。

叫び声からすると、これでベラは激怒したようだった。わたしはモニタを見あげ、後方の映像を確認した。

「歯が」わたしは急いで言った。

「了解」サティが言ったとたん、ヘリコプターはきわめて危険なやりかたで急降下した。じゃまをしたわたしたちに償いをさせようと、ベラもあとに続いた。

「もうゆっくりは飛んでませんよ」わたしはベラが接近してくるのを見ながら言って、完全にパニックを起こした声になっていないことを願った。

「あとどれくらいあるんだ、ドクター・チャウドリー？」サティがたずねた。

「ベラは準備万端です」アパルナが言った。「もうすぐだと思います」

破壊された現場のかすかな明かりが見えてきた。

「おまえの友達の準備ができていればいいが」サティがわたしに言った。

「きっとやってくれます」わたしは断言した。「タイミングが合うことを祈りましょう」

「ええと、みなさん」アパルナが言った。「モニタを見て」

わたしは見た。ベラが距離を詰めてきて、口をひらき、咆哮していた。その体内に光があらわれていた。

「時間がない」わたしは言った。

「もう少しだ」サティが言った。

「もう少しじゃ間に合わない」わたしはサティに言った。

わたしたちが森を越えて現場に差し掛かったとき、ベラが咆哮してビームを放ち、それがチョッパー2号のすぐ上をかすめた。

サティがヘリコプターを急降下させて、地上すれすれに思える高さを飛行した。周囲の世界が金色に輝いていた。ベラのビームが地面を切り裂き、土砂を空へ舞いあげたために、モニタで見る背後の世界は真っ暗になっていた。

「つかまれ」サティは機体をぐっと上昇させ、ベラの息が蓄電器の境界を飛び越えるようにした。鮮やかな光の壁がチョッパー2号のすぐ脇を流れていた。それは美しく、手を伸ばせばさわれそうなほど近かった。ほんとうにさわったら死ぬだろう。

わたしたちが蓄電器の反対側の境界を通過したとたん、ビームが途絶えた。目のまえに大きな木々がありえないほどの速さで迫ってきていた。アパルナとわたしは悲鳴をあげた。サティはぎりぎりのところで機体を引き起こし、梢の上でホバリングさせた。そしてチョッパー2号を反転させた。

ベラとその卵は消えていた。

ただ消えただけではなかった。

まるで初めからそこになかったように見えた。

わたしはベラのいない現場を見つめた。「うまくいった。やったんだ」

「見て」アパルナが指差した。カフランギとニーアムが、リュックを引きずりながら境界を目指してよたよたと走っていた。

「みごとな一撃だった」二人がチョッパー2号に乗り込み、シートベルトを締めてヘッドセットをつけたところで、わたしは声をかけた。

「梢を越えてやってくるなんて聞いてなかったよ」ニーアムが言った。「ぎりぎりでカフランギに合図したんだ。あやうく失敗するところだった」

「ああ、でもきみたちは失敗しなかった」

「どうやってベラにあとを追わせたんだ？」カフランギがたずねた。

「ベラを激怒させたの」アパルナが言った。

カフランギはうなずいた。「そんなところだろうな」

「怪獣の記憶力がよくないことを祈ろう」サティが言った。「さもないと、むこうへ戻ったあとで、チョッパー2号にはひどくつらい日々が待つことになる」

「彼女は大丈夫だと思う？」わたしはアパルナにたずねた。「ベラのことだけど。ベントの間隔がだいぶ短くなっていた」

「どうかな」アパルナは言った。「大丈夫だと思う。でもわからない。はっきりしているのは、本来いるべき場所に戻ったいま、ベラにはチャンスがあるということ。ここではまったくなかった」

「おれたちは仕事をやり遂げた」カフランギは言った。「怪獣を保護したんだ」

「たぶんね」アパルナが訂正した。

「今回は〝たぶん〟でも立派なもんだと思う」

「あのサンダースのクソ野郎はどうなった？」ニーアムがわたしにたずねた。

「ここにいたほかの連中と同じことになった」わたしは言った。「ただし障壁のむこう側で」

午前五時にカナダ軍のグースベイ基地に着陸したとき、チョッパー2号は文字どおり煙を噴いていた。まったく予定外のことで、飛行計画もなしに、どこからともなくあらわれたので、わたしたちはカナダ軍の印象深い面々の出迎えを受けた。

「いいねえ」ニーアムが居並ぶ兵士たちをながめながら言った。「カナダ軍の刑務所はどんな感じかな？　友達の代わりにききたいんだけど」

「おまえたちが刑務所に行くことはない」サティが言った。

「なんて説明するんですか？」アパルナがたずねた。

サティはアパルナを振り返った。「おまえはなにも言わなくていい。おまえたちみんなだ。ここはおれにまかせろ」

「喜んで」カフランギが言った。「でも、どうして彼らがあなたの言うことを聞いてくれるんです？」

「おれがおれだからだ」

「あなたがパイロットだということが彼らにとって重要なんですか？」

「サティは博士号も持っている」わたしは言った。

「そのどっちでもやつらは気にしないだろう」サティは言った。「おれが王立カナダ空軍の大佐だということは気にするだろうが」

「彼らにとってどんな意味があるんです？」わたしはたずねた。

「なによりもまず、おれがこの基地の司令官より地位が上だということだ」

「まさかあなたが」ニーアムが賛嘆のまなざしで言った。「ずっと身をやつして」

「身をやつしていたわけじゃない」サティは言った。「カナダからKPSに派遣された正式な連絡係だ。帰ったらマクドナルドとダンソにきくといい」

「そんな人がなんでチョッパー2号を操縦しているんです?」わたしはたずねた。

「おれがチョッパー2号を飛ばしているのは、連絡係が退屈だからだ。こっちのほうがずっと楽しい。さあ、おまえたちはここにいて口を閉じてろ。あとはおれの仕事だ」サティはヘリから降りて、責任者の兵士に近づいていった。ポケットから財布を出し、一枚のカードを抜き出した。

サティはそれを兵士に見せた。

兵士がサティに敬礼した。

ほかの兵士たちもそれにならった。

28

わたしたちはカナダ軍の刑務所に行くことはなかった。ついでに言うなら、どこの刑務所にも。すぐにタナカ基地に戻ることもなかった。

第一に、戻ることができなかった。ホンダ基地のゲートウェイがまだ閉鎖されていて、この先もまだ閉鎖が続くからだ。サティ、もとい、サティ大佐は、ショウビジン号のクルーに情報を伝えていて、それをショウビジン号が基地に転送したのだが、彼らはチョッパー2号が障壁を通過するまで送信を待ってくれた。サティが通過するとすぐに、ショウビジン号は大急ぎでそのエリアから立ち去った。

これは賢明な判断だった。ベラがむこうへ戻ったときに周囲のジャングルのほとんどに火をつけてしまったからだ。一週間ほどは、ベラの体内機能やそれをおぎなう寄生体が回復するかどうかははっきりしなかった。その後、ベラは落ち着きを取り戻し、最後の一群の卵を産み落とすと、さらに数週間にわたって巣ごもりを続けた。

ベラは生きのびたのだ。わたしたちはたしかに怪獣を保護したのだ。

わたしたちがすぐに戻らなかった第二の理由は、KPSがこの事件を調査しなければならず、わたしたちが重要参考人になっていたからだ。グースベイ基地を出たあとの二週間、セントジョンにあるホテルで、KPSの上層部やさまざまな利害関係者とズーム会議をおこない、ロブ・サンダースがなにを、なんのためにおこない、それが彼の一族の会社であるテンソリアルとその前身にどのように関係しているのかを説明した。わたしたちの証言を裏付けてくれたのが、気絶して怪獣フェロモンをスプレーされたおかげで生きのびることができたデイヴ・バーグ、またの名を〝ほとんどインターンのデイヴ〟だった。あれこれ考え合わせたうえで、彼は自分に電撃をくらわせたニーアムを許した。

最初のタナカ基地の破壊に関する新情報は、KPSの人びとにとってはまったくの驚きというわけではないことが判明した。サンダース家がすべてを明かしていないのではないかという疑いは常にあったのだ。しかし、合衆国エネルギー省の担当者にとっては意外な情報だったようだ。もっとも、この担当者は別のことを考えていた可能性もある。合衆国の選挙が謎の核爆発で延期されたりすることもなく実施されたので、彼は数カ月後には職を失う可能性が高かったのだ。どうやらこの件はKPSに好きなように処理させてくれるようだった。

KPSは、事件が公式には存在しなかったというかたちでそれを処理した。ベラをこちらへ連れてきたプロジェクトについては、新しい電波干渉計をテストしようとした科学者のグループという公式の作り話がそのまま採用された。テスト中にとんでもない手違いが生じた。

そして爆発が起きた。

電波干渉計プロジェクトはときどきそうなるものなのだ。

「そんなことあるわけがない」ニーアムは天体物理学者だったので抗議した。だが、その訴えは却下された。

科学と知識への情熱からプロジェクトに資金を提供していたハイテク億万長者、ロブ・サンダースは、そのときの爆発で死亡し、遺体は回収されるまえにラブラドルオオカミに捕食されたものと推定された。

「ラブラドルオオカミ？」カフランギは疑いをあらわにした。「ほんとにいるのか？」

「うん、いるよ」アパルナが請け合った。

テンソリアルは、サンダースの活動や、自社の長年にわたるKPS関連の活動に対して公式に責任を問われることはなかったが、一月に合衆国で政権交代が起こると、司法省のほうから、テンソリアルと、全員がサンダース一族であるその過去と現在のCEOたちが、エネルギー省や国防省などが関与した数十年にわたる不正行為の疑いで捜査を受けているとの発表があった。同社にとっては長く居心地の悪い捜査となるだろう。

それは、まあ、よかった。

わたしたちが留守にしていたあいだ、タナカ基地ではサンダースがベラを連れ去ったときに亡くなった人びとの追悼式がおこなわれた。家族と生存者に伝えられた偽りの公式声明は、保護すべき動物たちの調査中に密猟者に待ち伏せされて殺された、という充分に真実に近いものだった。KPSの遺族給付は常に手厚く、その喪失の悲しみは真摯なものだった。

タナカ基地では、アパルナ、カフランギ、ニーアム、マーティン・サティ、そしてわたしの生存が確認されるまで、だれもが息をひそめていたという。全員が生きているとわかると、人びとはいっせいに祝福の声をあげて、心配させたわたしたちをぶちのめすと誓った。

わたしたちが戻ったとき、彼らはわたしたちをぶちのめさなかった。その代わりに、休日を宣言した。まる一日、パーティーとごちそうと酒とカラオケが続いた。

それからわたしたちは仕事に戻った。アパルナは生物学研究室、カフランギは化学研究室、ニーアムは物理学研究室、そしてサティは――まあ、ヘリコプター一機を怪獣惑星に帰還させるというのが大仕事だったので、しばらくはたいしてやることがなかったが、その後は飛行任務に戻った。

わたしも物を持ちあげる仕事に戻った。

マクドナルドから、将来的に常任とすることを見据えて、トムの仕事を一時的にまかせたいという提案があった。わたしは辞退した。トムの後釜にすわるのは気が引けたし、それまでの数週間、ヴァルに二人分の仕事を押しつけてしまっていた。それに、なんだかんだ言ってもこの仕事が好きだった。物を持ちあげるのは、意外なほど脳の働きをよくしてくれるのだ。

だから、遠征が終わるまで、特に変わったこともなくその仕事を続けていた。

正直言って、なんだかおかしな感じだった。遠征の始まりがあれほどドラマチックだったのに、タナカ基地に戻ってからは、すべてが拍子抜けするほど平穏だった。「同じようなことがあるんじゃないかとずっと不安だった」とニーアムが言ったときは、わたしたち全員がそれに同意した。

だが、そんなことは起こらなかった。三月になると、わたしたちはアロハシャツに身を包み、飲み物を手にならんで、タナカ基地に帰還したブルーチームを出迎え、彼らから見送りを受けた。

習慣に従い、わたしは自分の部屋を引き継ぐことになるブルーチームのメンバーのために、歓迎の品とメモを残した。

親愛なるどなたかへ
あなたがここに来るのが初めてなら、ようこそ。あなたがここに来るのが初めてではないのなら、おかえりなさい。はるか昔の六カ月まえにここへ来たとき、わたしは植物の贈り物をもらいました。同じものをあなたにも贈ります。わたしがもらったときよりも大きくなっていて、植え替えもされています。さらに引き継ごうとしたら、もう一度植え替えが必要かもしれません。

この植物をわたしにくれた人は、この世界を永遠に離れることになっていました。彼女はそろそろ現実の世界に戻るときだと言っていました。ここはとても奇妙な世界なので、彼女の言いたいこともわかりますが、ここだってもうひとつの世界と同じくらい現実だと思います。この植物はほんものです。ここにいる人たちもほんものです。ここで生まれる絆や友情もほんものです。むしろ非現実的なのは、この世界がこんなにも現実味にあふれているということでしょう。

この植物はあなたのものですが、わたしはいずれ戻ってきます。そして戻ってきたときには、あなたと顔を合わせて、いっしょに食事をして、いっしょにカラオケを歌って、植物の話をして、ひょっとしたら友達になれたらいいなと思います。あなたに会えるときが待ち遠しい。それまでは、わたしたちの植物に優しくしてあげてください。

――ジェイミー・グレイ

アパルナ、カフランギ、ニーアムには、ボルチモア・ワシントン国際空港で別れを告げた。空港はわたしたちが出発したときほどは閑散としていなかった。ワクチンが出回り始めて、楽観的すぎるかもしれないが、人びとはふたたび旅に出ようとしていた。アパルナはロサンゼルスにいる家族のもとへ。カフランギはニュージーランドへ、ニーアムはアイルランドへ向かうが、二人とも友人や家族と会うまえに二週間は隔離されることになる。

「あたしは楽しみにしてるよ」ニーアムは言っていた。「二週間ずっと寝て、ルームサービスを食べて、ニュースを見て叫ぶんだ」

わたしたちは全員でハグをかわし、ＫＰＳゴールドチームのディスコードチャンネルを通じて連絡を取り合おうと約束した。

空港を離れるまえに見たＫＰＳのメンバー、ブリン・マクドナルドは、わたしに手を振りながら、彼女のために新しいアシスタントを探しておいてくれと言った。「だれもトムの代わりにはなれません。でも、彼の仕事をする人が必要なんです」わたしはそうすると約束した。

そしてわたしは家に帰った。ブレントとレアティーズとシェアしている、悲惨なイーストヴィレッジのアパートは、実は記憶にあるほど悲惨ではなかった。

「会いたかったよ」ブレントが言った。

「静かでよかったのに！」レアティーズが別の部屋でビデオゲームをしながら叫んだ。

「わたしがいなくなってから、ずっとその部屋を出てもいないのか？」わたしは叫び返した。

「これは〝隔離〟って言うんだよ、ジェイミー、調べたほうがいいんじゃない？」

「部屋を出たことはある」ブレントが断言した。

「ときどきうんちをするからね！」レアティーズが言った。

「なつかしいな」わたしは心から言った。

ブレントがにやりとした。「そうか、よかった。タイ料理を注文しておいたから、もうじき届くよ。そのあいだに、この六カ月にあったことを話そうか」

「知っておくほうがいいことなのか？」

ブレントは手をシーソーのように上下に動かした。

ドアにノックの音がした。

「早かったな」ブレントが立ちあがりかけた。

わたしは身ぶりで彼をすわらせた。「出よう。チップの金ならある」

「おお、われら貧者よ、この成金よ！」レアティーズが叫んだ。

「わたしも愛してるよ」わたしはマスクをつけ直してドアへ向かった。

「パッタイ、トムカーガイのスープ、それと、うわっ、ジェイミー・グレイじゃない」ドアのまえにいたデリバリー要員が言った。

わたしは目をこらした。「カニーシャ・ウィリアムズか？」

「びっくりした、ジェイミーだ」カニーシャは料理を置き、片手を差し出してから、まだ感染期だということを思い出して引っ込めた。「ほんとうにごめんなさい。去年の三月。あなたが解雇されたときのこと。あなたに教えなかった。警告するべきだった。でもしなかった。怖かったの。ほんとうにごめんなさい」

「いいんだよ。なにがあったかは知っている。ロブ・サンダースがやったこと。あいつがきみにやらせた一ドルの賭けのこと」

「ロブはわたしにあの一ドルを払わせたんだよ。信じられる？」

「信じられる」わたしはきっぱりと言った。

「聞いた？　ロブのこと？」

「聞いた」

「オオカミに食われたんだって。そんなの変だよね？」

「もっと変なことだったかもしれない」

「考えられない」

「きみのほうはなにをしてるんだ、カニーシャ？」

「まあ、わかるでしょ」カニーシャは手を上下に動かした。「これがわたしのやってること。ロブがフード#ムードを売ったあと、新しいオーナーたちは全員を一時解雇した。あいつらは会社や社員じゃなくてユーザーリストがほしかっただけなんだよ。それからパンデミックになって、仕事がなくなって、こういうことになったわけ」

「わかるよ。わたしも経験者だ」

カニーシャはにっこりしたが、すぐにみじめな顔になった。「よくわからないけど、これが因果応報ってやつかもしれないね。わたしは仕事を失うのが怖くて、ロブがあなたやほかの人たちにひどいことをするのを止められなかった。それで、結局は失業して、いまこうして」――料理を身ぶりでしめし――「あなたのパッタイをデリバリーしている」

「それは因果応報なんかじゃない。悪人たちと悪運のせいだ。だれにだって起こりうることだ」

「そうだね、今回はわたしの身に起こったわけだ」カニーシャはまたにっこりした。「それはともかく。会えてよかった、ジェイミー」そしてきびすを返しかけた。

「待った」わたしは財布を取り出した。

「ああ、チップはやめて。チップなんかもらえない。あなたからは。あんなことをしてしまったんだから」

「チップじゃないよ」わたしはカニーシャに名刺を渡した。

カニーシャはそれを受け取って怪訝な顔をした。「これは?」

「わたしが勤めている組織が欠員の募集をしているんだ」わたしは言った。「きみならぴったりだと思う」

作者のあとがきと感謝の言葉

二〇二〇年になったとき、わたしは友人との休暇から戻る三月から長篇の執筆にとりかかろうと考えていた。みなさんがいま読んでいるこの小説は、二〇二一年の二月から三月にかけて書かれたものだ。

では、二〇二〇年三月に書こうと思っていた長篇はどうなったのか？

まあ、驚くことではないかもしれないが、そこに二〇二〇年が到来したのだ。

二〇二〇年がどんな年だったかを思い出してもらう必要はないだろうが、完全に情報を遮断していた人のために言っておくと、パンデミックと抗議運動と火事と選挙と腐敗と孤立と恐怖がずっと続いていたのだ。おまけに、わたしは十一月から十二月にかけて、新型コロナだと確信したのにあらゆる検査でそうではないと言われた病気にかかった。なんであれ、その病気でわたしの脳はプディングになり、一カ月ほどのあいだ〝チーズが好き〟よりも複雑なことを考えられなくなった。

そのあいだずっと、わたしはあの長篇を書いているはずだった。暗く、重く、複雑で、陰気な野心に満ちた——言葉を換えると、自分のまわりで世界が崩壊しているときに書くのにぴったりとは言えない長篇だった。

それでも、わたしはその長篇を書いていた。文や段落のレベルでは意味をなすが、章としてはあまりうまくいかず、物語全体としてはまったく形にならない数万の単語。それは集中力を必要とする長篇であり、二〇二〇年のわたしにとって、集中するのはとてもむずかしいことだった。

だが、そのあとに二〇二一年がやってきた！　新しい年！　新しいスタート！　新たなる野望！年末に体調を崩して以来、ようやく頭がすっきりして、ふたたびものごとをつなげられるようになったのだ。一月四日に執筆を再開し、数百語を書いて勢いをつけ、一月五日にもう少し書いたあと、一月六日が来て、まあ、そういうことだ。暴動というのはほんとうに集中力を削いでくれる。それまでまったく知らなかった！　それまでは知る必要もなかった。だが、いまはよく知っている。執筆が可能という観点からすると、それで一月は終わってしまった。

結局、新大統領が就任して二週間がたち、前大統領がぶじにフロリダに押し込められて雲に怒鳴っているころに、わたしは執筆を再開しようとした。そして一日で三千四百語書いた。それは良い言葉であり、文章としても、より大きな小説全体の構造の一部としても意味をなす言葉だった。いい感じだった。わたしもいい気分だった。この本はいけると思った。その日の作業は終えて、翌日また始めようと意気込んでいた。

翌日、パソコンに戻ると、前日に書いたページが見当たらなかった。

何年かぶりに、パソコンがわたしの仕事をのみ込んでしまったのだ。ワープロには自動保存機能があり、文書は自動的にクラウドに送られるこの世界では、ファイルを失うことは基本的にありえないと思っていた。なにしろ、文書を閉じるまえには二回も手動でファイルを保存していたのだ。

それなのに、三千四百語——良い言葉、気に入っていた言葉——が消えてしまったのだ。

その瞬間わたしは、みなさんなら啓示と呼ぶかもしれないものを得た。その長篇の執筆をやめたのだ。

三千四百語が消えたことが問題なのではなかった。一日で書き直して、先へ進むことができるのだから。この長篇に関するほかのあらゆること、わたしの人生において世界レベルで最悪の年だったこのときにそれをじたばたと書こうとしたこと、それが原因だった。この長篇はまちがった年に生まれたまちがった長篇であり、その時点で、わたしはそれを嫌いになっていた。すべてがばらばらに飛び散る世界で、そのすべてを目撃しなければと感じながら、一年の大半を費やしてなんとか作品をまとめあげようとしていたあいだ、自分がその長篇に対していだいていた感情も嫌いになっていた。

わたしはその長篇を書くのをやめなければならなかった。

それにはひとつの問題があった。なぜならその長篇は契約済みで、納期は、うーん、いますぐだった。もうひとつの問題は、わたしが何年もかけてかなり信頼がおける作家という評価を高めていたことだ——締め切りがあれば、わたしはそれを守る。いま制作にまわせば予定どおり刊行できるという最後の日の朝七時に原稿を渡すこともあったかもしれないが、とにかく原稿はそこにあった。

今回は、締め切りに間に合わないどころか、締め切りを完全に吹っ飛ばしてしまった。わたしが書いていた本はスケジュール表に載っていた。カバーアートはすでに見本ができあがっていた。マーケティング部門はすでに販売計画を立てていた。それなのにわたしはこう言っていた——「もうだめだ、やめた、バイバイ」

言ってみれば、プロとして生きていけるかどうかの瀬戸際だったのだ。もしも信頼がおけなくなったら、わたしは作家と言えるのだろうか?

このとき、わたしはふたつのことを考えた。ひとつは、〝サンクコスト効果〟という概念で、人がやめるべきことをやり続けてしまうのは、すでに多くの時間と労力を費やしているために、その時間と労力を〝むだ〟にしたくなくなるということ。もうひとつは、ビデオゲームデザイナーの宮本茂氏の言葉で、これはゲームについて言及したものだが、執筆を含めた多くの分野に当てはまる——「延期されたゲームは最終的に良いものになる。できの悪いゲームは永遠に悪いままだ」。わたしに当てはめるなら、恐怖心（と締め切り）に駆られてがんばり続けるよりも、立ち止まって再評価と修正をしたほうがいい場合もあるということだ。〝信頼がおける〟は〝悪い〟の言い訳にはならない。

そこでわたしは、編集者のパトリック・ニールスン・ヘイデンにメールを送り、なぜその長篇をもう書くことができないのかを説明した。おそらく、わたしが送った仕事上のメールの中で（とにかく今日までで）もっともむずかしいものだった。そのメールのやりとりについて、パトリックがどのように語るかは彼次第だが、わたしとしては、彼には思いやりと理解があったと言える。二〇二〇年はたいへんな一年だったのだ。その長篇はスケジュール表からはずされ、これからどうするかを考えようということになった。

こうして、わたしはもうその長篇を書く必要がなくなった。一年近くのあいだ、それに縛り付けられていた精神的なエネルギーと苦悩が、突然、決定的に、テーブルから取り払われたのだ。

わたしは……すっきりした！　そして幸せな気分になった。

そのときわたしの脳が言った。「おいおい、そんな昔のことを考えるのはもうやめないか？　だって、あんたがよそ見をしていたときにわたしがひねくりまわしていた別のものがあって、そのすべてがここに用意されているんだよ」

それから、『怪獣保護協会』の全プロットとコンセプトが、頭の中にいっぺんに落下してきた。

こうして、編集者に「この長篇は書けないし不安と苦痛でいっぱいだしわたしのキャリアはどうなるんだ」という内容のメールを送ったその次の日に、「ああ、気にしないで、実は新しいアイデアがあって、それがすごくクールで、三月中にはそっちに届くよ」というメールを送ったのだ。

作家というやつは。いやや、ほんとに。

作家として、わたしはこの長篇に感謝している。これを書くことが回復に役立ったからだ。KPSは――けっして悪い意味ではなく――陰鬱な交響曲のような小説ではない。これはポップソングだ。軽快でキャッチーな、いっしょに歌えるサビとコーラスがある三分間の曲。聴き終えたあとは、できれば笑顔で一日を過ごしたい。わたしはこれを楽しんで書いたし、楽しんで書く必要があった。だれだってポップソングを必要とするときはある。とりわけ、長い暗闇が続いたあとには。

〝もうひとつの長篇はどうなる？　いずれ再開するつもりなのか？〟もっともな質問だ。そうなるかもしれない。アイデアはいいので、将来、わたしの頭が正しい状態にあり、世界が正しい状態にあるなら、そこに戻る可能性はある。あの作品には全神経を集中させる必要があったが、わたしにはそれができなかった。それができるようになったら、また挑戦するかもしれない。そのときはちゃんとお知らせする。

それまでのあいだ、みなさんにはこの長篇がある。わたしにとっては適切なときに生まれた適切な長篇だ。わたしは小説を書くのが好きで、それをみなさんと共有するのも好きなんだなと、あらためて思い出すことができた。それだけのためでも、この長篇が存在して、みなさんの手元にあることをうれしく思う。

前置きはこれくらいにして、謝辞に移るとしよう。

まずは、あまりにも明白なことだが、編集者のパトリックに感謝したい。彼がいなければこの本は存在しなかった。良い編集者というのは、言葉を見るだけではなく、作家も見ているものだ。パトリックはわたしを見て、わたしを理解して、わたしにとって必要なやりかたで励まして、わたしを軌道に戻してくれた。

そして、この本のために協力してくれたトー社の全チームに感謝したい。モリー・マギー、レイチエル・バース、原稿整理を担当してくれたスクリプトアキュイティ・スタジオのサラとクリス、ピーター・リュートイェン、ヘザー・ソーンダーズ、そしてジェフ・ラサーラ。

特に声を大にして言いたいのは、トー社の広報担当者であるアレクシス・サーレラのことだ。この本のためというわけではなく（彼女ならきっとうまくやってくれるはずだが）、わたしのトー社における前作 ***The Last Emperox*** が出版されたのが、ちょうど新型コロナが本格化してきたときで、全世界が閉鎖されて、わたしのツアー日程がすべてキャンセルされるということがあったからだ。ほんの数日に思える期間で、アレクシスを始めとするトー社の広報担当者たちは、ツアー全体を再編成してオンラインとバーチャルで開催できるようにしてくれた。それはたいへんな労力であり、しかもうまくいった──イベントの聴衆はすばらしく、本はベストセラーになった。彼女とトー社の広報部門の人たちに、ほんとうに困難な時期に、彼らがわたしを含めたトー社の作家たちのためにやってくれた仕事に対して、わたしが感謝していることを伝えたい。

わたしの本のオーディオ版を担当してくれた、オーディブル社のスティーヴ・フェルドバーグと彼のチームにも感謝したい。英国については、ベラ・ペイガンとジョージア・サマーズ、そしてトー社UKの全チームに大きな敬意と感謝を捧げる。

そしてもちろん、アメリカや海外でわたしの作品を売ってくれる、エージェントのイーサン・エレンバーグ、ビビ・ルイス、エズラ・エレンバーグに感謝する。映画・テレビ方面の仕事をしてくれたマシュー・シュガーマンとジョエル・ゴトラーにも感謝する。

二〇二〇年のあいだは、先に述べたような理由でなかなか執筆が進まなかったが、十二月に入ると、創作というものに別の方向から取り組めば、エンジンを再始動できるかもしれないという気がしてきた。そこで、ホリデーシーズンをテーマにした『Another Christmas』という曲のアイデアを書き出し、友人のミュージシャン、マシュー・ライアンに、これで合作ができないかと声をかけた。マシューは快く引き受けてくれた。できあがった曲は、暗い季節に思いきり気分を盛りあげてくれるものになり、自分にもまだなにか作ることができるのだと思い出させてくれた。マシューに感謝し、二人の歌をいつまでもたいせつにしたいと思う。

そして、いつものように、わたしの家族に感謝する——自身もすばらしい作家になりつつある娘のアシーナと、妻のクリスティーンだ。妻は二〇二〇年に先の長篇を書こうとするわたしの苦闘ぶりを見なければならなかった。わたしがなかなかうまくできないのを見るのはつらかったと思う。妻はわたしを気遣ってくれているし、いつもならわたしがうまくやれているのを知っているからだ。自分の配偶者が仕事で悪戦苦闘しているのを見るのはけっして楽なことではない。

だが、そんな中でも妻はとても協力的だった。なぜなら、彼女はすばらしい配偶者であり、わたしが知るかぎり人としても最高だからだ。わたしがもうひとつの長篇を捨ててＫＰＳを書き始めたときも、妻はわたしを励まして、わたしが一章書くたびにそれを読み、次を読みたいと言ってくれたので、わたしも喜んで先へ書き進めることができた。まえにも言ったが、クリスティーンがいるから、みなさんの手元にわたしの本がある。この本の場合はなおさらだ。なにもかも彼女のおかげなのだ。

もうひとつ。みなさんに感謝する。わたしの作品を読んでくれてうれしい。

最後に、おもしろい事実を。この本を書き終えたのは、本の中のできごとが終わるまさにその日だった。狙ったわけではない。でも、そうなったのはクールだね。

——ジョン・スコルジー

二〇二一年三月二十日

訳者あとがき

本書は『老人と宇宙《そら》』シリーズで日本でもおなじみのジョン・スコルジーが、二〇二二年三月に刊行した最新長篇です。新型コロナのパンデミックでスランプに陥った作者が、キャリアにおける最大の危機をいかにして脱し、本書を書きあげたかという経緯については、作者によるあとがきにくわしく書かれていますのでぜひ読んでみてください。悪戦苦闘のかいあって、本書はつい先日発表された二〇二三年度ローカス賞のSF長篇部門を受賞しました。

今回、パンデミックから解放されたスコルジーが選んだテーマは〝カイジュウ〟――ドラゴンでも恐竜でもない、日本発の〝怪獣〟です。作者の怪獣愛については、ブログ等の発言だけでなく過去の作品中でもしばしば漏れ出していますが、きわめつけは『遠すぎた星　老人と宇宙《そら》2』に出てきた特殊部隊員〝ガメラン〟でしょう。宇宙空間での活動に適応した亀形人類という設定には、笑いを抑えられませんでした。

本書の主人公は、パンデミックで職を失い、日々の生活費を稼ぐためにやむなくデリバリーサービスの配達員になったジェイミー。配達先で昔の知り合いと出会い、ちょうどいい仕事があると紹介されて飛びついたものの、派遣された先で待ち受けていたのは想像を絶する世界だった……。二〇二〇年に多くの人びとが経験した、つまりだれにでもありえたかもしれないできごとから始まるこの物語。コロナ禍で苦しい思いをしたすべての人びとに、いっときでも俗世を忘れて爽快感を味わってほしいという意図で執筆されただけあって、スコルジー作品の中でも特に明るい、ノンストップの冒険SFになっています。作者自身の言うとおり、まさに軽快でキャッチーなポップソング。とんでもない設定に突っ込みを入れながら、気楽に楽しんでいただけたらと思います。

作者について簡単に紹介しておきましょう。ウェブサイトで発表した小説が大手出版社から刊行されて大ヒットを飛ばし、そこから一躍人気作家に——というのは、いまでは珍しくもないサクセストーリーですが、その先駆けとなったのがジョン・スコルジーです。

有名なブロガーだった作者は、自身のサイトで連載した『老人と宇宙《そら》』を二〇〇五年に書籍として刊行。これが大きな評判になってSF界の各賞の候補にあげられ、たちまち人気作家の仲間入り。その後も、同シリーズの作品だけではなく、コンスタントにベストセラーリストに載るヒット作を出し続け、スター・トレックへの愛にあふれた単発長篇『レッドスーツ』で、ついにヒューゴー賞とローカス賞を受賞。二〇一五年には十年間で十三冊の本を出版するという大型契約をトー社と結んで話題になりました。もちろん日本でも人気は高く、『最後の星戦　老人と宇宙《そら》3』と『アンドロイドの夢の羊』で二度、星雲賞の海外長篇部門を受賞しています。

映像化については、本書も含めて話だけはたくさんあるのですが、なかなか実現にはいたっていません。それでも、Netflixのオムニバスシリーズ『ラブ、デス&ロボット』でいくつかの短篇がアニメ化され、好評を博しました。

気になる次作は、今年の九月に刊行が予告されている*Starter Villain*。アメコミでスーパーヒーローの対極に位置するスーパーヴィランを題材にした長篇です。亡くなった叔父のスーパーヴィラン稼業を引き継ぐことになった主人公が、手下であるしゃべる天才猫や労働争議に明け暮れるイルカたちを引き連れて、巨悪を相手に戦いを挑む——笑えるお話としか思えませんが、超富裕層に支配される世界という二〇二二年の現実を反映しているとか。

訳注的な蛇足をふたつほど。

17章に出てくるカッカスアックという聞き慣れない単語。これは怪獣の爆発が起きたあたりにある（地球側の）カナダ国立公園の名前で、イヌイットの言葉で〝山〟を意味するそうです。

スコルジー作品ではときどきあるように、本書でも性別が明示されない人物が出てきます。一人はニーアムで、代名詞としてtheyが使われているのでトランスジェンダーと思われますが、翻訳では代名詞をいっさい使わないという形で処理しました。もう一人は主人公のジェイミーで、『ロックイン—統合捜査—』のクリスと同じように、性別の判断は読者にゆだねられています。あなたはどちらだと思いました？

二〇二三年六月

解説

〝暴力系エンタメ〟専門ライター
ガイガン山崎

　一九五四年四月、東宝の田中友幸プロデューサーは、インドネシア独立のために戦った元日本兵の姿を描く日イ合作映画『栄光のかげに』の製作を進めていたが、両国の政治関係の悪化やアメリカの介入などの諸事情によって企画が頓挫してしまう。その挽回を期すため、田中が用意した次なる企画が『海底二万哩《マイル》から来た大怪獣』である。同年三月に起きた第五福竜丸事件とビキニ環礁における水爆実験、そして前年に公開されたアメリカ映画『原子怪獣現わる（The Beast from 20,000 Fathoms）』をイメージの源泉としており、核実験の影響で目を覚ました恐竜が東京を襲撃するというストーリーだった。やがて東宝の製作本部長である森岩雄の目に留まった本企画は、ジャイアントの頭文字を由来とする『G作品』なる仮タイトルで、極秘裏に製作が行われていくこととなる。怪獣ファンであれば、誰もが知る『ゴジラ』誕生のエピソードだ。ところが、どうもこれは間違いだったらしい。

　事の始まりは、一九五一年五月。マーシャル諸島のエニウェトク環礁にて行われた核実験の二日後、その爆心地に一匹の巨大生物が現れた。もうひとつの地球からやってきた〝それ〟は、アメリカ海軍から逃れて三日間泳ぎ続け、やがて日本の輸送航路で力尽き沈んでいったのだという。そして、この様子を目撃した日本の船員の土産話が、やがて映画関係者に伝わったことで『ゴジラ』が生まれた!? ビキニ環礁も原爆マグロもリドサウルスも、ゴジラの誕生とは一切関係がなかったのだ――。

いやはや怪獣ファンからすると、なかなかショッキングな〝真実〟が登場する本作だが、ジェイミーの「そのゴジラ誕生秘話には懐疑的だ」という反応に、偉大なる怪獣王へのジョン・スコルジーの遠慮というか敬意を感じて笑ってしまった。マクドナルドの「できそこないのアメリカ再編集版ではありません」というセリフに関しても同様だ。これは一九五六年に全米で公開された『怪獣王ゴジラ』のこと。レイモンド・バー演ずるアメリカ人記者がゴジラの日本襲撃について取材するというていの新撮映像が付け加えられたほか、核の問題に深く言及しているくだりやアメリカがネガティブに捉えられているくだりなどが多く削られており、オリジナル版の第一作『ゴジラ』が持つ荘重なムードが失われているという評価が支配的だ。もっとも日本人にとっては、数あるバリエーションのひとつ(『怪獣王ゴジラ』に更なる手を加えた、イタリア版まで存在する)に過ぎないのだが、スコルジーのようなアメリカのファンに言わせれば、余計なことをしやがって! といったところなんだろう。

とまれ日本の怪獣映画に対するスコルジーのこだわりは、本作の至るところに見受けられる。その代表例がホンダ基地、タナカ基地、ナカジマ基地、チュウコ・キタ基地といったKPSの北米施設だ。ホンダの由来は、本篇でも説明されているようにゴジラシリーズを数多く手掛けた本多猪四郎監督である。タナカは当然、先述の田中友幸。「別のタナカもかかわっていた」とあるが、これはスチールの田中一清のことだと思われる。そしてナカジマは、ぬいぐるみの中に入って、ゴジラを長年演じていた中島春雄。チュウコ・キタは、美術監督の北猛夫と美術の中古智の名前を合わせたものだ。こちらは本篇パートの美術スタッフなので、ひと目でピンときた方は少ないいんじゃないだろうか。怪獣ファンは、どうしても円谷英二をはじめとする特撮パートに携わる人々にばかり注目してしまうのだ。

もっとも北米基地は他にもあるそうなので、ツブラヤ基地やトシミツ基地、あるいはイフクベ基地なんてものもあるに違いない。ちなみに全篇に渡って活躍するショウビジン号の名は、『モスラ』ならびにゴジラシリーズに登場する身長三十センチほどの双子の妖精から採られている。巨大な飛行船に、敢えて〝小〟美人と名付けたわけだ。ここまで来ると、怪獣にも濁音混じりの怪獣らしい名前を付けそうなものだが、ベッツィ、エドワード、ベラ、ケヴィンと人間らしい名前が与えられている。まるでハリケーンだ。しかし怪獣を災害のように扱うこと自体が、非常に日本的な感覚といえなくもない。日本的といえば、エドワードの目が光る点もそう。夜道で出会った犬や猫の目のように、外からの光を反射するわけではなく、何故か発光するのが怪獣の目であり、なんならツノやトゲも光ったり、得体の知れない発光器官まで備えているのが、あまり海外のモンスターには見られない怪獣ならではの特徴のひとつ。しかも死んだら爆発するのだから、確かにこれはドラゴンじゃない。恐竜でもない。ぐうの音も出ないほどに怪獣である。スコルジーの怪獣好きは、筋金入りのものと見てよさそうだ。

ところで本作のメインテーマである怪獣の保護、あるいは怪獣との共存を描いた作品は、本邦にもいくつか存在する。たとえば『ウルトラマンコスモス』は、そのものズバリ怪獣保護を取り扱った作品だ。科学特捜隊やウルトラ警備隊にあたるTEAM EYESは、緊急時のための武装こそしているものの、その第一目的は怪獣の捕獲と保護、異星人との対話にあった。主役のウルトラマンコスモス自身も、怪獣保護に積極的な姿勢を見せる〝慈しみの青き巨人〟という設定で、荒れ狂う怪獣の心を沈静化させるフルムーンレクトなる光線を得意技にしている。本来であれば番組のヒーローとして扱われるはずの統合防衛軍が、すぐさま武力に訴える憎まれ役寄りのポジションで登場する辺り、極めて異色作であったといっていいだろう。なお、コスモスやEYESの活躍で捕らえられた怪獣たちは、電磁フィールドが張り巡らされた鏑矢諸島のSRC怪獣保護管理センターで暮らしている。いくら広大な土地といっても、口から火を吹いたり、マッハのスピードで空を飛んだり、地震を起こしたりするような身長五十メートル超の巨大生物を、同じ場所に何匹も閉じ込めておくのは無理がある気はするが、このアイデアにはルーツがある。ゴジラシリーズの第九作、『怪獣総進撃』だ。ジェームズ・ガンやティム・バートン、ギャレス・エドワーズといった名だたる映画監督たちが、ゴジラ映画のベストとして挙げており、スコルジーにとってもお気に入りの一本なのではあるまいか？

一九六八年公開の『怪獣総進撃』は、二十世紀も終わりに近い近未来の出来事と設定されており、小笠原諸島に建設された「怪獣ランド」から物語が始まる。怪獣ランドには、かつて世界の恐怖であったゴジラやラドン、アンギラス、モスラといった様々な怪獣が集められ、国連科学委員会によって研究が進められていた。怪獣たちが区域外に出ようとすると、管制装置が働き、それぞれの本能と習性に応じて科学的な壁が展開されるという設定だ。ラドンであれば、空中の至るところに磁気防壁が設備してあり、ゴジラやモスラが逃走を図った際には、彼らの嫌がる赤色ガスが噴射されていた。劇中で詳しい説明はなされないが、本作における「怪獣のフェロモン」と似たようなものと思われる。さらに小笠原諸島周辺には広大な海底牧場が建設されていて、怪獣たちは食事に事欠くこともない。そのため、彼らも怪獣ランドを安住の地としているというわけだ。怪獣ファンからしてみれば、そもそもどうやって怪獣たちを連れてきたのかが知りたいところだが、それは永遠に謎のまま。地球侵略を目論むキラアク星人が、物語が始まって早々に暗躍を始めたため、怪獣ランドの職員たちの勤務内容や管理下に置かれた怪獣たちの日常など、もっと詳しく知りたい部分が描かれることもなかった。ひょっとするとスコルジーも『怪獣総進撃』を観ていて、そこばかり気になっていたんじゃないだろうか。逆に本作は、そういった部分の描写にこそ力が注がれている。あなたが怪獣ファンであるならば、是非とも通読して欲しい一冊だ。

訳者略歴　1961年生，神奈川大学卒，英米文学翻訳家　訳書『帝国という名の記憶』『平和という名の廃墟』アーカディ・マーティーン，『老人と宇宙（そら）』『星間帝国の皇女―ラスト・エンペロー―』ジョン・スコルジー，『言語都市』チャイナ・ミエヴィル，『宇宙の戦士〔新訳版〕』ロバート・A・ハインライン（以上早川書房刊）他多数

怪獣《かいじゅう》保《ほ》護《ご》協会《きようかい》

2023年8月10日　初版印刷
2023年8月15日　初版発行

著　者　ジョン・スコルジー
訳　者　内《うち》田《だ》昌《まさ》之《ゆき》
発行者　早川　浩

発行所　株式会社　早川書房
東京都千代田区神田多町2－2
電話　03-3252-3111
振替　00160-3-47799
https://www.hayakawa-online.co.jp

印刷所　三松堂株式会社
製本所　大口製本印刷株式会社

定価はカバーに表示してあります
ISBN978-4-15-210259-1 C0097
Printed and bound in Japan
乱丁・落丁本は小社制作部宛お送り下さい。
送料小社負担にてお取りかえいたします。